JN077243

GC NOVELS
転生したら剣でした12
"I became the sword by transmigrating" Story by Yuu Tanaka, Illustration by Llo
棚架ユウ
イラスト／るろお

転生したら剣でした 12

"I became the sword by transmigrating" Story by Yuu Tanaka, Illustration by Llo

棚架ユウ

イラスト／るろお

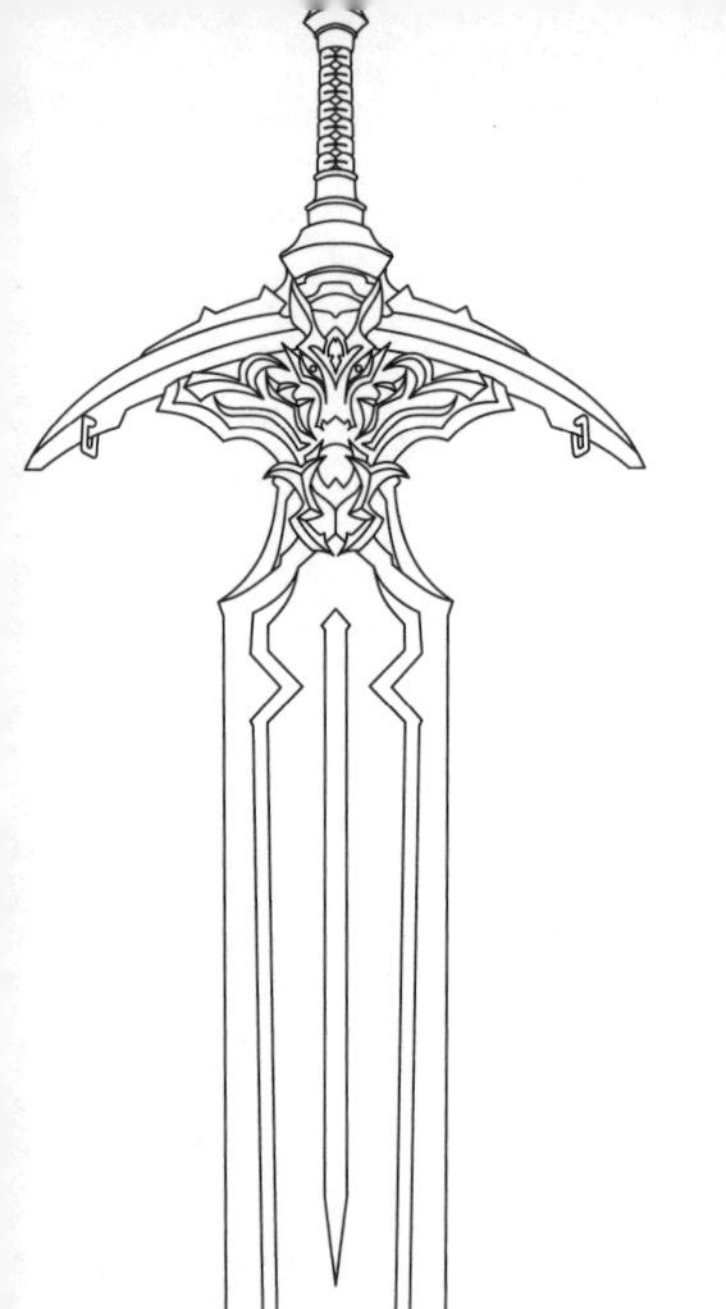

CONTENTS

"I became the sword by transmigrating"
Volume 12
Story by Yuu Tanaka, Illustration by Llo

第一章　盗賊ギルドとフラン

Side　フレデリック

「この部屋は、なんだ？」

「オフ」

「このお嬢様の姿はないが……。ここにいたことは間違いないのだな？」

「オン！」

俺の言葉に、フランの従魔であるウルシが頷く。

さすが上位の魔獣。こちらの言葉を完全に理解しているらしい。

アシュトナー侯爵邸への突入の直前。俺とウルシはベルメリアを救うために、別行動をとっていた。

ウルシの鼻は想像以上の能力を持っており、あっという間にお嬢様の居場所を捜し当てる。

辿り着いた先は、ある貴族の屋敷であった。アシュトナー侯爵の配下である、小貴族の持ち物とされる屋敷だ。

結界などはないようだが、それが逆に怪しかった。

俺はウルシと共に、屋敷へと潜入する。

屋敷に人気はなかった。使用人すらいない。だが、屋敷はきっちり手入れがされ、利用されていることは間違いないだろう。

そうして、人のいない屋敷を進んでいく。ウルシの鼻と俺の斥候技能があれば、隠し通路を探し出すことなど容易い。

隠し部屋からさらに奥へと進んだ俺たちは、昼間でありながら一切光の射さない怪しい部屋へと辿り着いた。

貴族の屋敷には似つかわしくない、怪しい薬や家事道具が置かれた部屋である。なんらかの実験を行う部屋なのだろう。

天井と床には巨大な魔法陣が描かれ、隅には狂信の剣が立てかけられている。どう考えても、アシュトナーの実験に関係していた。

ベルメリアの姿はないが、ウルシの鼻はこの部屋にいたと感じているらしい。

それも、ついさっきまで。

「何か手掛かりになる物はないか？」

「クンクン……オン！」

「それは、金属か？　不思議な魔力を感じるが……」

ウルシが鼻を近づけた棚に、妙に目を引く金属片が置かれていた。折れた剣の先端だ。こんな姿になりながらも、強い魔力を感じる。

「ウルシよ。それもしまっておいてくれ」

「オン」

ウルシは影の中に様々な物品をしまいこむことができるらしい。

ベルメリアを追うための手掛かりになるかは分からないが、侯爵の悪事の証拠にはなるかもしれない。怪しい物は確保しておかねば。

「他に目につくものは——」

「グガゥ！」

「なっ……！」

さらに部屋を物色しようとすると、ウルシがいきなり飛びかかってくる。

なんだ？　裏切ったのか？

一瞬そう思ったが、違う。殺気も敵意も感じなかった。

俺を押し倒すウルシを見上げる。すると、その体を赤い液体が濡らしているのが見えた。

「何が……」

「クヒヒヒ！　よく庇（かば）ったじゃねぇか、ワン公！」

「グルルル！」

甲高い耳障りな声が部屋に響く。まるで、幾人もの人間が同時に喋（しゃべ）っているかのような、生理的に受け付けない声。

敵かっ！　しかも、俺たちに気配を感じさせないほどの、手練（てだ）れ！

敵の姿を確認しようと、立ち上がる。

そして、俺は思わず動きを止めてしまった。声がかすれて、上手（うま）く言葉が出ない。

「ベル、メ、リア……？」

「ああ？　お前、俺たちと知り合いかぁ？」

「何を言って……。いや、貴様は何だっ！」

そこに立っていたのは、俺たちが捜している相手だった。

だが、外見はベルメリアでも、発する雰囲気が全く違う。立ち居振る舞いからは粗暴さが滲み出で、その表情は酷く歪んでいる。

何より、発するその声が異常だ。

本当にベルメリアなのか？　何者かが姿を変えているのでは？

だが、俺の直感がそれを否定する。目の前にいるのは、ベルメリアだ。

少なくとも、ただ姿を模しただけの存在ではない。

「俺か？　俺は……誰だ？」

「はぁ？」

「なあ、俺は誰だ？」

「何を言っている？　ベルメリア？」

「グルルル！」

「クヒャァハハハハ！　俺は誰なんだろうなぁぁ！」

ベルメリアの姿をした何かが、狂ったように哄笑を上げる。

俺は、全身の鱗が逆立つような怖気に襲われていた。ベルメリアモドキが、抑えていた気配を解き放ったのだ。瘴気のようにすら感じる悍ましい魔力と、攻撃的な気配が部屋を包み込む。

俺は悟った。相手の強さを。

絶対に勝てない。

そう理解した瞬間、咄嗟(とっさ)に叫んでいた。

「ウルシ！　逃げろ！　俺が残る！」

預かっている従魔を、道連れにはできん！

「……オン！」

幸い、ウルシはすぐに影に沈んでいった。勝てない敵に挑むような、蛮勇は持ち合わせていないのだろう。

「クヒヒヒ、逃がすかよ！」

「ちっ！」

影を攻撃しようとしたらしいが、俺はその魔力弾を受け止める。

「ああ？　邪魔すんじゃねぇよ」

「……いかせんよ」

「ふん。それにしても、今のは何だ？　俺の攻撃がかき消されたように見えたが……」

「さて、何だと思う？」

「くけけけ、隠し事とはつれないねぇ！　だが、その身から微(かす)かに感じる邪気。その力か？」

確かに、半邪竜人の能力として、俺は他者の魔力を消し去ることが可能だ。いや、魔力をというよりは、魔力を操っている法則を歪めると言った方が正しいだろう。

高位の邪人が、時折見せる能力だ。これを初見で見破ることは難しいだろう。

目の前の相手には、即座に見破られたがな。

消耗が激しいせいで、使えるのはあと二、三回だ。

ウルシが逃げる時間を稼ぐためにも、戦闘をせずに会話を続けたい。俺自身は、いざとなれば奥の手——転移術で逃げることは可能だろう。

即殺されなければ、だがな。

しかし、ベルメリアモドキが、唐突にその表情を変えていた。

「おい、てめぇ……。その棚に置いてあった、金属片をどこにやった？」

「なに？」

「そこの棚に置いてあった、ホーリー・オーダーの欠片だ！　あれをどこにやったかって聞いてるんだよぉっ！」

「知らん！」

「だったらぁ、喋りたくなるようにしてやるよ！　痛みで死んじまわなければいいなぁ！」

「簡単には死なんぞ！」

＊

アシュトナー侯爵家から脱出した俺たちは、ギルドに戻る道中で凄まじい破壊の現場に遭遇していた。

背中に疑似狂信剣の刺さった剣士が、火炎魔術で周囲を焼き払っている。

しかもただの火炎魔術ではない。

大爆発を起こす術を無詠唱で、複数同時起動させていた。

一発で家屋数軒を破壊する魔術が十発以上同時に発動し、周辺の家々を木っ端微塵に吹き飛ばす。逃げ遅れて炎に巻かれる人々の泣き声と、それを目撃した人々の悲鳴が聞こえた。

「あいつ……っ！」

その破壊行為を止めるため、エリアンテが飛び出す。

エリアンテの悲壮な顔を見れば、分かった。人々を逃がす時間を稼ぐために、自分を犠牲にしてでも男を止めようとしているのだろう。

だが、いくらギルドマスターであっても、あの魔剣士には勝てない。それどころか、エリアンテが命を懸けたとしても、時間稼ぎすら難しいだろう。

『神剣開放状態って……！　何が起きてやがるんだ！』

剣士の背の疑似狂神剣は、何故か開放状態になっていた。そのせいで、突き抜けた強さを得ているのだ。

一瞬、ファナティクス本体なのかと思ったが、鑑定結果は疑似狂信剣となっている。

疑似であっても、神剣開放能力を持っているようだった。その表記が虚仮威しでないことは、剣士の放つ魔力が証明している。

明らかに、エリアンテよりも強い。それも、圧倒的に。

「やめなさい！」

「がぁぁ！」

駆け寄るエリアンテだったが、剣士の放った衝撃波によって吹き飛ばされていた。

「きゃぁ！」

一〇メートル近く弾かれ、壁に叩き付けられ呻いている。

エリアンテが手にしていた大剣の刀身が、半ばから真っ二つになっていた。剣が盾になったおかげで、吹き飛ばされるだけで済んだのだろう。

だが、そこに容赦なく火炎魔術が撃ちこまれる。やはり無詠唱だ。

一発一発が人間を容易に消し炭にしてしまう威力の火炎弾が無数に、逃げ場なくエリアンテに降り注ぐ。

『ちぃ！』

俺は咄嗟に飛び出して、念動で火炎魔術を吹き散らした。

遠距離から防御できれば良かったんだが……。

アシュトナー侯爵との激戦で、消耗し過ぎていた。あの威力の火炎魔術を遠くからでは防げなかったのだ。

「え？　なに……？」

勝手に動く剣を見て、エリアンテが驚いている。

ええい、仕方ない！

俺は分体創造を使用して、エリアンテたちの前に出ることにした。

怪しがられるだろうが、インテリジェンス・ウェポンだとばらすわけにもいかん！

俺はまるで転移してきた風を装い、自分の柄を掴む。エリアンテたちには、突如現れた冴えない男が、格好つけているように見えているだろう。

『怪しい者じゃない。俺はフランの知人だ』

「カレー師匠じゃないですか！」

コルベルトは、一度会ったことがあるだけの俺を覚えてくれていたらしい。コルベルトの言葉を聞いて、エリアンテの顔からも疑いの色が薄れる。

これなら話を聞いてくれそうだ。俺はエリアンテに向かって口を開いた。

『やつとまともに戦ったら、瞬殺されるぞ。わかっただろう？』

「だからって……！」

『俺が行く。これでもフランの師匠だ、時間稼ぎくらいはできる。その代わりフランをキッチリ逃がしてくれよ？　頼んだ！』

「あ。ちょ――」

剣士の目がこちらを向いたのが分かった。これ以上問答している暇はない。俺はエリアンテたちの返答を待たず、剣士に向かって駆け出した。

これでエリアンテたちに躊躇(ちゅうちょ)されたら困るんだが――。

そこら辺はさすが冒険者。しっかりと状況を把握して、即断即決で撤退を始めた。

『さて、やつが自滅まで俺に付き合ってくれるかが問題なんだが――』

そこに赤い光線の雨が降り注ぐ。火炎を収束させて撃ち出すフレアブラストだ。それを二〇発ほど同時起動したのだろう。

俺とフランが協力しても、この数は撃てない。異常なほどの制御力であった。

俺の背後にあった石造りの建物がドロドロに溶け、穴だらけになって最後は爆発炎上する。

しかし俺には一切のダメージがなかった。

僅かに回復していた魔力を使って、ディメンジョン・シフトを発動させていたのだ。

次いで、俺を中心に風が渦巻き始め、すぐに巨大な竜巻へと成長する。敵の暴風魔術だろう。竜巻は周辺の瓦礫を巻き込みながら、より太く大きくなっていく。

しかし、このままだと町への被害がヤバそうだ。俺は転移と空中跳躍で一気に飛び上がり、空中に身を晒した。やつから見れば完全に隙だらけだろう。

剣士の顔には表情がなく、俺が無事なことに驚いているかどうかもよく分からない。だが、その矛先がこちらに向いたのは間違いない。

俺に向かって魔術が放たれた。

インフェルノ・バーストを同時に放って融合増幅させた、巨大な業火の柱が俺の姿を呑み込む。リッチ戦でアナウンスさんが放った攻撃と同種の、それでいて数倍の威力がある術である。

だが、その凶悪な攻撃でも、ディメンジョン・シフトを使っている俺には当たらない。

魔力がガンガン減っていくが、短時間持ちこたえればいいと分かっているからこその大盤振る舞いだった。

神剣開放状態で体に強い負荷がかかっているせいで、剣士の生命力と魔力が凄まじい勢いで減り続けているのだ。

このままなら、数分と持たずに自滅するだろう。

その間、逃げ続けることができればそれでいい。

『しっ！』

俺に目を引き付けるために反撃も行う。放ったのは下位の雷鳴魔術だ。効くとも思えないが、派手で目を引くだろう。

案の定、剣士はこちらに反撃を加えてくる。

今度は俺の周辺を赤い火球が取り囲んだかと思うと、一斉に膨張して爆ぜ飛ぶ。

ドゴオォオォオォオォン！

フレア・エクスプロードの同時発動により、空に爆炎の花が咲き誇った。きっと、遠くからでも綺麗に見えるだろう。

だが、ディメンジョン・シフトが俺を守ってくれる。

消耗の大きさ以上に、有用な術だよな！

『効かねぇよ！』

俺の小さな反撃に、さらなる反撃が重ねられていく。

再びの爆炎だ。

だが、相変わらず、俺には無意味である。

やはり暴走状態で思考能力が低下しているようだった。やつにきちんとした判断能力が残っていれば、効果的な攻撃を繰り出さない俺なんか無視して周囲を攻撃するだろう。

能力はランクA冒険者オーバー。しかし、お頭は動くものに反応して攻撃する猪突猛進の馬鹿。俺にとったら組みし易い相手だった。

『このままやつの目を引きつけながら、空に無駄打ちを続けさせる！』

だが、時空魔術を使用できる俺だから何とかなっているのだ。他の場所ではいったいどれだけの被害が出ているか……。

そして約三分後。

魔力の残存量が気になりだした頃、ようやくやつの生命力が底を突いた。

剣士が動きを止め、虚ろな目でこちらを見上げている。攻撃方法がないのだろう。

本当に長い三分間だった。

俺はホッとして、ディメンジョン・シフトを解く。予想以上にやつの攻撃が激しく、ディメンジョン・シフトに割く魔力が大きかったのだ。

やつが斃れるのがあと一〇秒遅かったら、一か八か転移からの全力攻撃を試す羽目になっていたはずだ。

剣士の生命力が尽き、俺がホッと肩の力を抜いたその瞬間だった。

ドオオオォォォォォォォン！

『うおぉ！』

いきなりの大爆発。激しい爆風が発生し、空中にいる俺にまで押し寄せる。

『分体が消えて……！　ちっ！』

爆風が、家々の瓦礫を遥か上空まで巻き上げていた。慌てて瓦礫の散弾を回避し、巨大な物を手当たり次第に収納する。

しかし、俺が対応できたのは周囲の僅かな瓦礫のみだった。

飛ばされた多くの瓦礫がそのまま落下し、家々に被害を出しているのが見える。

やつが火炎魔術を放ったのかと思ったが、そうではない。

火炎ではなく、大量に放出された魔力によって起きた爆発だったのだ。

どうやら剣士が死んだことで、その内で荒れ狂っていた疑似狂信剣の魔力が制御を失い、一気に溢れ出したようだった。

上空から見ると、巨大なクレーターができているのが見えた。

元々、剣士の周辺は魔術によって壊滅状態だったが、今や瓦礫さえ残っていない。また、爆心地を中心に五〇軒近い家屋が倒壊し、その周辺にも甚大な被害が出ていた。

衝撃波で家具が倒れたとかも合わせたら、被害は数百軒に及ぶだろう。

しかも、これで終わりではない。

俺が地面に下りる間もなく、王都の中に連続で爆音が響き渡った。そちらを見ると、放出された魔力が柱のように立ち昇っているのが見える。

ここ以外でも、暴走した剣士たちが大爆発を残して倒れていっているらしい。

断続的に爆音が響き続け、立ち昇る魔力の柱が五〇以上は確認できた。貴族街で特に多いが、住民区画や商業区画でも爆発が起きている。

特に激しいのが王城の近くだ。魔力爆発が集中して起こっている。

『自爆テロじゃあるまいし、いったい何が目的なんだよ！』

王都を破壊するのが目的なのか？

『フ、フランは無事だろうな！』

疑似狂信剣の大爆発によって王都内に大きな被害が出続けている中、俺はフランの気配を探っていた。

俺たちには魔力の繋がりがあるため、かなり離れていてもその存在を感じ取ることができる。

生きていることは確認できた。

だが、無事かどうかまでは分からない。

フランとの間の繋がりを頼りに、俺は長距離転移を使用した。

『冒険者ギルドか』

フランたちは無事に冒険者ギルドへと辿り着けたらしい。

「な、なんだい！」

突然現れた俺に驚いているのは、冒険者ギルドの受付であるステリアだった。現役時代の物なのか、真っ赤な全身鎧を着込んで巨大なメイスを構えている。

多分、現役の時よりも横に大きくなっているんだろうが、サイズ調整の魔法のおかげで問題なく装備できているようだ。魔法の装備って、色々な意味で一生物なんだな。

ちょっと焦り過ぎたらしい。せめて、上空に転移して、こっそり戻ってくるくらいのことはするべきだった。

ただ、剣の俺が言い訳をするわけにもいかない。

もう騒ぎになるのは仕方ないだろう。俺はロビーのソファに寝かされているフラン目がけて、静かに移動した。そのまま、枕元に自らをコトリと立てかける。

『フランは……無事か』

フランは穏やかな寝顔で、スヤーと寝息を立てていた。

極度の疲労と消耗で意識を失ってしまったが、体力が戻れば自然と目覚めるだろう。

ステリアを確認してみると、あんぐりと口を開けたままこちらを凝視している。

疑われている？

インテリジェンス・ウェポンだとは思われないだろうが、呪いの魔剣や、モンスターの偽装くらいは疑っているかもしれない。

主の下に自動で戻ってきた魔剣を装うのだ。装えてるよね？

違いますよ！　俺は帰還機能の付いた無害な魔剣ちゃんですよ〜？

「じー」

『……』

「一応、調べておいた方がいいかねぇ？」

やっぱそうなるよね！

でも、大丈夫だ！　動かなければいいんだからな！

ドキドキしながらステリアを待っていると、そこに待ったがかかった。

「ステリアさん。その剣なら大丈夫だ」

ステリアを止めてくれたのは、コルベルトだった。

だが、何故か切なそうな、寂しそうな表情をしている。

「そうかい？」

「ああ、フランの愛剣だよ。師匠から託された、大切な剣さ……」

声も妙に湿っぽい。というか、目が軽く湿ってないか？

「ズズッ……カレー師匠の形見、か……」

涙をすすり上げて、呟くコルベルト。

え？　カレー師匠って俺だよね？　形見って……。

ああ、分体はいないし、剣だけが独りで戻ってくれば勘違いするか。相手は、あの凄まじい力を持った狂信の剣士だったわけだしな。

「形見……。そうかい」

「ああ、そうだよ」

そうだよ、じゃねー！　死んでない！　死んでないから！

だが、言い訳をすることもできず、俺は暗い表情のコルベルトたちに内心突っ込むことしかできなかった。

「カレー師匠……」

「むゅ……カレー……？」

そんな、湿っぽい雰囲気の中、フランが目を覚ます。どうやら、カレーという単語に反応したらしい。

「カレー……」

大好物の名前を呟きながら目を覚ましたフランは、周囲をキョロキョロと見回した。そして、枕元の俺を発見する。

「戻ってきた……」

俺だけに分かる安堵の表情で、俺に手を伸ばした。ゆっくりと柄を掴んで持ち上げると、胸元に引き寄せて抱きしめる。

『大丈夫だったか？』

（ん……。途中で、師匠がいないのに気づいた）

どうやら、移動の最中に微かに目が覚めた瞬間があったらしい。夢うつつの中でも、俺が近くにいないことは分かったのだろう。だが、スキル共有が生きていることは分かるので、俺が無事であると理解はしていたらしい。

それでも、心細かったんだろうな。

俺の刃をそっと撫でながら、目を閉じて息を吐く。

「うう……フラン……」

「なんて健気なんだい……！　ずずずずー！」

相変わらず勘違いしたままの二人が、目頭を押さえている。

どうやら、フランが俺の死の悲しみをこらえ、気丈に振る舞っているように見えたらしい。まあ、フランの表情は分かりづらいし、そう見えても仕方ないけど。

『なあ、フラン――』

俺が、カレー師匠死亡説を否定してほしいと、フランに頼もうとしたその時だった。

「目覚めたようね」

「エリアンテ」

「起きたばかりで申し訳ないけど、報告があるわ」

エリアンテは至極真面目な顔をしている。重要な話があるのだろう。コルベルトたちへの弁解はまた今度にしておいた方がよさそうだ。

マジメモードのエリアンテが、分かったことを色々と語ってくれる。

狂信の剣士たちの自爆により、王都の中心部に相当な被害が出ているようだった。また、王都外縁部ではアシュトナー侯爵陣営の兵士や傭兵（ようへい）が暴れ、それによる混乱も酷いらしい。

「ガルスと、ベルメリアは？」

「救出されたとは聞いてないわね」

「じゃあ、どこにいるかも分かってない？」

「混乱が酷すぎて、これ以上の情報がないのよ」

「そう」

エリアンテの言葉に軽く頷いたフランは、そのままソファから降りようとする。

『フラン。どうするつもりだ？』

「ガルスたちを捜しに行く」

「まあまあ、待ちなさいフラン。今は危険すぎるわ」

「そうだぜ？　あれだけの激戦の後なんだ。まだ寝ていろって」

「もうへいき」

エリアンテとコルベルトが止めてくれるが、フランは首を横に振る。

『なあ、皆（みんな）の言う通りだ。今の俺たちは、消耗し過ぎてる。エリアンテの言う通り、危険だ』

「でも、ガルスたちを助けないと。危険なら、なおさら」

王都の惨状を聞き、むしろやる気になってしまったようだ。

確かに、狂信の剣士の自爆や、アシュトナー侯爵家の暴走から、ガルスたちの身柄がどうなっているのか不安ではある。

「フラン。助けるったって、闇雲に捜すつもりか？」

「ん。手掛かりがないなら、仕方ない」

コルベルトの言葉に、フランは力強く頷いた。

本気で、王都内を捜し回るつもりであるようだ。

俺としてはもう少し寝ていて欲しいところなんだが、フランは納得しないだろう。

「……はぁ。仕方ないわね」

エリアンテもフランの意思の固さを悟ったのか、大きくため息を吐いた。

ヤレヤレという感じで首を振っていたが、すぐに真剣な顔に戻る。

「この広い王都を、土地勘のないあなたが適当に捜し回ったところで、目的の相手を捜し出せる確率などゼロに等しいわよ？」

「それでも、私は行く」

「分かってるわよ。何を言ってもあなたが止まらないだろうってことはね。だから、情報を持っていそうなやつらに心当たりを聞きましょう？」

「情報を持っていそうなやつら？」

「ええ。ステリア。フェイスを呼んできてくれない？」

「ギルマス！　そりゃあ……」

エリアンテが渋々といった調子で、ステリアに誰かを連れてくるように指示した。

だが、ステリアは目を見開き、驚きの声を上げている。ステリアの反応からすると、問題がある相手なのか？

ただ、すぐに頭を振って納得すしたらしい。

「いや、今は小さいことを気にしている場合じゃないかい」

「ええ。お願いよ」

「あいよ。少し待っておくれ」

そうして、待つこと五分。

ステリアが一人の男を連れて戻ってくる。

さほど戦闘力が高そうにも思えない、身長の低い優男だ。こいつが、何かの情報を持っているというのだろうか？

見た目通りの軽薄な態度で、男がエリアンテに話しかけた。

「やーやー、私をお呼びだとか。一体どのような御用向きで？」

エリアンテの表情がより渋くなったな。この態度故に、好いていないのか？

内心の苛立ち(いらだ)を抑えきれない様子のエリアンテが、硬い声で男のことを紹介した。

「フラン、コルベルト。この男はフェイス。冒険者にして盗賊ギルドの構成員よ」

「なに？」

コルベルトが驚いた眼(め)でフェイスを見つめる。フェイスもあっさりと自分の素性をバラされ、目を見開いた。

「……エリアンテ様。そうも簡単に口にされますと、色々と困ることもあるのですが？」

「うるさい。今は急ぎなの。黙れ」

「……はぁ」

多少ましにはなったが、エリアンテの機嫌の悪さは継続中だ。殺気交じりの視線をぶつけられ、フェイスがため息をついて黙った。ちょっと憐れになるね。

エリアンテがフェイスを嫌っているのは、盗賊ギルドの構成員だからなのだろう。

エリアンテが説明してくれたが、フェイスは冒険者ギルドの監視兼盗賊ギルドとの繋ぎ役でもあるらしい。

互いに表立っては関わり合いにならないという暗黙のルールはあっても、王都で活動する以上、全く関係を無しにするというのは不可能だ。

そこで、フェイスのような両ギルドに所属する人員が数人いて、最低でも一人はギルドに常駐しているということだった。

もっとも、その素性は冒険者ギルドの上層部にしか知られていないらしいが。

鑑定してみると、斥候系のスキルが並んでいる。確かに盗賊っぽい。それに、本名もフェイスではなかった。コードネーム的な物なんだろう。

「緊急の案件よ。幹部会に集まるように伝えて。どうせすでに事態の概要は掴んでいるだろうし、その情報を寄こせと伝えて」

「……わかりました。すぐに」

エリアンテの言い方は大分酷いが、フェイスは相変わらずの表情で頷く。

現在の緊急事態において、面子だなんだと騒ぎ立てることが害にしかならないと分かっているんだろう。

「引き合わせるのは彼らで？」

「そっちの子供よ。黒雷姫フラン。聞いたことがあるでしょう？」

「ほう？　彼女が……。分かりました。彼女であれば、幹部会も否とは言わないでしょう」

どういう意味だ？　フランの名前が盗賊ギルドにも知られているってことなのだろうか？　カルクとも出会ったし、もしかしたらその関係で伝わったのかもな。

「では、早急に取り計らいます」

フェイスは一礼すると、速足で部屋を出て行った。

そこで、渋い顔のコルベルトが口を開く。

「ギルマス。盗賊ギルドなんか、信用できるのか？」

「信用はできないわね。でも、今回に限れば協力できるはずよ。彼らにとっても王都は失うことのできない場所だから」

エリアンテが確信のある声で頷いた。まあ、ギルマスである彼女がそう言うのであれば、間違いないんだろう。

「だが、さっきの説明だとまるでフランだけが盗賊ギルドに行くみたいな話だったが？」

「だって、私はここを離れられないもの」

「いや、俺がいるだろう？」

「コルベルト。あなたにも、ちょっと行ってもらいたいところがあるのよ。上手くいけばさらに戦力を増やせるかもしれないわ」

「なに？」

「傭兵団『触角と甲殻』。知っているかしら？」

「いや。知らねぇな。だが、傭兵団が王都にいるのか？　珍しいな」

どうやら普通の傭兵団は戦場を渡り歩いているため、ほとんどの場合が国境付近にいるらしい。戦いの舞台になるのが、国境沿いの場合が多いからだろう。

それゆえ、王都のような内陸部の、戦火とは無縁の場所にその本隊がいることは非常に珍しいという。普段は連絡員や後方支援要員が数人、拠点を構えている程度であるそうだ。

「半蟲人（はんこじん）で構成された、少数精鋭の傭兵団よ」

「……もしや、ギルマスの古い知人か？」

そういえば、アシュトナー侯爵邸から脱出した後、エリアンテとコルベルトが話していた。

エリアンテは壊滅したある傭兵団の生き残りで、生き残った仲間は今も傭兵を続けていると。

コルベルトの言葉は正解であったらしく、エリアンテが頷く。

「その通りよ。私の紹介状があれば幹部に会うくらいはできるはず。あとはあんたの交渉次第ね。やつら、子供を戦場に連れて行かないというルールを設けてるから、フランよりはコルベルトの方が交渉には向いてるはずよ」

「それはありがてぇ！　つまり、俺が傭兵団。フランが盗賊ギルドから、それぞれ戦力と情報を引き出せってことか」

「ええ」

エリアンテが冒険者集めにかかりきりになる以上、それは仕方ないんだが……。

フランに盗賊ギルドと交渉しろって？　絶対無理だろ。ここは再び分体の出番だろうか？

『フラン、気は抜くなよ？　相手は盗賊ギルドだからな』

（勿論(もちろん)）

だが、戦力を出してもらえるかどうかはともかく、盗賊ギルドは色々なところに人を潜入させて情報を集めているだろうし、何か有用な情報を持っている可能性はある。派手に騒ぎが起きているし、下手したら侯爵家、伯爵家双方に耳がある可能性もあった。

ガルスやベルメリアの居場所も、分かるかもしれない。

その後、一〇分もかからず、フェイスが冒険者ギルドへと戻ってくる。この短時間で全ての準備や連絡を済ませるなんて、この男は見た目以上に優秀なのだろう。

それに、盗賊ギルドも腰が重い組織ではなさそうだ。

「お待たせしました。こちらへどうぞ」

「ん」

「暴徒を避けるため、裏道を行きます。付いてきてください」

その言葉通り、フェイスは王都の裏道を小走りで進んでいった。

道中、ほとんど人に会わない。

盗賊ギルドが人払いをしているうえ、アシュトナーの部下がいない道を選んでいるのだろう。

なるほど、情報収集と情報操作。その双方に長(た)けていることは間違いないようだ。

そうして彼がフランを案内したのは、見覚えのある建物だった。

なんと、俺がカルクに依頼を持って行ったあの酒場であったのだ。ただ、表の入り口ではなく、隠れた位置にある裏口から中へと入る。

「奥を使うぞ」

「へい」

見張りらしき男はフランに視線を向けるが、特に何も言わない。フェイスの客人だからだろう。フェイスとともにさらに奥へ進むと、狭い個室へと案内された。

だが、そこに人の姿はない。

「ここ？」

「ちょっとお待ちを」

何をするのかと思ったら、入り口の脇にある紐を引く。なんと、壁が左右に開き、隠し階段が出現したではないか。

「おおー」

これにはフランも目を輝かせている。いやー、隠し通路とか階段とか、ロマンだよな。

その階段をフェイスに先導されて降りていくと、少々広めの地下室があった。一〇人くらいが使えそうなサイズの、豪華な円卓が部屋の中央に置かれている。

卓に着いているのは、三人の男女だ。

まだ味方とも限らないので、遠慮なく鑑定させてもらおう。

それぞれ戦闘力は低いものの、面白いスキル構成である。

真ん中に座っている、傷だらけの禿頭の男は、外見もスキルも典型的な盗賊だった。

斥候系冒険者と似たスキル構成である。盗賊のまとめ役に相応しく、カリスマや指揮系の能力もきっちり揃っていた。

ただ、フランを見た瞬間、盛大に頬を引きつらせたな。三人の中では荒事担当であるがゆえに、力の差が理解できてしまったのかもしれない。

その右に座る三〇代前半のイケメンは、完全に結婚詐欺師だ。

演技系のスキルと、嘘や恫喝に役立ちそうなスキルを複数持っていた。異性誘引スキルと女殺しの称号もある。

セルディオの野郎に少し似ているだろう。さらに、魔術も多少使えるようだ。

左側の婀娜っぽい美女は、娼婦の元締めかね？　男を籠絡するためのスキルに加えて、毒物に関するスキルが豊富だった。

毒に詳しい娼婦？　めっちゃ怖いんですけど！

「では、私はこれで」

「おう。ご苦労だったな」

フェイスは三人に頭を下げて部屋を出ていく。

フェイスの気配が完全に消えたことを確認し、改めて中央の男が口を開いた。

「お、俺はフィスト」

フェイスに接する態度は偉そうだったのに、フランに対してはどこか腰が引けている。

両脇の二人は、挙動の怪しいフィストの様子を不審に思っているようだ。だが、それでも笑顔で挨拶をしてくる。

「私はオネスト」

「あたしはピンクよ」

盗賊ギルドの幹部とは思えない当たりの柔らかさだが、むしろそれが胡散臭い。そもそも、全員偽名だ。いや、犯罪者なんだし、それも当然か。

真ん中の男がフィスト。詐欺師がオネスト。娼婦がピンクだ。当然ながらこいつらも偽名だった。

「冒険者のフラン」

「お、おう」

大量の汗を流しながら、震えた声で頷き返すフィスト。

その目が、壁や床を確認するのが分かった。

一見、護衛も何もいないように見えるが、この部屋の周囲には一〇人以上の気配がある。至るところに隠し扉が存在しており、その中に護衛を潜ませているのだろう。

フィストは、その護衛を使ってフランを制圧できるかどうか、考えたようだ。

そして、無駄だと悟ったらしい。それで逆に落ち着きを取り戻したようだった。多分、開き直ったのだろう。

先程までよりは大分マシな声で、喋り出す。

「実はこちらとしても嬢ちゃんにはちょいとばかり用事があってな。じ、実は今回のことがなくても、接触するつもりだったんだ。まあ、適当に座ってくんな」

盗賊ギルドは最初からフランに注目していた？

「どういうこと？」

「まあ、まてまて。少し話をしようじゃねーか」

「無駄話をしている時間はない」

「じゃあ、無駄話じゃなければいいんだな？　おい、オネスト」

「ほう？　いきなり私で？」

　フィストに話を振られたオネストが軽く目を見開く。どうやら驚いているらしい。そして、不審がっている。

「それほど強いと？」

「俺には荷が重い」

「……いいか？　絶対に敵対するな。死にたくなければな。俺の危機察知がこれだけ反応してるのは、百剣と向かい合った時以来だ」

　なるほど。本来であれば強面のフィストが相手を脅しつけ、詐欺師のオネストが有利に話を進める流れなのだろう。だが、フィストは瞬時にフランの実力を悟り、心が折れている。当然ながら、武力による威圧などできるはずがなかった。

　交代したオネストが、胡散臭い爽やかすぎる笑顔で話しかけてくる。

「あー、お嬢さん。とりあえず茶でも用意させますので、どうぞお座りください」

「いらない。時間がないから」

「いやいや、良い交渉の席には、やはり美味しいお茶がなければ始まりませんから」

「無駄にできる時間はないと言った」

「は、はは。そうですか。いえ、あなたのような美しく、実力もある方とはぜひお近づきになりたいものでして」

　オネストは髪を軽くかき上げながら、ニコリと微笑む。キラキラビーム放出中だ。日本だったらナンバー1ホストにでもなれたかもしれん。

しかし、フランは表情一つ変えなかった。

「私の話を聞く気がないの？」

多分、オネストは女性相手の切り札なのだろう。確かにこのイケメンに微笑まれたら、大概の女性はのぼせ上がるだろうし、交渉も盗賊ギルドの有利に進むに違いない。

だが残念だったな。うちのフランはイケメンなんかに興味はないのだよ！

そもそも、フランに遠回しな交渉なんかが通じるわけもない。

特に今は気が急いている。オネストの迂遠な言葉など、フランの苛立ちを助長するだけであった。

それが分かっていないオネストは、相変わらずの笑顔でフランに語りかけてくる。多少焦った様子だが。それでも笑顔が維持できているのはさすがだ。

「ま、待ってください！」

チリッ。

オネストが再び声をかけてきた瞬間、まるで脳内に静電気でも走ったかのような不快感が俺を襲った。

これには覚えがある。ウルムットのダンジョンで捕まえた、盗賊ソラス。やつが所持していた強制親和というスキルを使われた時と全く同じだ。

多分、異性誘引のスキルを使ったのだろう。異性の注意を引くというスキルだ。

以前は気付かなかったフランも、スキルを鍛えた今ならハッキリと感じることができたらしい。目がスッと細まった。

フランは床をトンと蹴って、一足飛びに円卓を飛び越える。そして、オネストの真正面——円卓の上にドンと降り立った。

オネストを脅すためか、あえて円卓が軋む勢いだ。

フランはそのまま、オネストの首に刃を突き付けた。

上から冷たい目で見下ろされ、オネストは言葉を失っている。代わりに声を上げたのは左右の二人だ。

「ちょ、ちょっと！　お嬢ちゃん！　一体どうしたっていうんだい！」

「そ、そうだぜ！　いきなり穏やかじゃないな！」

「……交渉中にスキルを使うのは、穏やかなの？」

「！」

まさかスキルを使ったことがばれると思わなかったのか、オネストは顔面蒼白だ。

しかし、ここでオネストは妙なプライドを発揮してしまった。大人しく謝るのがベストだと思うんだが、彼らのような人種にとって交渉の席で舐められる訳にはいかないのだろう。

「ここで、け、剣を抜くとは！　後悔しますよ！」

「……ほう？」

「この王都で、我らと敵対して、無事に済むとは思わないことです！」

あー、やっちまったこの男。フィストに敵対するなと言われても、やはりフランの外見のせいで多少の侮りがあったのだろう。もしくは、自分の外見が全く通じずに、悔しかったのか。

会話の主導権を取り返そうと、反射的に敵対的な台詞を口にしてしまった。

その直後、フランがオネストを睨みつける。

もうこいつらを敵認定する寸前だった。次の台詞如何では、物理的にオネストの首が飛ぶだろう。

壁の向こうにいる護衛たちにも、緊張が走っているのが分かる。

壁ごしにフランの実力は感じ取れていなくとも、フィストの言葉を聞いて相手が圧倒的強者だとは理解しているのだ。

それでも戦えと命じられたら、フランに襲いかからなくてはならない。下っ端の悲哀だぜ。きっと、心の中でオネストへの罵倒の言葉を叫んでいるに違いない。

ただ、これはマズいんじゃないか？　交渉は完全に決裂しそうだ。

いや、交渉に入ってさえいなかったが。やっぱり最初から俺が出るべきだったかもしれん。盗賊ギルドを敵に回すと、色々と面倒なことは確かなのだ。

だが、俺がフランを止める前に、動いた男がいた。

「まってくれ！」

「ぶべっ――――？」

なんと、フィストがオネストの顔面を横から殴って黙らせたのだ。

錐もみ状態で吹っ飛んだオネストは、壁に激突して動かなくなる。胸が上下しているから死んではいないだろうが、商売道具の顔が結構酷い状態だ。早く治さないと、マズいんじゃないか？

フィストはそのまま両手両膝をついて、必死に謝罪してきた。あとは頭を下げれば完全に土下座の体勢である。

「ま、まて！　今のはあいつが悪い！　ちょっといつものクセが出ちまったんだ！　決してあんたと敵対しようだなんて思っちゃいねぇ！　済まなかった！　だから、座ってくれ！」

フィストとオネストは一応同格っぽかったのに、いいのか？

ピンクも、突然の事態に驚いているようだ。余裕のある女風の仮面が剥がれ、焦った様子で口を開く。

「え？　ちょ、フィスト！　あ、あんた何やってるの？　あとでオネストの組と揉めても知らないわよ？」

「うるせぇ！　ここで皆殺しになるよりましだ！　実物を見て分かった。噂は本当だ！」

フランに暴れられるよりは、後々オネストと揉めた方がマシだっていう判断なのだろう。それにしても皆殺しって……。

どんな噂を聞いているのか分からないが、かなりフランを恐れているようだった。

その場で頭を抱えて、ブツブツと呟き出す。

「だいたい俺はこんなスキル以外に能がない女衒上がりを幹部にするのは反対だったんだ！　ああああ！　ちくしょう！」

「……あんたがそこまで取り乱すとはねぇ……。はぁ。仕方ない。男どもは使いもんにならないし、あたしが話をさせてもらうよ。あと少しだけ、辛抱してくれないかい？」

フィストの態度からフランの危険性が分かったはずなのに、ピンクはニコリと笑って話しかけてきた。

フランも、オネストの惨状を見て溜飲が下がったのだろう。コクリと頷いた。

「……わかった」

「ありがとう」

ピンクが再び椅子に腰かける。

フランは円卓からは降りたものの、俺を抜いて立ったままだ。

フランが手を軽く動かすだけで、ピンクの首は落ちるだろう。完全にフランに生殺与奪の権を握られているはずなのだが、ピンクの顔に恐怖の色はない。

幹部の中で一番肝が据わっているのは、間違いなくこのピンクだな。女傑という言葉が頭に浮かんだぜ。

「下手な駆け引きは逆効果になりそうだから、単刀直入に言わせてもらう。ガルス師はオルメス伯爵邸にはもういないよ」

「！　どういうこと？」

フランはまだガルスの事なんか、一言も口にしていないぞ？

驚くフランを見て、ピンクがニヤリと笑う。意趣返しが成功したからだろう。

「ふふ。ようやく興味を持ってくれたわね」

「なんで、知ってる？」

「まあ、情報こそがうちの武器だからねぇ。それに、ガルス師とうちは少しだけ関係があってね」

なぜフランとガルスを結び付け、その情報を教えてきたのか、軽く説明してくれる。

元々、盗賊ギルドはガルスに借りがあったらしい。

「大昔、はねっかえりが王都に持ち込んだ召喚の魔道具が暴走しかけてね。危うく王都の中に脅威度Dの魔獣が解き放たれかけたことがあったのよ」

その現場に居合わせ、魔道具を破壊して召喚を止めたのがガルスであったらしい。

「いくらあたしらがお目こぼしをもらってると言っても、王都の中で魔獣を召喚したなんてことになればそうも言ってられないからねぇ。組織ごと潰されていただろうよ」

そのことから、盗賊ギルドはガルスに大きな恩があったそうだ。

そして、アシュトナー侯爵家にガルスが軟禁されていることを知り、接触を図ったという。

「盗賊ギルドの人間が、侯爵のところにいるの？」

ベイルリーズ伯爵家の精鋭でも捕らえられたのに？　だが、そこはさすがに盗賊ギルド。一日の長があるらしい。

「そこかしこにいるあたしらの耳目はね、自分が盗賊ギルドに協力しているだなんて思っていないのさ。普段は真面目に働いて、時おり小遣い稼ぎに情報を売る。そんだけのことさ。だから、その耳と目が潰されても、あたしらにはたどり着かない」

「なるほど」

「で、そんなやつらの手引きがあれば、忍び込むのはたやすい。いや、手引きなんて上等なもんじゃなくて、見回りを少しだけ不真面目にやってもらうだけで十分なのさ」

そうやって、オルメス伯爵邸にいたガルスと接触した盗賊ギルドは、彼にあることを頼まれる。それが、軟禁中に密かに作った剣の鞘を、複数のオークションに出品するという事であった。

「借りがあるからねぇ。断れなかったのさ。ま、鞘以外に何点か、出来の良い武器を卸してもらったけどね」

なんと、師匠の鞘と銘打たれた商品は、いくつかのオークションに出品されたらしい。万全を期して複数出品していたのだ。まあ、何も知らなければあの暗号にすぐに気づくことはないだろう。気づいても、意味が分からないだろうしな。

盗賊ギルドの人間を使ってフランに伝言を頼めばいいと思ったんだが、それだとフランが信用するかどうかも分からない。それに、どこで情報が洩れるかもわからなかった。

それ故、あんな回りくどい方法になったそうだ。

そうやって出品された鞘だが、あれを積極的に落札したのがフランだけであったらしい。

盗賊ギルドは全ての鞘をきっちり監視していたんだろう。

それにしても、軟禁状態で鞘をいくつも作る事なんてできるのだろうか？　そう思ったが、腕がならないようにとそれなりの工房が与えられ、ガルスは好きに武具を作っていたらしい。

「じゃあ、ガルスは無事？」

「定期的にガルス師と接触していた人員からの報告だと、どうやら食事に微量の魔薬を混ぜられているようで、最近では少々その影響が出始めていたそうよ。声を大にして、絶対に無事とは言いきれない状態ね」

「……そう」

「あと、時々半ばから折れた妙な魔剣を握らされるそうだよ。すると自分の意思とは関係なく、体が動いて、鍛冶仕事をさせられるんだとか。正直言って、魔薬で壊されたせいで幻覚を見てるんじゃないかと思ったんだが……」

魔薬で精神支配を受けやすくし、狂信剣ファナティクスによって操られていたのだろう。状況証拠的に、地下道で出会ったあの半壊魔剣が狂信剣ファナティクス本体の可能性は高いが、まだ確定じゃないんだよな。

どうやらハムルスたちのような戦闘に使う手駒の場合は、完全な魔薬中毒にして精神を破壊しているようだ。

だが、ガルスのようにスキルや知識が必要な場合は、投与する魔薬の量を調整して意識や理性を残しているらしい。

職人の腕っていうのは、単に技術だけに留まらないのだ。知識やセンス、細やかな気配りが必要になるのである。人格が完全に消えてしまっては、そういった部分にも影響が出るだろうからな。

「で、つい先日、その身柄がある場所に移されたらしい」

「ある場所？」

「今は無人となっている旧アルサンド子爵邸の地下だと思うんだけど、よく分からないんだよねぇ」

「アルサンド子爵？」

『虚言の理を持ってた、馬鹿貴族だよ』

そういえばそんなやつもいたねって感じだ。父親のオルメス伯爵の館がアシュトナー侯爵に利用されている。子であるアルサンド子爵の旧館も、利用されていておかしくはないだろう。

「どういうこと？」

「まず前提として、ガルス師が今まで軟禁されていた部屋から連れ出されたところまでは確認が取れている。そして、アシュトナー侯爵邸、オルメス伯爵邸とオルメス伯爵別邸。ここには盗賊ギルドの耳目が入り込んでいるが、ガルス師の姿は確認されていない」

「ん」

「つまり、それ以外の場所に移された可能性が高いってことだ」

「それが、旧アルサンド子爵の家の地下？」

「ああ。広い空間があって、人間と思われる気配が大量にあることは確認している」

「敵の兵士？」

「多分ね」

疑似狂信剣を作るための拠点なのかもしれない。だとしたら、相当数の戦力がそこにはいるだろう。

神剣開放状態の剣士が複数いたら、どうしようもないぞ？

いや、神剣開放は自爆前提だと思われる。だとしたら、普通の狂信兵だろう。

それなら対処のしようもありそうだった。

「でも、その地下空間への入り方が分からないそうよ。どれだけ捜しても、出入りするための道がない」

空間転移で出入りするのか、上手く隠蔽した隠し通路があるのか。後者だとしたら、盗賊ですら発見できない高度な隠蔽が施されているのかもしれなかった。

「そんな場所がある事、どうやって調べたの？」

「ふふ。ネズミはどこにでも入り込むということよ」

さすが盗賊ギルド。そんな秘密拠点にまでスパイがいるのか！

「正確な兵力は？」

「そこはごめんなさい。ネズミに数は数えられないから」

なんと、さっきのネズミ云々(うんぬん)は比喩表現ではなく、本当にネズミを使役しているという意味だったらしい。いくら秘密の地下空間でも空気穴などが存在しているようで、そこからネズミであれば入り込めるらしかった。

「でも、情報を繋ぎ合わせれば推測は可能よ。多分、一〇〇人は下らないでしょうね」

「何で分かる？」

「それはね――」

盗賊ギルドは、ここ数年でアシュトナー侯爵家に雇われ、全滅したことになっている傭兵団をいくつか確認しているそうだ。

「傭兵団が全滅するような案件、そんなに頻繁に起こるわけがないわ。ここ数年、この国は大規模な戦争は起こしていないもの。じゃあ、全滅した傭兵団はどこにいったのかしら？」

これまでは、人間を生贄（いけにえ）にした儀式等が疑われていたらしい。しかし今日の貴族街での騒ぎで、疑似狂信剣に操られた兵団のことが明るみに出た。しかも、兵士の詰め所を襲って自滅した剣士の中に、全滅扱いにされた傭兵団の構成員が交ざっていたらしい。

これはもう確実だろう。盗賊ギルドが把握しているだけでも八〇人を超えるそうだ。そこに行方不明の冒険者などを加えれば、一〇〇人規模の人員が予想できる。

「気を付けなさい。相手はきっちり待ち構えているわよ？」

「どうしてそんな情報を教えてくれる？」

盗賊ギルドは正義の味方じゃないんだし、わざわざフランやベイルリーズ伯爵に肩入れする理由が分からない。言っちゃなんだが、アシュトナー侯爵と手を組んで、甘い汁を吸う選択肢だってあったんじゃないか？

もうアシュトナーは滅んだから、結果的に盗賊ギルドの選択は正しかったわけだが。

「まあ、あたしらにとっても、この王都は失う訳にはいかない場所だからねぇ。冒険者ギルドが狩場としてダンジョンを保護して有効利用するのと同じように、盗賊ギルドはこの王都の裏側を守り、育ててきたのさ」

長い時間をかけて盗賊なりのルールを定め、貴族や一般市民の隙間に入り込み、居場所を作り上げてきたのだろう。

先程ピンクが言ったように、冒険者ギルドにとってのダンジョンや魔境。鍛冶ギルドにとっての工房や鉱山。それが盗賊ギルドにとっては王都なのだという。

「ここを失ったところで、今更他の都市になんざ移れやしない。そこにはすでに先住者がいるからねぇ。いや、上役だけならどうとでもなるだろう。でも、下の者は？　スリや空き巣。娼婦に男娼。そういった者たちの多くは、借金奴隷に身をやつす以外に道はないのさ」

王都にどれくらいの構成員がいるかは分からないが、全員が新しい職に就くというのが無理なのは分かる。

「前から少し怪しかったが、ここ最近のアシュトナー侯爵家は完全におかしい。あれはダメだ」

さすが盗賊ギルド。すでにアシュトナーの異常を把握していたようだ。

「あたしらとしては表立って多くの戦力を動かすことはできないが、その他の面では色々とサポートさせてもらう。なに、報酬をせびろうなんて考えちゃいない。共同戦線といこうじゃないか。どうだい？」

『フラン、こいつらは嘘をついてない。完全に信用はできないが、協力はできると思う』

「ん。それでいい」

「即断即決かい。さすが黒雷姫。じゃあ、こちらから人を付けるから、そいつを連れて行ってくれないかい？　足手まといにはならないからさ」

（師匠）

『断っても、どうせこっそりついてこられるだろ？　だったら、頷いておけ。問答する時間も勿体ないしな』

「わかった」

頷いたフランを見て、ピンクが軽く手を叩いた。

何かの合図なのだろう。それから一分もせずに、部屋に盗賊ギルドの人間が入ってくる。

その横には、一人の老人を連れ立っていた。

つるりとした頭の、小柄な老人である。眉毛も顎鬚も口髭も白く、長い。一見すると、仙人のようにも見えた。いや、仙人というには、少々貧相かな？

杖をつき、ローブに身を包んでいるところを見ると魔術師なのだろう。だが、腰が曲がっていて、戦闘ができるようにはとても見えない。

まあ、外見だけは、であるが。

鑑定する前からその内に秘めた魔力を感じ取り、俺もフランも臨戦態勢だった。いつでもこの老人の攻撃に反応して、反撃できるように意識を研ぎ澄ませる。

警戒すべきは魔力の強さだけではない。老人からは、強者特有の凄みのような物が感じられた。

王都で出会った人間の中では、アシュトナーを除けば一番強いかもしれない。あの天壁のゼフィル

ドと比べても、遜色がなかった。

これほどの人材を抱えているとは、侮れないな盗賊ギルド。

警戒状態のフランを見た老人は、口元を歪めて声を上げた。

「ほう？　儂の実力を一見しただけで理解したか？　さすが異名持ちということか。そこらの盆暗どもとは違うな」

手に持った杖でカツンカツンと床を打ち、ブツブツと何やら呟く。

気難しそうな老人だな。時おり白い眉の下からのぞく眼光は鋭く、とてもではないが好々爺とは言えない雰囲気だ。

「盗賊ギルドでも最強の人間さ」

「エイワースだ」

年齢は73。そのせいで腕力や敏捷のステータスは低いんだが、暴風魔術がレベル3、大海魔術2、氷雪魔術7、死毒魔術6と、かなり高位の魔術師だ。土魔術や補助魔術まで使いやがる。

いや、待てよ。エイワース？　聞き覚えがあるぞ。フランも覚えていたらしい。

「ディアスたちの仲間？」

そうなのだ。以前聞いた、ディアスたちの元パーティメンバー。その名前がエイワースだったはずである。

当たりであったらしく、エイワースが白眉毛をピクリと動かした。

「ディアスを知っているのか？」

「ん。フェルムスもガムドも知ってる」

「そうか。儂は竜縛りのエイワース。確かにやつらとは一時期パーティを組んでいたことがある」

過去の仲間の話を聞いても、ニコリともしない。仲が悪いのか、そもそもこういう性格なのか。とにかく現れてからずっと仏頂面だ。

「あと、へんな秘密結社」

「秘密結社？　ああ、もしや魔術ギルドのことか？」

「ん。うざかった」

「それはすまなかった。だが、あれも儂が作ったというだけで、すでに脱退している。今は幹部どもが好きにしているのだろう。まあ、もう興味もないが」

『フラン。本当だ』

どうやら、興味のあること以外はどうでもいいタイプの人間らしい。魔術ギルドは既に過去のことで、この老人にとっては全く興味がない事柄になっているようだ。

後始末をきっちりしろと言いたいぞ！

にしても、そんな人物がどうして盗賊ギルドなんかに所属している？　フランもそこが気になったらしい。エイワースへの警戒を解かずに、首を傾げた。

「元ランクA冒険者が、どうして盗賊？」

その疑問に答えたのは、本人ではなくピンクだった。

「その爺さん、元々は盗賊狩りをしてたのさ」

なんと、数年前に王都に現れて、盗賊ギルドの構成員を襲っては、連れ去っていたらしい。

しかもその理由が人体実験のためだという。

「昔は重犯罪奴隷を買っていたんだが、それだと高くつくうえに、いつでも仕入れられる訳ではない。しかし、無辜の民を実験台にする訳にもいかん」

こんな爺さんでも一応倫理観があるのかと思ったら、ただ単に手配されたら面倒だというだけだった。感心して損したね！

「実験台に不足した儂は、そこで閃いたわけだ。そうだ、盗賊を狩ろう、とな」

盗賊にとっては最悪の閃き！　正に災難だ。

だが、一般の人々にとってはありがたい話である。なのに全く尊敬の念が湧かないのは、エイワースが完全に自分の欲求を満たすためだけに行動しているからだろう。

「しばらくは普通にそこら辺の野盗を狩っていたんだがな」

しかし、次第に野盗の数が減り始めてしまった。エイワースが狩り過ぎたことで、クランゼル王国で仕事をするのが危険だと、盗賊の中で情報が出回った結果らしい。

その後エイワースは、山賊や海賊ではなく、都市内にも盗賊がいたということに思い至る。結果、盗賊ギルドの構成員を狙うようになったらしい。

だが、盗賊ギルドとしてはたまったものではないだろう。

そこで彼らはエイワースと交渉し、重犯罪奴隷や裏切り者を差し出す見返りに、盗賊ギルドの用心棒代わりに彼を雇うことに成功したそうだ。

「時おり敵を倒すだけで、好きなだけ実験台が手に入るのだ。楽な仕事だな」

フランが顔をしかめている。エイワースに対して不快感を覚えたのだろう。いや、こいつに対して好意を持てという方が無理だが。

「ああ、言っておくが、実験台を殺したりはしておらんぞ？　少々中身を覗かせてもらって、その後はきっちり回復してから解放している。まあ、重犯罪奴隷は再度売り払っているが。どんな実験か知りたいか？」

「……別にいい」

今は急いでいるからな。それに、フランは本当に興味がないらしい。

フランにつれなくされたエイワースは、不満そうに眉をひそめている。

「ふん。どいつもこいつも倫理だ何だと煩わしいことだ」

こいつには絶対に気を許さんとこう。

「はぁ。扱いづらい爺さんだが、戦闘力は申し分ない」

「……敵には魔力を打ち消して、魔術を封じる能力がある」

「なに？　それは本当か？」

「ん」

「くくく。興味深い」

「いや、エイワース。いくらあんたでも、魔術を封じられたらヤバいんじゃないのかい？」

ピンクがそう問いかけるが、エイワースの笑いは止まらない。せっかくの忠告も、爺さんの好奇心を煽っただけだった。

「くくく。構わんよ。それで死ねば儂が弱かったということ。それよりも、報告を受けた時からその剣とやらに興味が湧いていたのだ。儂の研究の一助になるやもしれんからな」

魔術を封じられた状態でこの爺さんが役に立つのかと心配になるが、本人のやる気はマックスであるようだ。

「エイワース。やり過ぎるんじゃないよ?」

「善処しよう。まあ、相手次第だがな。くくく」

そうやって笑うエイワースの顔は欲望に歪み、完全に悪人の表情である。盗賊ギルド以上に信用できそうもなかった。

「では、行こうかのう」

正直連れて行きたくないけど、戦力的には最強の助っ人と言えるだろう。

それに、今更断ると言っても、絶対についてくるはずだ。

だったら、せいぜい利用してやるか。そこに、フェイスが入ってくる。

「道案内はフェイスにやらせるよ。やれるね?」

「お任せを。現在、貴族街はかなり混乱しているようですので、侵入は難しくはないかと」

「戦況はどうなっているんだい? 例の剣の刺さった変なやつらは?」

「出ました。騎士団が劣勢であるようです」

やっぱそうなるよな。疑似狂信剣で潜在能力解放状態になっている冒険者や傭兵だ。騎士よりも遥かに強いうえ、再生力も高い。魔術もスキルも打ち消されたら、決め手に欠けるだろう。

「冒険者ギルドからは二〇名ほどの冒険者が慌てて応援に出ました。中堅以上の冒険者ばかりですが、どれほどの戦力になるかは……」

「負けそうなのかい?」

「いえ。ギルドマスターはまだ他の冒険者を集めていますし、王都内から騎士が集まってきていますので今以上に劣勢になることはないでしょう」

王都内の戦況も気になるが、もっと気になるのは旧アルサンド子爵邸の状況だ。

「ねえ、地下空間のあるなんとか子爵のお屋敷からは、敵が出てこなかったの？」

「アルサンド子爵邸ですか？　はい、そのようですね」

『ふむ。逆に怪しいな』

（ん）

余程重大なものを守るために、戦力を残したとしたら？

壊れかけの神剣ファナティクスにとって、ガルス級の鍛冶師は絶対に身柄を押さえておきたい存在のはずだ。やはり、旧アルサンド子爵邸が怪しそうだった。

「では、そろそろ向かうとしましょうか」

「ん」

「くくく、謎の魔剣か。楽しみだな」

舐めてかかると痛い目みるぞ？　大丈夫か？

一抹の心配を胸に、盗賊ギルドを出発したフランたち。フェイスを先頭に、裏道を駆けていく。

エイワースは老人とは言え元ランクA、フェイスに合わせて走るフランに難なく付いてくる。疑似狂信剣の話などをフランから聞きつつ、息を切らせる様子もなかった。

身軽に駆ける腰の曲がった小柄な老人は、はた目に見ると異様だな。

ターボババアという都市伝説を思い出した。時おりすれ違う人々も目を丸くしている。

旧アルサンド子爵邸は、貴族街でも南区の端にあった。アシュトナー侯爵邸や、オルメス伯爵邸のある場所とも離れているため、この近辺ではまだ戦闘は発生していないようだ。

遠くから魔術の物と思われる爆音や、騎士たちの上げる鬨の声が聞こえてくる。

道中で冒険者や騎士と思われる人間と、全くすれ違わなかった。

どうやら厄介事を避けるために、フェイスがそういった道を選んで使ったようだ。盗賊ギルドに向かう時にも思ったが、さすが王都を根城にする盗賊である。

戦闘力は低くとも、なかなか侮れない能力を持っているらしい。

そうして、道中で戦闘に巻き込まれることもなく、一行は目的地へと到着していた。

「ここが旧アルサンド子爵邸です」

Side 伯爵

一体、何が起きているというのだろうか。

「ガアアアアアアアアアアアア！」

「ぎゃあぁぁ！」

「ひぎいぃぃぃ！」

娘が――我が愛娘ベルメリアが、騎士たちを蹂躙していた。

何故か、その全身が水色の鱗で覆われ、まるでフレデリックのような、先祖返りに近い姿をしている。

だが、あれは間違いなくベルメリアであった。

変貌した娘が腕を振る度に、巨大な水弾が撃ち出されて騎士たちの体を撃ち砕き、半分に折れた魔剣を振れば、衝撃波が放たれて多くの冒険者を切り刻む。

「怯(ひる)むな！　攻撃を続けろ！」

「くそっ！　何故当たらない！」

「何故この攻撃が見えているんだ！」

私の号令で部下が攻撃を放つが、こちらの攻撃は一切当たらなかった。全て回避されるか、撃ち落とされる。魔力も矢も、投げ槍(やり)も、全てだ。

時折掠(かす)めることはあるが、娘の纏(まと)う濃密な魔力によって弾かれてしまう。

今の娘は、完全に王都の敵だった。部下に倒せと命じなくてはならない。しかし、倒せない。それを喜んではいけないのだが……。

いや、そもそもあれは本当に娘か？

「クソうぜぇ羽虫共がぁぁ！　バラバラになっちまいなぁ！」

見た目は我が娘、ベルメリアだ。だが、その中身は全く違うものではないか？　単に強くなっているというだけではない。

性格そのものが、全く違っていた。

「ヒャハハハハハ！　死ね死ね！」

あれは何だ？　娘の口から発せられるのは、男とも女とも思えない、甲高く耳障りな声だ。

明らかに娘とは違う何かが、娘の体を動かしている。そうとしか思えなかった。

「し、将軍！　ど、どうしたら……！」

縋りつくような眼で指示を仰いできたのは、騎士団の小隊長の一人であった。この場所には本来副官が控えているのだが、すでにベルメリアの攻撃によって命を落としている。

その言葉には、これ以上犠牲を出してまで戦いを続けるのかという意味と、娘を攻撃していいのかという二つの意味が込められているのだろう。

しかし、私の答えに変わりはない。

中身が違っていようが、操られていようが、関係ないのだ。

「攻撃を続けろ！　我らの後ろには王城があるのだぞ！　ここで我らが逃げれば、アレの矛先が王や民に向くかもしれん！」

民と王。その二つを守るという使命の前に、娘の命を惜しむなどということがあってはならん。

「は、はは！」

「各所に散った冒険者や騎士団、魔術師が必ず駆けつける！　それまで耐えろ！」

「王城に救援を求めることは叶わぬのですか？」

小隊長がそう言いながら、背後の王城を仰ぎ見る。

王城の中には、最精鋭たる親衛隊が残っているはずだ。各騎士団から集められた、最高の騎士たち。その総隊長ともなれば、我が国でも最強と名高い。

百剣や鬼子母神とも伍すと言われる、強者だ。

しかし、その出陣を願い出ることなどできるはずもなかった。彼らの使命は王の守護。彼らの居場所は王の座す場所だ。敵が一体しかいないのであればともかく、今回のように敵が軍勢を成している場合、王の傍を離れるなどあり得ない。

そもそも、彼らは盾。敵を打ち滅ぼし、民を守るは我らの職分である。

アレは我らが対処すべき敵なのだ。

「スターグ。視(み)えるか？」

「はっ……。全てではありませんが……。しかし、信じられませぬ」

我がベイルリーズ家に仕える騎士の一人、スターグが蒼白な顔で呟く。

戦闘力も高く、高位の鑑定を所持しているので常に私の護衛として傍に置いていた。そのスターグが、時間をかけて何とかベルメリアの能力を確認し終えたようなのだが……。

「それほどか？」

「御屋形様には申し訳ありませんが、今のお嬢様はまさに化け物です」

歴戦の騎士であるスターグが怯(おび)えている？　亜竜の正面に立ってさえ、勇敢に弓を放ったスターグが？

「まず、あの折れた剣については鑑定できませんでした。相当高位の魔剣なのでしょう」

「そうか……」

もしやあれが、黒雷姫の言っていた狂信剣ファナティクスなのか？

背中に刺さっているようには見えんが……。

「また、現在お嬢様の能力は、私の目でも測りきれませぬ。値は1000を超えているでしょう。私の鑑定ならば天壁のゼフィルド殿でさえ鑑定可能でした」

「つまり、能力値で言えばランクA冒険者を超えているということか……」

「スキルも、有り得ぬほどに膨大です。剣王術に剣聖技8、大海魔術8、瞬間再生8など、高位のスキルを一〇〇近く所持しています。ユニーク、エクストラスキルも複数所持しており、私の目では剣王術、神竜化、火炎吸収、仁王、韋駄天、無詠唱、魔力統制、気力統制しか視えませんが、確実に他にもあるでしょう」

それ以外のスキルも、高位のレアスキルが並んでいるようだ。信頼するスターグの言葉でなければ、一笑に付していただろう。

「なんだそれは……。人が短期間でそれ程強くなるなど、あり得るのか……」

「状態は、狂信と神竜化となっております。このどちらかが、お嬢様がああなられた元凶だと思われますが……」

神竜化！　聞いた覚えがある。

ベルメリアの母親、ティラナナリアが語る、竜人に伝わる神話の中に登場したはずだ。エルフにとってのハイエルフのような位置づけにある、竜人の進化した先にある超存在の名前である。

進化条件も分かっておらず、ここ一万年で数人しか確認されていないそうだが、確実に存在すると言われているらしい。

それこそ、ハイエルフと正面から戦い、相打ちになったという伝説が残るそうだ。

なんという悪夢だ。娘が敵に回ったというだけではなく、その戦闘力がランクA冒険者さえ霞(かす)むほどだと？

本当にハイエルフ級なのだとすれば、ランクS級の強さを持っていてもおかしくはない。

しかし、相手に狂信剣という鬼札が存在している限り、どのような荒唐無稽なことが起きても不思議ではなかった。

神剣というは、奇跡と不合理を体現する兵器なのだ。その力を以てすれば、ある日突然一人の少女を神話級の化け物へと変貌させるくらい、有り得ることだった。

「おい！　すぐに伝令！」

「ど、どこにですか？」

「王城だ！　王を即座に避難させるようにお伝えしろ！」

「わ、わかりました！」

最早、勝てる相手ではないと理解できた。

ランクA冒険者級の戦力を複数当てても、勝利できない可能性がある。

現在私が把握している王都内にいるランクAオーバーの戦力は、天壁のゼフィルド、百剣のフォールンド、黒雷姫フラン、竜縛りのエイワース、親衛総隊長ルガ・ムフルの五人。

アレは彼らを全員招集し、同時に当てて何とかなる存在である。

結界に守られた王城にいたとしても、安全ではない。王をお逃がしし、次にできるだけ多くの民を救う。その後、強者たちに全てを託す。

我らは捨て石となり時間を稼ぐことしかできないだろう。

「やつをできるだけ長時間、この場に引き留める。命を懸けろ」

「は！」

「了解！」

唯一の救いは、部下たちの士気が高いことか。死ねと言っているに等しい私の命令に対しても、やる気に満ちた顔で返答してくれる。

ここで死なせるには惜しい部下たちだが、仕方あるまい。

できるだけ若い兵士を選んで、王都の各所に伝令として走らせる。敵の強大さと、勝利するには複数のランクAクラスが必要だという私の言葉を伝えるためだ。これで、私が死んだ後も同僚である将軍たちが後を引き継いでくれるだろう。

「私も出る」

「は！」

「デミトリス翁がいてくれれば……」

小隊長の呟きが耳に入る。

「デミトリス殿か」

ジルバード大陸を本拠地とする唯一のランクS冒険者、不動のデミトリス。格闘者でありながら、その場から一歩も動かずに百の敵を瞬殺するという武の超人である。

彼は南の小国にある自らの道場を拠点としながら、この大陸の魔境を巡り歩いて未だに修行を続けていた。

扱いづらい老人ではあるが、どちらかと言えば善人であることは間違いなく、各国で人々を救っている。このような場合であればこの上なく頼もしい御仁なのだが、現在は我が国内にいるという情報は入っていなかった。

「いないものは仕方ない」

「も、申し訳ありません」

「いや、よい。私も考えなくはなかったからな。だが、どこにおられるのか分からないデミトリス殿に頼ってもどうにもならん。この場は我らが何とかするのだ！」

「は！」

部下と自らを叱咤(しった)し、前線へと出ようとしたその時だった。

背後から、男の声が聞こえた。

「デミトリスの爺さんでなくて悪いが、俺じゃ力不足かい？」

「っ？」

どういうことだ！　気配など一切感じなかったぞ！　しかし、私の後ろには大柄な鬼族の男が悠然とした様子で立っていた。

見ただけで分かる。ただ者ではなかった。

それこそ、獣王陛下にお会いした時に近い感覚がある。

その大男が、背中から巨大な大剣を引き抜く。この剣もまた、ただの魔剣ではない。

内包された圧倒的な魔力に、気圧(けお)されそうになる。

「加勢するぜ。おらぁ！　グラビティ・ブロウ！」

大男が剣をその場で振り下ろすと、はるか上空にいたベルメリアがいきなり落下し始めた。まるで見えざる力で大地に引き寄せられているかのようだ。

そして、娘の体が勢いよく大地に叩きつけられる。

「ぐあああああ！」

今日初めて、ベルメリアにダメージらしいダメージを与えたところを見たかもしれない。この男はいったい何者だ！

圧倒的な力を示して見せた鬼人の男は、難しい顔で呟く。

「さて、俺はいつまで保(も)つかね……？」

第二章　ガルス救出

辿り着いた旧アルサンド子爵邸は、かなり荒れていた。

もう一ヶ月以上放置された屋敷の庭は、草が好き放題に繁茂し、世話する者がいなくなった芝(しば)の一部は枯れている。

門扉には生命力旺盛な植物が蔓(つた)を伸ばし始め、屋敷の壁は汚れが目立ち始めていた。

フェイスに案内された中庭も同様で、花壇などが悲惨な状況だ。

アルサンド子爵は、表向きは病気療養で領地に帰ったことになっているらしい。だが、嘘を見抜くスキルを失い、王族に無礼を働いたという話が広まっており、多くの貴族や裏社会の人間は真実を知っているそうだ。

「まあ、噂を広めたのは盗賊ギルドですが」

オルメス伯爵親子に嵌められ、彼らやその同派閥の人間の罪を擦(なす)り付けられた盗賊は数多く、いつか報復をしてやろうと機会を狙っていたという。

「その結果、今ではアルサンド子爵は領地の片隅に押し込まれているそうです」

「ふーん」

フラン、全く興味無さそうね。やつがそんな状態になったのは確実に俺たちのせいなんだが、まあいいや。自業自得だ。

それよりも今は地下とやらへの入り口を探すのが先決である。

　フェイスが中庭の一角で足を止め、地面をトントンと何度か踏んだ。

「この真下に空間があるそうです」

「だが、入り方が分からんということか。手掛かりすらないのかね？」

「はい。ネズミを使役している男も、どういった経路で入り込めたのか、見当がつかないと。どこかに穴や亀裂が微かにあり、ネズミが偶然その場所にたどり着いただけであるそうです」

「そのネズミ使い。儂は会ったことはないが、どのような能力を持つ？」

「ええと、確か――」

　そのネズミ使いは、ネズミのいる場所を感知する能力と、ネズミの記憶を軽く覗く能力、さらにネズミの表層思考を読み取ることができるそうだ。ただ、ネズミの知能自体があまり高くはないため、詳細な話は聞きだせないらしい。

「ふん。なんとも役に立たん話だ。魔術でここら一帯を潰せば、地下施設もろとも破壊できると思うが？」

「いえ、それはさすがにおやめください。それでは救出対象であるガルス師まで殺してしまうかもしれません」

「それもそうか。面倒だな」

　これは、エイワースが馬鹿な真似を仕出かす前に、俺たちが何とかしなくちゃヤバそうだ。

『ふむ……確かに広い空間があるな。生命力も複数感じる……。それにこの不快感。確実に疑似狂信剣があるぞ』

　俺の不快感センサーがばっちりとやつらの存在を捉えている。

（ん）

ただ、正確な数などは分からない。さすがに一〇〇人はいないと思うが、一〇や二〇は軽くいるだろう。

もっと近付ければ、感知できるかもしれないんだがな。

大地魔術で穴を掘りながら、こっそり近づくとか？　転移を使えば内部に入ることは可能だが、あの疑似狂信剣に操られた兵たちを無数に相手にしなければならないのは、危険すぎる。

特に今のフランは、まだ消耗から回復していないのだ。

気力と、ガルスやベルメリアを救い出すという使命感で動いているが、本当は安静にしていなくてはならない体である。

なるべく激しい戦闘は避け、秘密裏にガルスを救出したかった。

『いや、俺だけが転移して、相手が動く前に攻撃して敵の戦力を大幅に減らせば……』

そうやって考え込んでいたら、エイワースがいきなり術を詠唱し始めた。練り上げた魔力の強さは、かなりの物だ。

「エイワースさん！　何をしているんです！」

フェイスが悲鳴を上げるが、エイワースは構わず詠唱を続けた。

そして、完成した土魔術により、庭には巨大な穴があけられる。

「ちょ、エイワースさん！　派手な真似をしたら気づかれますよ！」

「ここでコソコソしておっても始まらんだろう？　であれば、とっととその地下空間とやらを見つければいいではないか」

「隠密行動をするのではないのですか？」

「なに、戦いになるのであれば、その時はその時よ」

エイワースは、悪びれた様子もなく肩を竦めるだけだ。

こいつ、本当にやりたいようにやりやがるな！

穴を覗き込むと、凄まじく深い。しかも、その奥から淡い光が漏れ出ているのが分かった。

多分、謎の地下空間に到達しているだろう。たしかに大地魔術で穴を掘ることは考えたよ？　でも、こんな派手にやったら、確実にばれるだろうが！

「目的の場所まで届いたか。対土魔術用の結界を張ってあったようだが、儂の魔術を防げるレベルではなかったな」

ムカつく程に落ち着いた様子のエイワースが、穴の中に何かを投げ入れた。しかも複数。瓶みたいだったが、いったいなんだ？

土魔術で今度は穴を塞ぎ始めたエイワースに、フランが問いかける。

「今のは？」

「特製の薬だ。気化して、一気に広がるように作ってある」

薬？　毒か？　おいおい、ガルスがいるかもしれないんだぞ！

エイワースがやったことを理解したフランは、俺に手をかけながらエイワースを睨みつけた。

「いるのは敵だけじゃない！」

「くくく。そう睨むな。大丈夫だ、どの薬も殺傷能力はない。皮膚に激痛が走る痺れ薬、空気と触れ合うと効果を発揮する金属だけを腐食させる薬、生物の魔力中枢を刺激して魔力を急激に失わせる薬の三種だ」

「でも……」

「痺れ薬は痛みはあっても実際に生命が減るわけではないし、手足に短期間、僅かな痺れを与える程度の物だ。魔力枯渇で死ぬことはない。金属腐食薬は人体には一切影響がない。薬に強い耐性を持つドワーフなら、まず死にはせん。だが、道中に貴様に聞いた、剣に支配された兵どもには有効な可能性がある」

前者二つは生産過程に魔術を使っていても、完成品自体は魔法薬ではないらしい。それゆえ、疑似狂信剣の魔力打ち消し効果では打ち消せない可能性が高かった。魔力枯渇薬は魔法の薬だが、それもわざとであるようだ。

「この三種の薬を全て防ごうと思えば、貴様の言っておった魔力打ち消しと潜在能力解放状態が必要だろう。戦闘前から消耗させられるのだから、無駄にはならん」

道中の僅かな会話だけで、相手の特性を予測して薬を選んでいたらしい。

自己中老人でも、その能力は一流だった。

フランはそれでも納得できないらしく睨んだままだが、エイワースに気にした様子はない。

『まあ、やっちまったもんは仕方ない。今はエイワースを責めるより、結果を待とう』

(ん……)

『それよりも、気を抜くなよ。最悪、数十の疑似狂信剣を相手にする可能性があるからな!』

「ん!」

エイワースが先走り、薬を勝手に地下にばら撒いてから十数分。

フランたちは屋敷の中を調べていた。地下に通じる隠し通路などがないか調べるためだ。土魔術や転移魔術で中に入り込める俺たちには、隠し通路なんか必要ない。だが、後々のことを考えると正規のルートを見つけた方が良いというのが、フェイスの提案だった。

俺やフランも探知系、察知系スキルで隠し通路を探したが、怪しい場所は存在していない。こうなると、子爵邸から入るのではないのだろう。

屋敷から中庭に戻る最中、俺たちは魔力の動きを感知していた。この魔力には覚えがある。慌てて中庭に飛び出すと、エイワースが土魔術で再び穴を掘ったところだった。

「エイワース！」

「ん？　なんだ、小娘？」

フランが駆け寄ると、なぜ怒っているのか分かっていないような顔でエイワースは問い返してくる。

「勝手な真似しないでって言った」

「おお、そういえば別れる前にそんなことを言っていたな。まあ、興味もないから覚える気もなかったが」

「むぅ……！」

分かれて探索することをフェイスから提案され、エイワースには勝手な真似をするなと釘を刺しておいたのだ。虚言の理でその返答に嘘がないことまで確認していたのに！

あの時、相談なしには動かないと言っていたエイワースの言葉に嘘はなかった。なかったはずなんだが……。

確かに嘘ではなかったのだろう。しかし、すぐに約束したことも忘れ、興味のままに行動したというだけで。エイワースのフリーダムさを甘く見過ぎていた。

「そんなことよりも、行くぞ。薬は気にするな。そろそろ効果も切れている頃だ」

エイワースが風魔術で体を浮かせると、そのまま縦穴の中に下りて行ってしまう。

「あ！」

「ちょ、エイワースさん！」

本当に自分の好奇心の赴くままに行動する爺さんだ。

（師匠！　追う！）

『そうだな！』

一瞬、エイワースに全て押し付けてしまおうかとも思ったが、もし地下拠点にガルスがいた場合、危険かもしれないと思い直す。

エイワースがどこまでガルスの安全を考慮するか疑問だからな。なにせ、あれだけ躊躇なく毒を投げ込むくらいだ。

そもそも、ガルスを使って人体実験とかしかねないし。

「エイワース、待つ！」

「あ、ちょっと！　わ、私も――」

エイワースを追って穴に飛び込んだフランを見て、フェイスが情けない声を上げた。考えてみたら普通の冒険者にこの高さは降りれんよな。いや、戦闘力の低いフェイスは置いていった方がいいかもしれん。どんな事態になるか分からないのだ。

フェイスの情けない声を聴きながら、ほぼ垂直の穴を一気に下り、最後に空中跳躍で勢いを殺して底に降り立つ。

エイワースの薬がどうなっているか分からないため風の結界を身に纏っているが、毒が充満している感じはない。エイワースの言う通り、すでに効果が切れたのだろう。

「……建物」

『ああ、ここが地下拠点とやらで間違いないだろう』

それこそどこかの砦の内部に居るかのような、しっかりとした建造物だ。

エイワースの姿はない。一人で先に進んでしまったのだろう。

『どこから襲われるかも分からん、気を抜くなよ』

「ん」

俺たちは取りあえずエイワースの後を追うことにした。

地下の通路を走りながら、周辺の気配を探る。生命力はほとんど感じられないが、疑似狂信剣の魔力は未だに微かに感じ取れた。

エイワースやフランの侵入に気付いて、気配を消しているのだろうか?

そのまま二〇メートルほど走るとエイワースに追いついた。通路の先にあった、広いホールのような場所で足を止めていたのだ。

「何をしてる?」

「小娘か。これを見てみろ」

「……階段?」

エイワースが見ていたのは登り用の螺旋階段だった。外と地下を繋ぐための階段だと思ったんだが、その階段の先は天井にぶつかっており、その用途を成していない。

ここの地下施設を隔離するために、穴を埋めてしまったのだろうか？

だが、そうではなかった。エイワースが軽く魔力を流すと、一瞬階段が光り輝いたのだ。

「やはりな。これは魔道具の一種だ」

さらに多くの魔力を流すと、階段と接している天井部分――つまり、中庭の地面の下と思われる場所がさらに強く光り始めた。

このまま魔力を流し続けると、あの部分が開くらしい。そりゃあ、地上でいくら探しても出入り口が分からないはずだ。

外から戻る際は、中から階段を出現させてもらう必要はあるが、外から襲われる可能性をできるだけ減らす設計なのだろう。

まあ、エイワースに力業（ちからわざ）で侵入されてしまったが。

「これはあとで調べればよいだろう。反対側へと行くぞ」

「……ん」

フランが多少不満げではあるが、一応頷く。エイワースに仕切られるのは気に食わないが、魔道具に対する見識の高さを見て、多少は認めたらしい。

とりあえず、文句を言うことはやめたようだ。エイワースの後に付いて駆けだした。

だが、すぐに俺は前方に潜む魔力に気付く。

『フラン！　そこの扉の向こう！　疑似狂信剣の魔力がある！　多分、二つ』

（ん？　わかった！）

どうやらフランには感じ取れないようだ。俺も魔力というよりは、嫌悪を強く感じているからこそ気付けている部分はあるかもしれない。

フランが、その扉の前で足を止めた。

「エイワース」

「ふむ？　何か感じたのか？」

「ん」

フランが声をかけると、エイワースは足を止めて周囲の気配を探り始める。この辺の判断の的確さはさすが元ランクAだった。

「そこの扉の向こう」

「ほう？」

フランが通路の途中にある扉を指差す。

エイワースにも、そこに誰かが隠れているとは分からないみたいだ。だが、緊張を解かない。フランの察知能力が自分より優れていると認めたらしい。

「敵か？」

「分からない。でも、二人いる」

「……やはり儂には分からん。先鋒は譲ろう」

「ん！」

エイワースが素直に一歩下がり、フランがドアを蹴破った。

動きのイメージはバッチリだ。

まずは一人を抜刀術で斬る！　最悪エイワースを盾にして、距離を取った後に念動カタパルトで仕留める。魔術師の爺さんだが、時間稼ぎくらいはできるだろう。

俺がそんなことを考えている内に、フランが勢いよく部屋に突入した。

どんな相手でも即応できるように、俺を構えたままである。

部屋に踏み込んで、まず最初に目に入ってきたのは黒い粉の山だった。

床や棚に、黒い粉が大量に散乱している。

多分、武具庫だったのだろう。しかし、エイワースの投げ入れた金属腐食薬によって全てが腐り落ち、黒い粉の山になってしまったようだった。

僅かに残る革鎧や革盾、柄に巻いてあったと思われる革帯などから、武具の痕跡を感じ取れる程度だ。

中にはやはり男が二人。首には疑似狂信剣が刺さっている。

だが、俺のエイワースシールド作戦が実行に移されることはなかった。中に踏み込んだ時、すでに敵は事切れていたのだ。

「……ん？」

警戒を解かずに、フランが慎重に倒れた男に近寄っていく。

『死んでるように見えるが……』

「えい」

念のために背中に刺さった剣を切ってみるが、やはり動くことはなかった。共食いが発動しているので、これが疑似狂信剣であることは間違いない。

後から部屋に入ってきたエイワースが、拍子抜けした様子で死体に近づく。

「死んでいるではないか」

鑑定すると、生命力とともに魔力も全て失っている。

これは、エイワースの薬が想像以上の働きをしたらしい。魔力枯渇薬が働いたのか、それとも疑似狂信剣の魔力打ち消し効果が発動し続けたのかは分からないが、魔力を使い果たしてしまったのだろう。

また、痺れ薬を防ぐために潜在能力解放も発動したと思われた。

もしくは、潜在能力解放状態でなければ魔力打ち消しが使えないのかもしれない。

どちらにせよ、潜在能力解放状態になったのに魔力が枯渇したせいでスキルは発動せず、再生による生命力回復が機能しなかったのだろう。

結果、潜在能力解放であっさりと自滅したのだ。

剣の魔力が弱いのは、宿主から魔力を吸い上げられなくなったからだと思われた。

「魔力が多少減っていれば戦い易いと考えたのだが……。敵は想像以上に馬鹿であるようだ。いや、精神を操られている以上、そこまで的確な判断力は残っていないと考えるべきか。もしくは条件によって自動的に剣の能力が発揮される？　だが――」

エイワースは死体を検分しながら何やらブツブツと呟いている。色々と考察しているようだ。しかし、今はゆっくりしている暇はない。

フランは無言で死体を収納した。

「何をする！」

「ちっ。仕方あるまい。だが、後で必ず検分するからな」

「先急ぐ」

「……」

「おい、聞いているのか？　必ず儂に死体を渡すのだぞ？」

「……」

「おい、小娘」

フランはエイワースとの会話が面倒なのか。完全に無視だ。それに対して、エイワースが喚いている。

こいつ、人の話は全然聞いていないくせに、自分が無視されたら怒るのな。本当にいい性格してやがる。

「いいか？　絶対に解剖させるんだぞ？」

「……」

「なぜ何も言わん！」

結局、解剖解剖と煩いエイワースには、死体を一つ渡して黙らせた。フランとしては「そんなに欲しいならくれてやる」的な対応だったのだが、エイワースは大喜びだ。

走りながら雑に放り投げられた遺体を軽々と受け取り、自分のアイテム袋にいそいそとしまい込んでいた。珍しい昆虫を捕まえて、籠に入れる少年みたいな雰囲気なのがムカつく。

「くくく、よいサンプルが手に入った。これでまた研究が進むかもしれんな」

「……」

フランを呆れさせるとは、やはり侮れないなエイワース。

そのまま少し走ると、前方が明るくなっている。先がホールになっているようだ。弱々しい疑似狂信剣の反応が大量に感じられる。

こちらでも、先程の武具庫と同じ惨劇が起きたらしい。

『ここも死屍累々か』

「全滅？」

『いや、数人生きているな』

生命力を数人分、感じ取ることができた。

「小娘、いるのか？」

「何人か生きてる」

「ほほう？」

フランの言葉に、エイワースの目が怪しく光った。

生きたサンプルを間近で見られるとでも思っているのかもしれない。

『油断するなよ』

(ん！)

広間に踏み込むと、そこは少し明るめのホールだった。

本来であれば、大量の疑似狂信剣と激闘になるはずだったのだろうが……。

広場で立っている敵は、四人だけであった。

二〇名ほどはすでに倒れ、息をしていない。

鑑定してみると、生きているのは毒耐性を持っていた者や、風魔術で薬を防いだ者たちであった。

だが、やはり魔力がすでに大幅に減っている。

本来の力は発揮できないだろう。これはチャンスである。

『フラン！　先制攻撃だ！』

「ん！」

俺の声を聴いた瞬間。フランが俺を投擲していた。さすがフラン！　消耗していても、その投擲は正確だ。

念動カタパルトで加速した俺が、一番手前にいた女の頭部を、疑似狂信剣ごと破壊した。

『残り三人！』

俺が快哉を叫んだ直後、俺はフランの手元に引き寄せられていた。

伸びた俺の飾り紐がフランの手に握られており、魔力打ち消し効果によって形態変形が無効化されたことで、フランの手の中に勝手に戻ったのだ。

『よし！　想定通り！』

「ん」

いつもなら念動で戻るところだが、今回は魔力打ち消しのせいでそれが無理だと分かっていたからね。

ただ、ここまで上手く行くとは思わなかった。

（師匠、もう一回）

『おう！』

「はぁぁっ！」

ホールが広いせいで、入り口付近には魔力打ち消しの効果は届いていない。つまり、再度念動カタパルトを放つことができるということだった。

先程の光景を再生したかのように、フランに向かってきていた剣士の頭部と疑似狂信剣が粉砕された。即座に飾り紐の変形が解かれ、俺はフランの手元に帰還する。

このまま残りも片づけてしまおう。そう思っていたんだが、それをエイワースに邪魔された。

「こら。儂にも一体残しておけ」

「む」

無視しようかと思ったが、ここでエイワースを蔑ろにするとこの後暴走をするかもしれん。絶対に、碌なことにはならないだろう。

そのことを考えたら、少しは希望を叶えてやった方がマシだった。

それに、躊躇している間に剣士の一人が近くに寄ってきてしまっている。念動カタパルトを使うにはまた距離を取らねばならないだろう。

『仕方ない。こいつは俺たちが引き受けて、残った一人はエイワースに押し付け——任せよう』

「ん。わかった」

下手に断ったら、暴走したエイワースに敵ごと攻撃されかねない。

フランはエイワースの言葉に頷くと、自分は駆け寄ってきていたドワーフと切り結んだ。首筋を狙った一撃だったのだが、どうやら防御力特化型のようで、強力な障壁を張って攻撃を弾かれてしまう。

その分、攻撃は得意ではないらしい。フランはカウンターで放たれた大剣を悠々と躱す。これは潜在能力解放による自爆を待った方が楽か？

「ふむ。黒雷姫に加勢はいらぬな。ではこいつは儂がもらう」

それを見ていたエイワースが、残った大男に向かって歩み出した。その顔はやる気に満ちている。

「貴様らの頑丈さを検査してやろう――ポイズン・フォッグ」

「――」

「おお！　今のが魔力打ち消しか？　本当に魔力で作り出した毒霧を消し去りおった！　実に興味深い」

爺さん、喜んでいるところ悪いが、大丈夫か？　魔術を封じられるんじゃ、圧倒的に不利だろう。

しかし、エイワースは愉悦に満ちた表情を浮かべたままだ。

一気に接近してきた大男に動揺することなく、懐から取り出した瓶を複数投げ放つ。ローブの内側にアイテム袋か何かを仕込んでいるのだろう。

大男がその瓶を薙ぎ払った瞬間、凄まじい爆音が響いた。同時に煙と火炎が立ち昇る。

フランがドワーフから距離を取って、猫耳を押さえて目を白黒させていた。それほどの爆音だったのだ。

「――！」

ただ、大男を倒せてはいない。腕が少し焦げた程度だろう。

「ふむふむ。やはり魔力を媒介しない、薬品の反応による現象は打ち消せぬか」

仲間のフランの邪魔をしたエイワース本人は、楽し気に嗤いながらさらに魔術を放った。広範囲を凍結させる魔術だ。しかし、大男の疑似狂信剣に打ち消される。

「うむうむ」

だがエイワースは織り込み済みとでもいうかのように、何度か頷くと再び魔術を放つ。

今度は同時に薬品の入った瓶を投擲して。

当然魔術は打ち消される。また、地面に叩きつけられて割れた瓶は、何の効果も発揮せずに中の液体を周囲に撒き散らすだけだ。

無駄なことをしているようにしか見えないが、エイワースは興が乗ってきたらしい。早口で自らの考察をベラベラと垂れ流し始めた。

「なるほどなるほど。魔力打ち消しはそこまで繊細に対象を指定できるわけではなさそうだな。一定エリア全てという感じか？　先程の毒霧も、今の魔術も、自分から遠く離れた場所の効果までは消し去れてはいなかったからな。そして、単なるポーションが水に変えられた。つまり、それがどのような効果であるかすら考慮しない。それはつまり――」

数度試しただけで、魔力打ち消しの効果を暴きつつある。悔しいが、驚くほどの洞察力であった。

それでも、決め手に欠けるエイワースは相手を倒すには至っていない。魔術も薬も無効化されてしまうのでは、倒す手段がないのだろう。

大男は再度エイワースに斬りかかった。その攻撃をエイワースが躱す。

そうなのだ。この爺さん、接近戦ができないわけではないのだ。格闘や見切りなどのスキルをきっちり習得していた。ステータスでは劣るが、戦闘経験は膨大であろう。

エイワースはヒョイヒョイと大男の攻撃を回避しながら、再び薬瓶を五つ取り出す。そして、その瓶を自らの足元に落とした。当然瓶は割れ、中から煙が噴き出す。

エイワースと大男を包みこむかと思われた煙だったが、一秒にも満たない間に完全に消し去られてしまった。その全てが魔法薬だったのだろう。

自爆覚悟の攻撃を打ち消され、絶体絶命の大ピンチ――のはずだったんだが……。

エイワースの笑みは最初と変わらない。いや、むしろ深まっているようにさえ見えた。大男の攻撃を回避しながら、エイワースが呪文を詠唱し始める。あれだけ動きながらきっちりと魔力を練り上げ、集中できているらしい。

心底楽し気な表情を浮かべながら動き回るエイワースが、大男に向かって腕を突き出し、言葉を紡ぐ。

「――エターナル・コフィン」

「――……」

その直後に起こった現象は、俺たちの想像を超えるものであった。

『え？』

「ん？　なんで？」

俺もフランも、間抜けな声を上げてしまう。

なんと、エイワースの魔術が打ち消されることなく、大男を氷漬けにしたのだ。

いや、そうか。事前に使用した煙を発生させた魔法薬。あれをあえて打ち消させることで、大男の魔力を使い切らせたのだ。そして、魔力打ち消しを使えないようにして、悠々と魔術を発動させたのだろう。

『フラン、今のを見て、こいつらを簡単に倒す方法を思い付いた』

（ほんと？）

『ああ。俺が魔術を使った後に、やつに空気抜刀術を放て』

（わかった）

やつらは魔力打ち消しに自分の魔力を使用する。それは分かっていたはずなのに、その現象を利用することに気付けなかった。これは俺のミスだ。

『行くぞ！　せいぜい打ち消してみろや！』

俺は一〇発の魔術を同時起動させ、狙い通り全てを打ち消される。

「はぁぁ！」

そして、魔力を全て使い切ったドワーフの首と疑似狂信剣を、フランの空気抜刀術が斬り飛ばした。

考えてみれば簡単なことだったのだ。俺の魔力量なら、多少効率は悪くとも、魔術のゴリ押しで魔力を使い切らせてしまえばよかったのである。

相手が何十人も居れば話は違うのだろうが、数人であれば俺の魔力が尽きる前に、相手の魔力を枯渇させることは容易だろう。

魔力が枯渇すれば、身体強化や再生は発動せず、あっさりと倒すことが可能だった。

『はぁ。自分の鈍さに呆れていても仕方ない。まあ、今はガルスを捜そう。反省は後だ』

「ん」

「なあ、この大男は儂が貰（もら）っても構わんよな？」

エイワースは無視だ無視。

フランの無言を肯定と受け取ったエイワースは、自分が氷漬けにした大男を嬉々（きき）として収納している。

「……いこう」

エイワースを置いて、フランは先に進む。

道中、巨大な扉が鎮座していた――と思われる場所があったのだが、そこには扉の残骸だけが散乱していた。エイワースの散布した金属腐食薬の仕業だ。

どれだけ巨大で、気密性が高かろうとも、金属の扉であれば金属腐食薬にボロボロにされ、そこから他の薬が入り込むわけだ。改めて恐ろしい薬品である。

フランたちは扉の残骸を踏み越えて先に進む。そしてその先にあったのは、少なくない人間が獄中死していそうな、陰鬱な雰囲気に包まれる牢獄であった。ここで死霊魔術を使ったら、ヤバいレベルの怨念とかが召喚できそうだ。

牢獄には、頑丈そうな金属の格子がはめ込まれている。

見張り役の剣士はやはり倒れており、邪魔する者はいなかった。

「ガルス！」

部屋に踏み込んだ直後、フランが駆けだす。

そう、牢獄の中には、捜し人であるガルスが倒れていたのだ。鑑定してみたところ、意識を失っているだけであるようだ。

「む？」

フランが鉄格子を掴んで力を入れるが外れない。どうやら特殊な金属であるようで、金属腐食薬で劣化していなかった。

「魔鋼系の合金だろう。あの薬は魔法金属には効きづらいからな」

エイワースの言葉には応えずに、フランは俺を腰だめに構える。

「……しっ！」

いくら特殊とはいえ、魔力打ち消しさえ無ければこの程度の格子は問題にならない。フランはあっさりと鉄格子を切り裂いて、牢獄の中へと足を踏み入れた。

「ガルス？　大丈夫？」

「……」

軽くガルスを揺するが、反応がない。

意識がないにしても、その様子は尋常ではない。体温が低く、心臓の鼓動も遅かった。意識不明というよりは、仮死状態に近いのかもしれない。

「――グレーターヒール！　どう？」

『ダメだ。目が覚めない』

魔薬の影響だろう。エイワースの薬のせいではないと思う。多分。

『とりあえず、ガルスを連れ出そう』

「ん」

意識のないガルスを、フランが担ぎ上げる。ドワーフのガルスを猫耳少女が俵担ぎする姿は、今にも押し潰されてしまいそうに見えた。

だが、当のフランは涼しい表情である。フランにとってこの程度の重さ、少しの負担にもならないのだ。多少バランスは悪いが、俺が念動で支えれば重心も安定する。

『エイワースはどうした？』

「ん？」

エイワースは牢屋の前にしゃがみ込んでいた。見張りの剣士の死体を調べているようだ。

「ほうほう。ここから背中に剣を差し込んでおるわけか。ふむ、背骨の裏に通っているようだ。耐久力は……。なるほど。魔剣という程強力ではないか。最初からこの使用法を考えて作ったのか？　それにこの術式は？　ここが――」

謎の液体を剣に垂らしたり、死体の状況を確認したりしている。それどころか、眼球になにやら針のような器具を突き刺したり、手首を切って血を採取したりしていた。

「エイワース、上に戻る」

「うむ。そうか。まあここにはもう何もないようだしな。それで、捜していたドワーフは無事だったのだろう？」

「でも、目が覚めない」

「どれどれ。少し診てみるか」

死体をしっかりとしまい込んだエイワースが、フランの肩に担がれたガルスに近寄る。

フランが止めるべきかどうか迷いを見せたが、結局はそのままガルスの診察を任せることにしたらしい。

専門家であることに変わりはないからな。

「なるほどなるほど……」

エイワースがガルスの口内や目蓋をめくったり、魔力の流れをチェックしたりしている。

「魔薬のせいだろうな。精神的に消耗が激しく、それが肉体にも影響を及ぼしている」

「治る？」

「見たところ、かなり汚染が進んでいるが、最悪の事態には達していない。時間をかければ癒すことは問題ないだろう」

　エイワースの言葉に嘘はなかった。

　そのことを理解し、フランがホッと胸を撫で下ろす。

「そう。治療するにはどうしたらいい？」

「治癒系の最上位魔術か、錬金術による解毒だろう。魔薬は影響が強いが、対処するための薬は幾つか存在している。なんなら儂が治療してやってもいいぞ？　魔薬に侵されたドワーフというのは中々貴重な検体だからな」

　いやいや、エイワースに預けるとか絶対にありえないから！　飢えた狼の前に生肉を放り投げるようなものだ。絶対に無事では済まないだろう。ガルスが解剖される未来しか想像できなかった。

「いい」

「ふむ、そうか？」

「ん」

「まあ待て。儂が直々に治してやると言っているんだぞ？」

「平気」

「む……」

フランも俺と同じことを考えたようで、きっぱりとエイワースの言葉を拒否していた。

こいつ、自分がどう思われているかわかっていないのかね？

『とはいえ、この後どうするかだよな』

このまま安全な場所に運んで治療を行いたいが、どこに運ぶべきだろう？

『フラン、一度冒険者ギルドに行こう。あそこなら貴族街から離れているし、戦力もいる、治療できる人間もいるかもしれない』

「ん。冒険者ギルドに行く」

「ふむ。そうだな、悪くない判断だろう。貴様の立場では盗賊ギルドに預けるという訳にもいかんだろうしな」

意外にもエイワースが賛成してくる。盗賊ギルドに預けろって言い張ると思ったんだがな。

「さっさとそのドワーフを預けて、他の戦場へ行くぞ。こやつらの動いているところも観察してみたいからな」

単純に興味の矛先が疑似狂信剣に向いているだけだったか。

それよりも意外なのは、勝手に行こうとしないところだ。

こいつの性格上、フランを置いて勝手に行ってしまってもおかしくはないだろう。いや、エイワースを一人で解き放つのは怖いので、目の届く範囲にいてくれる方がいいけどさ。

「世にも珍しい、進化した黒猫族……。その真価は見逃せんからな」

こいつ、フランにも興味津々だった！　フランに向ける目が、ガルスや疑似狂信剣に向けるのと同じ好奇心を宿している。貴重な実験体を見る目だ。

『フラン、エイワースに絶対に気を許すなよ？』

（当然）

まあ、フランはずっとエイワースを警戒し続けているし、大丈夫だろう。野生の勘で、エイワースが自分に向ける視線を感じ取っているのかもしれない。

そのまま突入してきた穴から外に出たフランたちは、やきもきしていたフェイスを拾うと、その足で冒険者ギルドへと急ぐ。

騒ぎは収束する気配を見せず、むしろ広がりを見せているようだ。市民街や繁華街でも人々が不安そうな顔をしている。それどころか、旅人や行商人たちは、王都から脱出しようと門へと急いでいるようだった。

「これはまずいですね。戦闘が長引くようだと、王都から脱出しようとする人々のせいで、さらなる混乱が起きるかもしれません」

フェイスが不安げに呟くのも無理はないだろう。戦闘は激しさを増しているようで、大きな爆発音が連続で響いたり、貴族街から謎の光が発せられたりしているのだ。

それに、王城の方から凄まじい魔力を感じる。

アシュトナー侯爵並みの魔力なんじゃないか？　ファナティクスの本体が暴れているのだろうか？

敵の展開する範囲が広がってきているらしく、フェイスの案内をもってしても、疑似狂信剣が刺さった男たちと出くわしてしまう。

とはいえ、距離さえあれば俺の念動カタパルトで即殺だ。細かい判断を下す知性も残っていないようで、無策に突っ込んでくるのである。いい的であった。

ただ、エイワースからクレームが入る。

「儂にも回せ！」

「……好きにすればいい」

元気な爺さんに対し、フランは少々呆れ気味だ。そんなフランの態度を全く気にせず、エイワースは欣喜雀躍して前に出た。

「ふはは。まだ試したいことがあるのだ」

出会った時の仏頂面が嘘のように、凶悪な笑顔で懐に手を突っ込む。取り出したのは、魔法薬だろう。ただ、今回はそれを投げつけるのではなく、自ら一気に呷った。

身体強化系の魔法薬であったらしい。爺さんとは思えない身のこなしで、一気に相手の懐に飛び込んだ。

そのまま剣士相手に格闘戦をし始める。

「――」

「なるほどなるほど！　魔法薬といい、スキルといい、身体強化系――つまり体内で作用する物には魔力打ち消しは効かぬということか！」

「――」

「ならば、これはどうだ！」

突進してきた剣士に対して、エイワースは取り出した薬を投げつける。それと同時に自分も拳を握りながら相手に突っ込んだ。

上手い。絶妙なタイミングだ。

薬を躱すのであれば、エイワースの体術の餌食だろう。

薬を剣で攻撃すれば、薬瓶が割れる。魔法薬の効果を打ち消させることで、相手の魔力を消耗させることが可能だ。

どちらにせよ、エイワースに有利だった。

俺たちが感心しながら見守る中、剣士は薬瓶を薙ぎ払ってしまう。破壊された瓶の中から液体が撒き散らされ、剣士の体を濡らした。ただ水がかかっただけに見えるが、致命的な失策だ。

薬の魔力を打ち消し、全ての魔力を使い切ったのが分かる。そして、魔力を失った剣士はエイワースによって簡単に氷漬けにされていた。いっそ憐れなほどに、瞬殺である。

(なかなかやる)

『ああ、引き出しの数が凄まじすぎる』

(ん。何をするか分からないのは、面倒)

魔術と近接戦闘、魔法薬を併用した立ち回りがエイワースの真骨頂であるらしかった。もし戦うことになった場合、目立った隙の無いかなり厄介な相手だ。フランも、エイワースの戦いを見ながら、自分が戦うことになったらどう立ち回るか想像しているのだろう。

まるで弱点でも探すような眼で、エイワースの戦闘を観察していた。

ここで、そんな未来はないと言い切れないどころか、いつか戦う可能性が高いと思われてしまうのがエイワースの人徳のなさだろう。

『魔術と体術はともかく、薬が完全に未知の存在だからな……』

(強い)

『相当な』

俺とフランがエイワースと戦う際の対策を練っている内にも、冒険者ギルドへと辿り着く。ただ、その前の大通りでは、激しい戦闘が繰り広げられていた。

考えてみれば、冒険者ギルドは侯爵にとって厄介な存在だ。襲撃されないはずがなかった。

敵は五〇人程度。その内、疑似狂信剣が刺さっている敵は二〇人程だろうか。そいつらと一緒に、身長二メートルほどのオーガっぽい魔獣が暴れ回っていた。

鑑定すると、フレッシュ・グレーター・ゴーレムと出る。どうやら人や魔獣の死体を用いて死霊魔術で作ったゴーレムであるらしい。

その性能はかなりのものであった。

敏捷は低いが凄まじい腕力を誇り、頑丈なうえに再生を持っている。周囲にいる疑似狂信剣の魔力打ち消しに守られている間は、かなり厄介だろう。少なくとも普通の騎士や冒険者人では、抗うことはできないはずだ。

それに対して冒険者たちは一〇〇人近いだろうか。既に倒れている者を合わせたら、一五〇人を超えるだろう。

コルベルトもいるし、エリアンテの姿もある。この二人はやはり別格の動きだ。

だが、その二人に匹敵する働きを見せている者たちがいた。五人の半蟲人だ。多分、この五人は仲間同士なんだろう。同じ意匠の鎧を着込み、連係して戦っていた。

『あれがエリアンテの言ってた傭兵団だろうな。触角と甲殻とかいう名前だったはずだが……』

なるほど、彼らの姿はその名前の通りである。

頭から触角を生やしている者や、体の一部が堅い殻で覆われた者もいるのだ。

それぞれの種族は堅海老（かたえび）、飛蝗（ばった）、蜃（しん）、蜉蝣（かげろう）、牙蟻（きばあり）となっていた。

ただ、スキルや魔術が使えないせいで、本来の力が発揮できていないらしい。それでも連係しながら戦い、フレッシュ・グレーター・ゴーレムを一〇体以上倒しているように見えるのはさすがだ。基礎能力や、素の戦闘技能が高いのだろう。

(師匠、あそこ)

フランが指さした先では、ステリアが数人の敵に囲まれてピンチだった。

『取りあえずエリアンテたちと合流するぞ』

「ん！」

ステリアの周囲にいる疑似狂信剣に寄生された剣士たちに向けて、俺は無数の魔術を放った。当然打ち消されるが、これでやつらの魔力は枯渇したはずだ。

フランは一気に戦場を駆け抜けると、剣士たちを斬り捨てていった。

自分たちが苦戦している相手をあっさりと倒されて、冒険者たちは呆然（ぼうぜん）としている。しかも、フランはガルスを担いでいるのだ。とてもではないが、俊敏に動けるとは思えないのだろう。

しかしステリアは、現れたのがフランだと分かると納得したように頷いていた。

「さすがだね黒雷姫！　どうやったんだい？」

そこで、フランは彼らに対処法を伝える。だが、ステリアは難しい顔だ。

考えてみれば、魔法を何発も放って魔力を消耗させる手も、魔法薬をいくつも投げつける手も、そうそうやれることではなかった。

「ポーションをありったけ集めさせるか……。ともかく、良い話を聞かせてもらったよ。まずはこの大通りの殲滅を手伝ってもらえるかい？」

「ん。でも、他の場所は大丈夫？」

「大丈夫だ。高ランク冒険者が向かっている」

ここ以外にも冒険者を派遣済みらしい。

「そのドワーフは、ガルス師かい？」

「ん。意識が戻らない。ステリア、ガルスをお願い」

「任せておきな。指一本触れさせやしないよ。その代わり、皆を頼んだ」

「……わかった。じゃあ、とりあえずここの敵を片づける」

フランがステリアにガルスを預ける。

彼女たちがギルド内に無事撤退するのを見届け、フランは臨戦態勢を取った。エイワースも追従してくる。

「では、行くとしようか。肉壁どもがちょうど敵の目を引き付けている」

冒険者を肉壁呼ばわりか！

周囲の冒険者たちが気色ばむが、それを止めたのはエリアンテであった。

「やめておきなさい！　今は仲間同士で諍いを起こしている場合ではないわ！」

エリアンテもエイワースのことを知っているのだろう。その能力も、性格も。

一々突っかかっていたら、日が暮れるのだ。

エイワースは周囲から投げかけられる怒りの視線など完全に無視して、疑似狂信剣を興味深げに見ている。

「あの肉兵は後回しだ。まずは剣持ちを減らすぞ」

「分かってる」

そして、フランたちが戦場に飛び出した。

「覚醒――」

この後、どんな戦いがあるかも分からない。閃華迅雷は温存だ。というか、消耗のせいで使えない。

だが、この戦場であれば覚醒だけでも十分だった。

乱戦ではあるが、疑似狂信剣を目印にすれば敵味方の識別は簡単である。あとは死角から忍び寄り、渾身の一撃を疑似狂信剣に叩き込むのだ。

障壁などでその攻撃が決まらない場合もあるが、その場合は魔術飽和攻撃に切り替えるだけである。

「え？　なんだ子供――なにぃ！」

「なんだ？　黒い影が！」

突如出現して、強敵をあっさりと葬り去るフランに冒険者たちは驚いている。だが、フランは彼らに応えることもせず、戦場を駆け抜けた。

遠くからは、爆音と冒険者たちの悲鳴が聞こえてくる。エイワースもハッスルしているらしい。

「はぁぁ！」

途中からはコルベルトとエリアンテだけではなく、傭兵団もフランたちの援護に回ってくれるようになった。あえて派手に動き、敵の注意を引き付けてくれている。

そうなると仕事はさらに楽だった。

疑似狂信剣持ちを掃討するのに、一五分もかからなかったのだ。

俺は、最後の敵に対してカンナカムイを抑えめに放ってみることにした。どの程度の威力の魔術まで打ち消せるか調べようと思ったのだが――。

『うーん。トール・ハンマーくらいにするべきだったか』

「ん」

どうやらカンナカムイ級の魔術までは、さすがに打ち消しきれないようだ。途中でかなり威力は下がったものの、極雷は疑似狂信剣ごと敵を消滅させ、冒険者ギルド前に巨大なクレーターを穿ったのだった。

フレッシュ・グレーター・ゴーレムだけではなく、冒険者たちもが衝撃で薙ぎ倒されている。

『ちょっとやりすぎたな』

「打ち消されるよりはいい」

魔力打ち消し効果によってかなり威力は低下したが、むしろそのおかげで助かったかもしれん。本来の通りの威力だったら、結構な惨事になっていただろう。

冒険者たちの視線を感じる。仮にも冒険者ギルドの前に穴を開けたことを怒っているかな？　だが、すぐにフレッシュ・グレーター・ゴーレムとの戦闘になってしまい、彼らにはフランに声をかける余裕はないらしかった。

エイワースもフランをガン見していたが、すぐにフレッシュ・グレーター・ゴーレムに攻撃され、そちらへの対応に移った。

魔術ギルドを作り上げるような人間に対し、極大魔術を見せたのは早計だったか？　後で煩いかもしれない。

『ま、今は俺たちもゴーレムをやるぞ』

「ん！」

疑似狂信剣持ちを片づけた後、俺たちもフレッシュ・グレーター・ゴーレムの掃討に移った。

確かに強いものの、この程度であれば俺たちの敵ではない。改めて、他の冒険者や傭兵たちの戦闘を観察する程度の余裕はあった。

特に、アシュトナー侯爵戦では見る余裕がなかった、コルベルトとエリアンテの戦いは非常に興味がある。

コルベルトは普通の格闘家みたいになっちまったな。デミトリス流を失った代償は大きかったらしい。攻撃力が大幅に下がってしまったようで、フレッシュ・グレーター・ゴーレムに対しても連続攻撃を繰り出してダメージを与えている。

しかし、封印状態ではなくなったので、身のこなし自体は良くなっただろう。デミトリス流を失ったことでより厳しい修練を積んでいるようだし、今後さらに伸びそうだ。

エリアンテは見た目とは全く違う、超絶パワーファイターだった。

仕事のストレスを戦いにぶつけているかのように、自分の身長よりも大きな大剣を片手で振り回してフレッシュ・グレーター・ゴーレムに叩きつけている。

アシュトナー侯爵戦でも使っていた大剣は、神剣開放状態の剣士に叩き割られてしまった。その代用の剣なのだろうが、割られた大剣よりもさらに巨大なのだ。二回りは大きいだろう。それを軽々と振り回すのだから、エリアンテの膂力（りょりょく）は計り知れない。

「あはははははは！　ほらほらほらほらぁ！」

半蟲人にしては触角が無いと思っていたが、髪の中に隠してあったらしい。ほどかれた紫の髪の毛の間から、やや太めの、一見すると長い角っぽくも見える触角が生えていた。

あれ？　紫？　そう言えば、侯爵戦でも髪の色が紫に変わってたな。戦闘時に、髪色が変わるのだろうか？　後で聞いてみよう。

エリアンテはパワーだけではなく、蜘蛛の半蟲人らしく糸を使った攻撃も行っていた。

手の平から噴射した糸をゴーレムに巻き付けて、動きを封じている。まるで米国産蜘蛛男のような能力だ。

そこに突っ込んで大剣を叩き込むエリアンテは、上げ続ける哄笑も相まって、狂戦士感が凄かった。高笑いを上げながら、一撃でゴーレムの手足をぶった切っていく。

エリアンテは、放っておいてあげよう。

傭兵団の五人は、個々も強いが連係力も高い。今まで持っていた傭兵へのイメージが大きく変わるほどだ。

『強い傭兵っているんだな』

(ん)

それは当然なんだが、今まで出会わなかったのだから仕方ない。考えてみたら強い傭兵は戦場にいるのだろうし、逆に言えばそれ以外で出会う傭兵は大したことがないのも当然なんだろう。

今フランの目の前でゴーレムに拳を叩き込んだ、熱血漢風の男がリーダーっぽかった。皆に指示を出している。

種族は堅海老と表示されていた。多分、ロブスターとか伊勢海老（いせえび）系の半蟲人なんだろう。

赤いつるりとした甲殻が顔や右手の半ばを覆っている。特に拳周りの甲殻は、まるで棘付きハンマーのように巨大で攻撃的なフォルムだ。

その拳を振り回し、さらに水魔術も併用してフレッシュ・グレーター・ゴーレムを一人で圧倒していた。

飛蝗の半蟲人は、足だけがメチャクチャ太い。上半身は細身の美少年なのに、足だけがまるで大木でも切り出して取り付けたかのような、異常なボリュームがあった。

その変化を織り込み済みなのだろう。ボンタンのような、ダボダボのズボンを着用している。だが、今はそのボンタンの内側に、みっちりと肥大化した足が詰め込まれているような状態だ。

「ぶっ壊れちゃいな！　ぜやあぁぁぁぁぁ！」

その脚力は、見た目から想像する以上に凄まじい物であるようだった。なんと、少年がその足でゴーレムを蹴り上げると、一トンを優に超えるであろうゴーレムの巨体が、僅かに浮くのだ。その動きはテコンドーやカポエイラのように流麗で、足のパワーを主体に攻める戦法を得意としているようだった。

女性槍使いの蜉蝣は、不思議な動きをしている。

背中に備わった細い翅（はね）は飛行には使えないようなのだが、その翅を使って急制動をかけているらしい。さらに細身の体をユラユラと揺らし、異常にトリッキーな動きを見せていた。

眠たげな半目の表情も相まって、俺たちでさえ動きが予想しきれない。フレッシュ・グレーター・ゴーレム戦ではあまり意味はなさそうだが、対人戦では非常に効果的だろう。

牙蟻の半蟲人は、外見そのものは人間に近い。違いは触角と目だけだろう。一六〇センチ程の、特に強そうには見えない天真爛漫系の美少女だ。

だが、そのパワーは人間離れしている。

斧の二刀流は初めて見たのである。回転しながらその両手の大斧を相手に連続で叩きつける戦法だ。しかも、口から毒液を吐くことも可能であるらしい。ゴーレムの単眼を正確に毒液で攻撃している。パワーファイターで小技までこなすとは、半蟲人は侮れん。

いまいち分からないのが、蚤という種族の半蟲人だ。どうやら貝っぽいんだが……。蟲って、そういった種族まで含まれるんだな。朴訥そうな大男である。あれだ、気は優しくて力持ちって感じの雰囲気だ。戦士ではなく、幻影系の魔術師らしい。

ただ、貝の血を引くだけあって、肩や背を覆う殻の防御力は高いようだった。フレッシュ・グレーター・ゴーレムの巨大な拳を、体を丸めた体勢で受け止めている。タンク兼魔術師という不思議な立ち回りであった。

彼らの横では、ここまで魔術やスキルを封じられ、不自由な戦いを強いられてきたフラストレーションを解消するかの如く、フランがフレッシュ・グレーター・ゴーレムをオーバーキルしていた。

「はぁぁぁ！」

ゴーレムの手足を斬り飛ばし、魔術で焼き、最後は胴体や頭部を空気抜刀術で一刀両断する。制限なく全力を出せるというのが気持ちよいのだろう。

勿論、消耗してしまっているから、今できる全力でという意味だが。

その姿を見ていると、エイワースのことをハッスル爺さんとか揶揄できない感じだ。ハッスル猫耳少女である。

ただ、フランの戦いっぷりは、仲間を鼓舞する効果もあったらしい。

「おい！　獣人のお嬢さんに負けてられないぞ！」

「高い報酬もらってるんだから！　その分は働くよ！」

「おう！」

冒険者や蟲レンジャーたちも、やる気を出したようだ。蟲だから改造人間寄りにも思えるが、五人いるからね。触角戦隊コウカクジャー的な？

赤の堅海老。緑の飛蝗。白の蜉蝣。黒の牙蟻。蜃は全身灰色だけど、貝は海の生き物だから青で！　もしくは、優しい力持ち枠で黄色もあり！　ということで、レンジャー決定ね！

そんなことを考えつつ戦っていると、通りの中央で巨大な魔力反応があった。

同時に、凄まじい勢いで紫色の煙が通りや建物を覆っていく。どう見ても、体に良さそうな煙ではないだろう。

『フラン、絶対に吸うな！　危機察知が異常に反応してる！』

（ん！）

明らかに毒霧だ。慌てて風の結界などでフランを守る。近くにいた蟲レンジャーは瞬時に集まり、蜉蝣の風結界と、堅海老の水結界で毒霧を防御する姿が見えた。

そして毒霧が晴れたあと、フレッシュ・グレーター・ゴーレムたちと冒険者たちが道に横たわり、痙攣（けいれん）している光景が現れる。そこに響き渡るのは、爺（じじい）の哄笑だ。

「ふははは。やはり人の肉を使ったが故に、麻痺毒（まひどく）はフレッシュ・グレーター・ゴーレムに対して有効か！」

エイワースのやつが、敵味方関係なく死毒魔術をぶっ放したようだった。

「安心しろ。後遺症のない麻痺毒だ。あとで解毒してやる。それよりも、無事だったやつは肉兵を殲滅しろ」

「あの爺、味方ごと……」

「ギルマス！　今はゴーレムを優先するべきだ」

エリアンテとコルベルトも無事だったか。エイワースに斬り掛かりそうなエリアンテを、コルベルトが押さえていた。

まあ、実際に人間たちには大したダメージはないし、ここはエイワースの言う通りフレッシュ・グレーター・ゴーレムを破壊する方が先決だろう。

傭兵団が怒気を発しながらも、その言葉に従う。やりすぎではあるが、合理的なことは確かなんだよな。

人を人とも思っていないエイワースだからこそ、できる戦法だろう。

俺はやろうとは思わん。

「チマチマやっていても時間がかかるだけだろう？」

そう嘯くエイワースの言葉にうなずいたのは、一人だけだった。

「なるほど」

ちょ、フラン？　今、感心した？

ダメだからな！　あいつの真似だけは絶対にダメだからな！

Side　アースラース

「ジルバード大陸か。久しぶりに来たな」

「旦那、でかいっすね～。鬼族の方ですか？」

「おう。まあな」

接岸する船の上から港を眺めていると、水主（かこ）の一人が話しかけてきた。

人好きのする顔で、興味深げに俺を見上げている。地元じゃ近づく者すら稀（まれ）だっていうのに、中々新鮮な態度だ。

こっちの大陸では鬼人は珍しいし、一目見て俺の正体がバレちまうほどには噂が広まっていないのだろう。

「こっちの大陸にはお仕事で？」

「いや、仕事って訳じゃないんだが……」

俺がクローム大陸からジルバード大陸に渡ってきたのは、気まぐれに近かった。

「まあ。勘に従った結果だな」

「はあ、勘ですか？」

水主が困惑した様子で首を捻（ひね）っている。

だよなぁ。勘で大陸を渡るやつなんて、普通はいないもんなぁ。

だが、適当なことを言って誤魔化したわけではない。本当に、勘が主な理由なのである。

俺の持っている固有スキル『暗鬼』は、直感力や勘が極めて強化されるスキルだ。

これにより、相手の言葉が嘘かどうか？　本心からの言葉なのかどうか？　何となく判別することができた。

他にも、ダンジョンで罠を見破ったり、隠れている敵の居場所が何となくわかったりすることもある。何となくなので外れることもあるが、これのおかげで命を救われたことは何度もあるのだ。

そんな俺の直感が、ジルバード大陸に行くべきだと告げていた。元々は、ミューレリアという邪人の言葉がきっかけだ。

彼女が最後に口にした、ロミオという少年を救ってほしいという言葉。あれに、嘘は感じられなかった。本心からの言葉だったのだろう。

そしてその後戦ったゼロスリードという男。凶悪な男だったが、深い悲しみも感じることができた。その時はなぜか分からなかったが……。

後々、ロミオをゼロスリードが攫っていったという話を聞いて、納得した。表向きはゼロスリードがミューレリアを裏切ったように見えていたが、あれは見せかけだったんだろう。なぜそんなことをしたのかまでは分からないが、実際は仲間だったに違いない。

そう考えれば、ゼロスリードがミューレリアの最後の願いを叶えるために行動するのは、当然のことと思えた。

ゼロスリードがロミオを連れて向かった先も予想できる。

ミューレリアが最終的にロミオを預ける先として、各地の孤児院を調査した結果が資料として残されていたのだ。

その中でも、バルボラという大都市にある孤児院が、有力な預け先としてチェックされていたらしい。

これは、資料を押収して目を通したメア嬢ちゃんたちに聞いた話だから、間違いないだろう。

別に後を追ったからと言って、何があるわけでもない。

ロミオを救いたいのか、ゼロスリードと再戦したいのかもよく分からない。

しかし、見届けるべきだと思ってしまった。そして気付いたら、ジルバード大陸行きの船に乗っていたという訳だ。

「しかし、空振りだとは……」

船を下りて聞き込みをすれば、すぐに孤児院の場所は分かった。バルボラでもかなり有名な場所であるらしい。最近ではランクA冒険者が庇護に付いたということで、さらにその名が広まっているようだった。

対応に出てきた妙に腰の低い女性にロミオのことを聞いたんだが、なんとこの場所にはいないという。

「ゼロスリードが連れて行った、か」

ここで終わってもいいんだが……。

「気持ち悪いな」

魚の小骨が喉に引っかかっているような感覚がある。放置してもいいのかもしれないが、どうしても気になってしまった。ロミオとゼロスリードはどこに行ったのだろうか？

それにわざわざ大陸を渡って、空振りというのも締まらない。せめて、ゼロスリードとロミオの姿を一度でいいから見ておきたかった。

「となると次はどこだ……?」

ゼロスリードは世界中で指名手配をされている犯罪者だ。そんな男が子供を育て続けることは困難なはずである。追っ手から逃れ続けることになれば、定住ができないからな。

しかし、そんな人物でも追っ手を気にせず生きることができる場所がある。世界中の犯罪者が最後に逃げ込む場所。この世のどこよりも過酷であるが、ゼロスリードほどの強者であれば、あの場所でも問題ないだろう。

「有能な戦士であれば、過去の全てが許される場所。ゴルディシア大陸か……」

ゴルディシア大陸では、連合軍に参加して日々のノルマさえ達成していれば、過去の犯罪歴は不問とされる。有能な戦士を下らない理由で失うのは、あの地獄のような場所においては大きな損失でしかないからだ。

間違いなく、ゼロスリードはゴルディシア大陸を目指しただろう。

「となると、ジルバード大陸を横断して、東の港町で船に乗るのが最善だな」

そんな道中で、クランゼル王国の王都に立ち寄ったのだ。

「考えてみりゃ、この国の王都にくるのは初めてだなぁ。アレッサにゃ何度か行ったことがあるんだが」

さすがに大国の王都だけあり、凄まじい威容を誇っている。これだけの城壁を目にするのは、俺の長い人生でもそう多くはなかった。

そもそも、この世界には王都級の都市を造れる場所というのが少ない。

周囲に強力な魔獣が発生する条件が整っておらず、生態系的に安定していて、かつ交通の便、水利の悪くない場所でなくては大都市を建造するのは難しいからだ。

特に、周辺に強い魔獣の生息域がない場所を探すのが難しい。竜や巨人種などの大型魔獣が頻繁に出没するような場所に都市を築くなんて不可能だし、よしんば建造できたとしても長続きはしないだろう。

そういう意味では、クランゼルの王都は素晴らしい出来だ。

周辺の魔獣はほとんどが中型以下で、冒険者や騎士団の数を揃えれば討伐は難しくないし、時おり他所から流れてくる大型魔獣であっても、強力な結界と魔導兵器を備えたあの城壁さえあれば撃退も難しくはない。

強者を揃えるのは大国でも難しいからな。たまたま強い人間を抱えていられる内はいいが、国は何百年も続くんだ。そのことを考えれば、数と道具で常に一定以上の防衛力を得ることのできるシステムの方が信頼性は高い。

中もさぞ発展しているんだろうと思っていたんだが……。

「まさかここで騒動に巻き込まれるとは思っていなかったぜ」

ゼロスリードの情報を集めている途中だったんだが、突如響いた轟音と振動が王都を揺らしていた。情報収集していた酒場から外に出てみると、王都内でいくつもの火柱が上がっている。ただの喧嘩レベルではないだろう。

内乱かクーデターかは分からないが、人間同士が激しく争う姿が目に入った。外敵には無敵でも、内部で起こった騒ぎには脆弱だったということなのか？

それにしても騒ぎが大きい。こりゃあ、適当に切り上げた方がいいかね？　俺が下手に介入しちまうと、後々面倒だからな。

そんなことを考えていたら、俺も襲われた。剣が背中に刺さった変なやつらだ。

魔力を打ち消すような能力があるらしく、それなりに強かった。しかも、感情や理性が感じられなかったのだ。どういった存在かは分からんが、こいつらが暴れているとなると王都はかなり危険かもしれん。

王都内にいくつかある冒険者ギルドの支部で話を聞くと、侯爵がクーデターを起こしたそうだ。剣が刺さっているやつらはその軍勢らしい。

本部のギルドマスターが精鋭を率いて、各所に応援に向かっているようだった。

「うーむ。無視することもできんか」

この都市の人間にとって、俺がこの場にいることが幸運なのか不運なのかわからんが……。フラン嬢ちゃんの安否は確認しておきたい。

そうなのだ。ゼロスリードの情報は手に入らなかったが、フラン嬢ちゃんの情報はいくつか手に入っていた。

この都市でも、色々と目立っているようだ。

とりあえず、騎士団の関係者がいるという王城前を目指すことにする。そこまで行って情報を仕入れて、場合によっては侯爵とやらを俺が潰してもいい。

フラン嬢ちゃんたちに鎮めてもらったおかげで、まだ暴走するまでは余裕があるはずだ。力になれるだろう。

だが、どうやら考えが甘かったらしい。

王城前では凄まじい力を持った少女が、騎士団を蹂躙していたのだ。

水色の鱗を持った竜人の少女なんだが、発する魔力が俺に匹敵する。

何か目的があるのか大規模破壊には至っていないが、あの少女が本気になればこの王都でさえ半刻も経たずに更地になるはずだ。

俺がやるしかないだろう。やつを放置すれば、フラン嬢ちゃんや師匠にも災禍が及ぶ。

デミトリス爺さんの話をしていた偉そうな男たちに一声かけてから一発噛ましてやったんだが、大したダメージは与えられていないな。

これは、本気を出さなくては俺がやられる相手だ。

「さて、俺はいつまで保つかね……?」

問題は、俺が暴走しちまったらむしろ被害が増えるということだろう。その前に片を付けなくてはならなかった。このクラスの敵と本気で戦い続けていれば、かなり早く限界が訪れるはずだ。猶予はそれほどなかった。

周囲の騎士たちに、人を避難させるように指示する。俺の言うことを聞くかは五分五分ってところかね？

だが、この場所にいた指揮官は、想像以上に優秀だったらしい。

「おい！　この周辺から人を退避させろ。俺たちの戦いに巻き込まれるぞ」

「あ、あなたは……？」

「俺は冒険者のアースラース。同士討ちなんて呼ばれているな」

「あ、貴方が……。おい！　総員退避！　王城にも即時脱出するように使いを出せ！　住民の避難も急げ！」

「はっ！」

　俺の名前を聞き、即座に命令を下した。いい指揮官だ。

　これで多少は戦うのが楽になるだろう。

「あんた、黒雷姫という異名で呼ばれている冒険者を知らないか？」

「アースラース殿は、フランの知り合いかね？」

　どうやら当たりだったらしい。指揮官の貴族が、フランの名前を口にした。

「おう。今どこに？」

「アシュトナー侯爵邸を捜索中のはずだ」

「ここから離れているかい？」

「多少は」

　ならいい。巻き込む心配は低そうだ。

　いくら俺でも、知り合いを巻き込んで殺しちまうのは、ちょいとばかりキツイもんがあるからな。

それ以外の人間なら殺してもいいってわけじゃないが。

「お前らも離れろ！　巻き込まれたくなければなぁ！」

　さて、出し惜しみは無しだ。久々に、一方的な虐殺じゃない、殺し合いをしようじゃないか。

「はあああぁぁぁぁ！　神剣開放！」

　俺の言葉とともに、手の内の神剣がその姿を凶悪に変貌させる。同時に、俺ですら寒気を覚えるような膨大な魔力が、その内から溢れ出した。

神剣の持つ凄まじい力を押し止めていた門が、開け放たれたのだ。

大地剣ガイアの持つ魔力の一つに、使用者に大地魔術を付与するというものがある。神剣開放状態であれば、俺は全ての大地魔術を使用できた。しかも、神剣の魔力を使用すれば、極大魔術を何発も放つことができる。

兵器呼ばわりされるのも納得の凶悪さだ。

「グラビティ・プリズン！」

「があぁ！」

魔術耐性が高いのか、あっさりと魔術を吹き散らしやがった。拘束系の魔術はほとんど意味がないな。

となるとガチンコのやりあいか。

「おいいいぃい！　お前ぇ！」

驚いた。見た感じ完全に暴走しているように見えるんだが、この状態で喋れるとは。しかし、少女の口から出たのは、しゃがれた男のような声だった。

まあいい。周辺の人間が逃げる時間が稼げるなら、お喋りに付き合ってやろうじゃないか。

「なんだ？」

「お前の持ってるそりゃあ、神剣だな？　あの黒猫族のガキが持ってた紛い物じゃねぇ！　本物の神剣だなぁ？」

「黒猫族のガキ？　もしかしてフランか？」

「その神剣があれば……俺たちは……」

「おい！」

「神剣を取り込めば……」

会話ができても正気っていう訳じゃないらしい。少女が喚き散らすたびに、その手に持っている折れた剣から凶悪な魔力が放たれた。

あの剣が少女を操っているのか？　だとすると、師匠と同じインテリジェンス・ウェポンなのかね？　人間臭い師匠と比べて、だいぶ狂っちまってる感じだが。

ともかく、碌な剣ではなさそうだった。

「お前は何者だ？」

「知らねぇよ！　俺が知りてぇくらいだ！　だが、分かる！　分かるんだよ！　その神剣を取り込めば、俺たちは元の姿を取り戻せるはずだ！」

あの折れた剣が、この言葉の主であることは間違いなさそうだ。

「だからその神剣をよこせぇ！」

やつの矛先が完全にこちらに向いたな。だが、好都合でもある。

これで、不利になっても逃げだす確率が減ったのだ。

「そろそろ、本気で行くぜ？」

周辺から人の気配がほとんど消えた。城の中にはまだ人がいるようだが……。平民区画よりも、貴族街の方が心置きなく戦えることは確かだ。

何せ、家をぶっ潰しても心が痛まないからな。

「俺たちを修復するために、そいつを寄越せぇ！」

「別に惜しくもねぇが、テメェみたいなのには渡せねぇな！」

「だったら殺してぶんどってやるあぁぁぁぁ！」

「やってみやがれ！」

最初からトップギアだった。それは向こうも同じだろう。

大きな屋敷でさえ一撃で廃墟に変わるような攻撃を、間断なく連続で放ち合う。わずか数十秒ほどで、広場が無残な状態に変貌していた。石畳が完全に禿げ、大穴がいくつも開いている。

だが、これほどの戦いでさえ俺たちにとっては牽制だ。時おり、隙を見つけてはさらなる大技をぶつけるのだが、それでも決着はつかない。

腕がもげ、足が潰れ、胴に大穴が開いても、即座に傷を再生させ、互いの武器を叩きつけ合った。

「なんで操られねぇ！」

「あ？　操る？」

どうやらやつは、敵を支配するような能力を俺に使っていたらしい。だが、それは無理だろう。俺は常に、忌まわしい狂鬼化の影響下にある。あのスキル以上の支配力がない限り、俺を精神支配することはできないはずだった。

「おらぁぁ！」

「ぐがっ！」

互いの攻撃によって穿たれ、瞬時に再生することを繰り返す。

だが、少女が僅かに焦りの表情を見せ始めていた。

一見、少女が互角以上に戦っているように見えるが、自分が不利なことを分かっているのだろう。膠着は長く続かないと悟っているのだ。

能力は互角。再生力はやや向こうが上。駆け引きは俺が上。そして、武器の差は歴然だった。

こっちは神剣。向こうは壊れかけの魔剣だ。

表面上は即座に再生して無傷に見えるが、神剣のダメージが簡単に無効化されるはずがない。確実に、見えない部分での消耗が積み重なっているはずだった。

次第に俺が有利に戦いを進め始める。

ダメージのせいで、少女の動きが僅かに鈍り始めたのだ。本当に僅かではあるが、元々互角だった戦いには大きな影響が出る。

俺の攻撃が当たる頻度が増し、向こうの攻撃回数は減る一方だ。

やつが俺に勝ちたいのであれば、空を飛んで遠距離から削るべきだったな。しかし、俺の神剣を奪うことに固執し過ぎたのか、近、中距離戦を挑んでしまった。それに、俺を操るためには剣で斬りつける必要があったのかもしれん。

いや、剣の腕に自信があったのだろう。実際、普通の斬り合いであれば、剣術スキルのレベルで上回る向こうが圧倒的に優位だった。

しかし、手持ちの武器の攻撃力が違い過ぎたのだ。魔力を込めることで神属性を帯びるガイアの攻撃は、一撃で少女の生命力をゴッソリと削っていた。

無論、俺とて相当追い詰められている。それこそ、以前ランクA魔獣のリッチと戦った時以来だろう。だが、相手の方がより追いつめられていると分かっていれば、余裕を崩さずに済む。

「くがぁぁ！」

ついに、距離を取る戦略に切り替えたか！　だが、不利と分かっていて、逃がすかよ！

俺は大地剣ガイアを振り下ろしながら、その能力を発動する。

「大地の接吻（せっぷん）！」

「ぎぃぃあぁっ！」

一瞬で広大な範囲が押しつぶされた。半径一〇〇メートルほどの範囲に、凄まじい重さが圧（の）しかかっているのだ。これは大地魔術ではなく、ガイアの能力である。

大地の力に引かれ、飛び立とうとした少女が墜落した。さらに、重力の頸木（くびき）に捕らえられ、地面にめり込んでいく。

ちょいとばかし、ハリキリ過ぎたか？　周囲が綺麗に更地になり、王城を守る壁も崩れてしまっている。まあ、王都を守るためだ。仕方ないと思ってもらおう。

「大地の抱擁！」

「――」

面の次は点。全方位から、少女に向かって収縮するかのように張り巡らされた重力の檻（おり）が、その体を完璧に捕らえていた。少女は声にならない悲鳴を上げ、天を仰ぐ。

頑丈な地竜さえ圧殺するガイアの必殺技の一つなんだがな……。耐えているのは称賛に値するが、もう転移魔術でも使わない限りやつは逃れられない。

そこに、止めの一撃を叩き込もうとした直前だった。

「神剣開放ぉぉぉおおぉぉぉ！」

「ちっ！」

少女の叫びとともに、重力の戒めが内側からはじけ飛んだ。

久々に、本気で警戒の構えをしてしまった。少女から発せられた魔力は、開放状態のガイア並みだったのだ。

だが、それも当然だろう。

「神剣開放だと？」

確かにそう聞こえた。

あの魔剣は神剣だったのか？　いや、壊れているところを見ると、師匠と同じ廃棄神剣か？　アリステアと付き合いがあるおかげで、神剣についての話は多少聞いたことがある。俺が知っている廃棄神剣は六つ。

神に命じられて廃棄されたケルビム、メルトダウン、ジャッジメントの三振りは、この世に存在する可能性はゼロだ。師匠のように外身が残っていても、本来の能力は持ち合わせていないだろう。

となると、事故や神剣同士の戦いで破壊されてしまったホーリー・オーダー、ファナティクス、エルドラドあたりの可能性が高いか？

俺がやつの正体を考察していると、甲高い声で喚き始めた。

「くそがああ！　もう終わりだ！　なんで上手くいかねぇんだ！　四〇年だぞ！　四〇年、準備してきたんだ！」

「知るか！」

「俺たちの刀身を削って溶かしこんでまで作り上げた疑似狂信剣に、俺たちの持つ最強スキル『神竜化』を扱える竜巫女（りゅうみこ）の血筋！　ようやく準備が整ったっていうのに、なぜそんな時に貴様みたいなやつが現れる！　ざけんなぁぁぁ！」

追い詰められてキレたか。剣が見苦しく喚き散らしている。

そう、剣が喋っていた。

神剣開放によって姿が変わった剣は、折れた刀身部分はそのままだが、ハンドカバーが巨大化し、肘あたりまでを覆うガントレットのような姿をしている。ガントレットの表面には無数の人面が描かれ、異様な気配を放っていた。

そして、巨大化して人間の頭部とほとんど変わらない大きさになった男性の彫刻が、本物の人間のように声を上げている。

口や目が動く様は、人間と変わらないだろう。動きだけではなく、感情の動きまで人間そのものに見えた。

「今回の騒ぎは、お前さんが仕組んだのか？」

「ヒャハハハ！　そうだよ！　俺たちがアシュトナーを使って引き起こしたんだ！　もう失敗したがなぁ！」

「目的は？」

「フィリアースの神剣ディアボロスだ！　王都と王を俺たちの能力で掌握し、全軍をまとめ上げて一気にフィリアースを侵略する！　そして神剣を奪うはずだったんだ！」

「……お前を直すために？」

やつはガイアを見て、そう言っていた。自分を修復するために、ガイアを寄こせと。

つまり、神剣ディアボロスを狙う理由も、そうなのではないかと思ったのだ。案の定、剣は金切り声で叫ぶ。

「そうだ！　オレイカルコスを使って作られた神剣さえあれば……。それに、ディアボロスは俺たちと同じディオニスに作られた！　俺たちとの適合率は高いはずなんだ！」

今の言葉で、はっきりわかった。こいつは狂信剣ファナティクスの成れの果てだ。

ホーリー・オーダーに破壊されて本来の能力を失ったが、消滅はせずに逃げ延びていたのだろう。

そして、自分を直すという目的のためだけに、こんな騒ぎを仕組んだってことらしい。まあ、やつにとっては自分が最優先。人間なんかいくら死んでも構わないのだろうがな。

驚きは剣に意思がある点だが、師匠に会ったことがあるおかげで衝撃は少ない。

「テメーさえいなければ……。たとえここで果てることになろうとも、貴様だけはここで殺す！　それだけじゃねー！　王都の人間どもも道連れだ！　全員死ねぇ！」

神剣開放の影響か？　やつの刀身が風化する岩のように、砂になって崩れ落ち始める。あれではすぐにファナティクスは崩壊するだろう。まあ、不完全な状態で神剣としての力を発揮したんだ、それも仕方ないが。

「お前を潰して、片を付ける！」

「邪魔をしてくれやがったテメーだけは、ここで殺す！」

エイワースの暴挙によって敵は掃討できたが、まだ混乱は続いている。麻痺はとっくに解かれているんだが、その前に傷を受けていた者もいるのだ。

ただ、エイワースだけは、救護そっちのけでフランに詰め寄っていた。

「小娘！　あれは極大魔術だな！」

目を爛々と輝かせながら、覚醒を解いて一息ついていたフランに質問を投げかけてくる。

ただ、そこには嫉妬の色や、敗北感のようなものは一切感じられなかった。あるのは強烈な好奇心と、探求心である。

「まさか、雷鳴魔術を極めておるのか！」

「ん」

「た、単体であれを操るとは……。何かの魔道具で補助しておるのか？」

「ひみつ」

「そ、そこをなんとか！」

エイワースが珍しく下手だ。手を合わせて、拝むようなポーズをとる。

それだけ、魔術師としては見過ごせないのだろう。

「ダメ」

「くっ……。では使用感はどうだ？　魔力の消耗は？　制御はどの程度の負担になっておる？　例えば他の魔術に比してどの程度の消耗なのだ？」

矢継ぎ早に繰り出されるエイワースの質問を、フランはのらりくらりと躱す。

いや、フラン的には真面目に答えているんだが「たくさん」とか「すごいいっぱい」とか、そんな答え方なのだ。

理論派のエイワースにとっては、全く理解できていないらしい。結局、諦めていた。

それに、今のフランはかなり疲れている。元々感覚派なのに、疲労からくる気だるさのせいでいつも以上に受け答えが適当だった。

同じ感覚派だったとしても、理解はできないいんじゃないかね？

だが、危機感のないやり取りは、そこまでであった。

まだこの騒動は決着に至っていなかったのである。

「む？」

「ほう？　遠隔――いや、肉人どもに呪を仕込んであったか？」

フランとエイワースが、同時に大通りの中央を振り返った。

そこに、不自然に魔力が集中し始めていたのだ。倒したはずのフレッシュ・グレーター・ゴーレムから、魔力が流れ出ている。体内に、何らかの魔術的仕掛けが施されていたようだ。

慌てて周囲の者たちがフレッシュ・グレーター・ゴーレムを破壊するが、時すでに遅しである。

大通りの中央には、巨大な魔法陣が描き出されていた。

その魔法陣は次第に輝きを増していき、その中心ではさらに強い魔力が渦巻いていく。それこそ、極大魔術並みの魔力だろう。

フランが魔術で魔法陣を攻撃してみたが、濃い魔力に弾かれて意味をなさなかった。

これはもう、間に合わないだろう。

魔法陣が閃光を放ったのとほぼ同時に、俺は障壁を全力で発動した。できるだけ周囲の冒険者たちを守るように広く展開したが、全員は守れん！

『くっ……？』

だが、俺が予想していたような、衝撃や爆音は襲ってこない。

『攻撃系じゃなかったのか？』

広範囲を薙ぎ払うような攻撃系の魔術が発動すると思っていたが、そうではなかったらしい。

魔法陣の上に、異様なものが出現していた。

どうやら、召喚や転送系の魔法陣だったようだ。

『あれは、なんだ？』

「棺桶（かんおけ）？」

『棺桶っつーか……石棺だな？』

フランが呟いた通り、大通りの中央には棺（ひつぎ）に似た巨大な石柱が置かれていた。

ただ、そのサイズは普通の棺よりもかなり大きい。縦五メートル、横三メートル程度はあるだろう。地球なら、よほど高位の貴族なんかが入るレベルの大きさだ。こっちの世界だと、大型種族用とかになるのかね？

ともかく、大型の石棺が、直立した状態で鎮座している。

その内からは、攻撃的な禍々（まがまが）しい魔力が放たれていた。

明らかに、ただのオブジェではない。

「あの表面に描かれている陣は、死霊魔術の物か？　中々の力を感じるな」

「あの、真ん中のやつ？」

「うむ。内部に何かを封じる際に使われるものだ」

エイワースの言葉が確かなのであれば、中にはアンデッドが封じられているのだろうか？　棺に似ているのではなく、本当に石棺だったってオチか？

だとすると、巨人や大型魔獣のアンデッドなどが入っているのかもしれない。

フランやエイワース、一部の冒険者など、判断力に優れた者たちが武器や杖を構えた。

だが、俺たちが動きだすよりも早く、棺に異変が現れる。

棺の扉が少しだけ動いたのだ。ゴゴゴという重低音が響くとともに、石棺と扉の上部に隙間ができていく。

そのまま扉がゆっくりと前へと倒れ込み、ズンと地面が揺れた。

石棺の中が完全にオープンとなる。

「あれ、なに？」

「ふむ……。肉か？」

『なんか、気色悪いな！』

ただ、中が見えたとしても、それが何なのか理解できなかった。

石棺の中には、サーモンピンクの色をした、謎のナニかが押し詰められていたのだ。表面はヌルリと光り、一見すると軟体生物のようにも見えた。

その異様な光景に皆が息を呑む中、さらに冒険者たちが気圧されたように後ずさる。

謎の物体の上の方に、目のようなものが出現したのだ。死んだ魚のような濁った瞳が、こちらをギョロリと睨んでいる。

同時に、サーモンピンクの物体の表面に、無数の血管が浮かび上がった。

ここまでくれば、誰でも分かる。

棺の中に入っているのは、肉塊だ。巨大石棺の中にギュウギュウに詰め込まれた、不自然なほどに綺麗な肉の塊りなのだ。

「アアア……」

かすれた重低音が大通りに響き渡る。どうやら、肉塊が発したものであるらしい。

放つ魔力は、死霊属性特有のものだった。やはり、アンデッドなのだろう。

その肉塊が、ボゴボゴと蠢き始め、肉塊の中からズボッと何か棒状のものが突き出される。丸太のように太い棒が、左右に二つだ。

その棒の先からさらに五本の細い棒が生み出され、それが石棺の縁を掴んだ。

それは、腕であった。

「アアアア……」

今度は顔だ。

肉塊の中に埋もれていた頭部が、ズボッと前に飛び出し、その存在を主張する。まあ、口や鼻は存在せず、大きな左右の目玉だけしか見えないが。このままさらに頭部が肉塊の中から出てくれば、他の器官も見えるのだろうか？

『どう考えても強敵だよなぁ』

フレッシュ・グレーター・ゴーレムが倒された際の、切り札として召喚陣が仕込まれていたのだろう。

だとすれば、わざわざ登場を待ってやる義理もない。

それは、エイワースも同じ考えであるようだ。

「待つ必要もあるまい？　早々に始末してしまおう」

「ん」

フランとエイワースが、同時に魔力を練り上げ始める。動ける冒険者たちも同様だ。

その中で最初に呪文を放つのは、無詠唱を持つフランと俺だった。

「フレアブラスト！」

『フレアブラスト！』

下位の火炎魔術だが、魔力を込めて威力を増している。生物であろうが、アンデッドであろうが、十分にダメージを与えられるはずだ。

俺たちが放った火線が真っすぐ突き進み——肉塊に当たる直前で掻き消えた。

『魔力打ち消しか！』

「むぅ」

「あれほどの魔術を打ち消すとはなっ！　ならば、これはどうじゃ？」

俺たちの魔術が防がれた様を見たエイワースが、楽しげに笑いながら魔術を発動する。

この爺さんにとって強敵や未知の能力というのは、研究対象と同義なのだろう。

攻撃を行うことすら、実験の延長なのかもしれない。

子供のように楽し気な表情で、魔術を放った。

「フロスト・ジェイル！」

一定範囲に冷気を撒き散らし、凍結させる術だ。雑魚であれば倒せるし、殺せずとも動きは阻害することが可能である。

しかし、これも石棺に到達する前に消滅してしまっていた。

あの肉塊も、どこかに疑似狂信剣が刺さっているのだろう。

さらに俺やフラン、他の冒険者が続けて魔術を撃ったが、やはり肉塊には届かなかった。全て打ち消されてしまう。

そうこうしている内に、肉塊が完全な姿を現していた。

その姿は、皮膚を持たない身長四メートルほどの死霊の巨人だ。サーモンピンクの肉が剥き出しになり、冒険者たちが唸るほどの異様な迫力を放っている。

しかも、俺は巨人と評したが、正確には巨獣人だった。

「ほほう？　あの頭部は、象というやつかのう？」

「ん。象族にそっくり」

巨大な耳に、長い鼻。そして鋭い牙。巨人の頭部は、どう見ても象である。ピンク色の象と言えば可愛くも思えるが――その実は、肉と血管が剥き出しとなった、二足歩行の巨象である。

獣人国でも見かけた、象の獣人が基となっているのだろう。

悪夢に出てきそうなほどの、不気味さがある。

『あの巨体に、頭部。覚醒状態かもしれん』

俺たちが出会った相手は、身長は三メートルほどあるものの、顔などは普通に人間だった。ただ、覚醒状態になると巨大化し、頭部などが象化するという話だったのだ。

「ん。覚醒状態かも」

「ほう？　アンデッドであるようだが、それだけではないだろう。何か特殊な方法で作ったのだろうな。くくく、面白い！」

この爺さんはそればっかだな！

この巨体に、魔力打ち消し能力は、相当厄介だぞ！

だが、敵に期待を抱いているのは、エイワース爺さんだけではなかった。

「強そう」

フラン！　お前もか！　まあ、フランは戦うの好きだし、敵が強そうで喜んじゃうのは仕方ないけどさ！

「オアアアアアアアアアアア！」

威圧スキルの籠った咆哮を上げる死霊象人。

普通の兵士なら恐慌に陥っても仕方ないが、フランもエイワースも軽く頭を振って小うるさげにするだけだ。

これは、相手とフランたちの格が、それほど離れていないということを示していた。少なくとも、向こうが圧倒的に強いなんてことはないだろう。

ただ、それ以外の冒険者たちは恐怖のあまり固まってしまい、動けない者が多数いるようだ。

これは、フランとエイワース以外は戦えないか？

死霊象人はそのまま周囲を睨みつけると、また口を開く。再度咆哮かと身構えたが、そうではなかった。

「アアアアアア！　ヤラセン！　コノ国ハ、守ッテミセルゥゥゥ！　侵略者ドモメェェ！」

なんと、言葉を喋ったのだ。僅かなりとも知性が残っているらしい。

「喋った」

「凶悪な怨霊などの中には、たまにいるタイプだ」

「この国？　侵略者？」

「意味を求めても無駄だ。怨霊と化しておる。生前の執念に突き動かされているだけで、明確な思考など残っておらんよ」

「オオォォォォ！」

死霊象人の殺気が、こちらを向いた。

『くるぞ！』

「ふははは！　せいぜい邪魔をするなよ、小娘！」

「そっちこそ！」

どうやら、個別に攻撃を仕掛けるつもりであるらしい。

エイワースがこちらに合わせる姿は想像できんし、フランも連係が得意な方ではないからな。

即席の連係で失敗するよりは、マシな選択だろう。

「俺たちも行くぞ！」

「おう！」

お、蟲レンジャーたちも動けているな。さすが凄腕の傭兵である。

「コルベルト、動けないやつらを避難させるわ！」

「わかった！」

怪我人や戦力にならない冒険者たちの避難は、エリアンテたちに任せられそうだ。俺は、戦闘に集中するとしよう。

「まずはこいつを試してみるとしようか！」

エイワースが投げつけた物は、複数の瓶である。効果は分からないが、かなり強力な魔法薬が入っているようだ。ここからでも、瓶の中に秘められた魔力の大きさが感じ取れた。

疑似狂信剣持ちへの対応と同じように、魔力を枯渇させようというのだろう。

だが、瓶は地面に落ちることも、死霊象人にぶつかって割れることもなく、渦巻く風によって搦め捕られていた。

「死ネェエ！　オオォォォォ！」

凄まじい速度で瓶が撃ち返される。瓶に纏わりついた風の効果か、恐ろしい速度だ。

魔術を使っている気配もないことから、この風は死霊象人の能力なのだろう。

大通りの地面に叩きつけられた瓶が割れ、それぞれから毒々しい煙が上がる。

「ゴホッゴホッ！」

「目が！」

「の、喉が……！」

確実に毒だった。ほんの僅かに吸っただけで冒険者がバタバタと倒れていく。

エイワースのやつ、やっぱりヤバイ毒を使ってやがった！

しかも、強烈な風が吹き、その煙を広げようとしている。煙が毒だと分かり、利用しようとしているのだろう。

「ちっ！　アンデッドゴーレムの癖に、きっちりと思考しよるのか？」

エイワースが唸りながら、魔術を詠唱、発動する。

「デンジャラス・プレイ！」

術が完成すると、毒煙が意志を持つかのようにエイワースに向かって集まり始めた。

周囲の毒を集め、合成してさらに打ち出す呪文だ。

俺は倒れた冒険者たちに回復魔術を飛ばしながら、エイワースの行動を見守る。ムカつく爺だが、フレッシュ・グレーター・ゴーレムにも毒は効いていた。この術が上手く嵌まれば、あの死霊象人もひとたまりもないかもしれないのだ。

だが、エイワースが打ち出した毒の弾丸は、象人が纏う風に阻まれてあっさりと霧消していた。かなり繊細に風を操ることができるらしい。

『それにしても、風を扱う象人か』

（師匠、どうしたの？）

『十始族の象人って、紫風象だったよな？』

（ん？　あのアンデッド、もしかして？）

『ああ、かもしれん』

十始族とは、獣人の中でも特に古く、強いと言われる一〇の種族のことだ。

フランたち黒猫族から進化する黒天虎に加え、獣王やメアの金火獅(きんかじし)などもそこに数えられる。そして、紫風象もその十始族の一つだった。

つまり、あの死霊象人が十始族を基に作られていた場合、覚醒したフランに匹敵する恐れがあるのだ。それに加えて、魔力打ち消し能力も持っている。

『油断するなよ！　ただでさえ、今は本調子じゃないんだからな！』

「ん！」

フランは大きく頷くと、死霊象人の周囲を駆け回り始めた。

その状態で、魔術を連発する。属性も範囲も様々な魔術が、連続で死霊象人へと襲いかかった。

だが、ほとんどは風の壁に吹き散らされ、貫通したものは魔力打ち消しによって消し去られる。

鉄壁過ぎるだろ！

「ブオオオォォォ！」

それまではエイワースを向いていた死霊象人の目が、フランを捉える。こちらも危険性の高い相手であると認識されたらしい。

『速っ！』

「くっ……！」

いきなりの突進攻撃。

フランはかろうじて回避したが、危なかった。すれ違いざま、やつの牙がこちらの障壁を綺麗に貫通していたのだ。

舐めていたわけではないが、こちらの想像を超えた動きであった。

足を曲げたり、体を捻ったりするような、溜めの動作がほとんどなかった。

脱力しながら直立しているような体勢から、いきなり高速でこちらに突っ込んできたのである。

どうやら、風を背後に放出することで、推進力を得ていたらしい。風が得意なら、空気抵抗なども減らしている可能性もある。

ともかく、あの巨体が予備動作もなしに高速でぶっ飛んでくるのは、反則だろう。

直撃は絶対に受けないように気を付けねば。

『フラン、もっと距離を取ろう！』

「ん！」

今の俺たちがあれと接近戦は無謀だ。

そう思ったのだが、遠距離攻撃はこちらの専売特許ではなかった。

アンデッド相手に魔術の撃ち合いで負けるとは思っていなかったが、向こうの攻撃手段は魔術だけではなかったのだ。

「ブルオオォォォォォ！」

『くっ！　ウィンド・ウォール！』

「今の、風魔術？」

『違う！　風を圧縮して、鼻から撃ち出しただけだ！』

長い象の鼻を硬化して伸ばすことで、砲身のように扱っているらしい。

圧縮された風の砲弾は、俺のウィンド・ウォールを一発で消滅させる威力があった。なんとか軌道を逸(そ)らせたが、直撃していたらフランでさえ命の危機があるだろう。

風の砲弾は数軒の壁を綺麗にぶち抜き、二〇メートルほど先で爆風を撒き散らして家を四散させていた。

(師匠！　近づく！)

『だが、近距離は……！』

(距離あるままだと、あいつまたあれを撃ってくる！　みんな危険！)

確かに、死霊象人があの砲弾をばら撒き始めたら、周囲に凄まじい被害が出るだろう。

しかし、長時間の覚醒すら覚束(おぼつか)ない今のフランに、十始族のスキルを使いこなしていると思われる死霊象人との斬り合いは無謀だった。

(いく。師匠は障壁おねがい)

『あーもう！　分かったよ！　でも、攻撃よりも回避重視でいくんだぞ！』

(わかった！)

だが、フランが跳び出すよりも先に、死霊象人の前に飛び出す人影がある。

「俺たちも忘れてもらっちゃ困るな！」

「僕は忘れてもらってる方が、奇襲がしやすくていいけどね！」

蟲レンジャーたちだっった。

甲殻を纏った堅海老を先頭に、陣形を組んでいる。

『フラン。あいつらなら象人相手にも戦えるかもしれない！　援護に切り替えよう』

(ん)

俺たちは即方針を切り替え、半蟲人たちに補助魔術をかけていった。主に、防御力が上がる術が主体だ。

それに気づいた堅海老が、軽く手を上げて頭を下げた。他の者たちも、思い思いに礼を返してくれる。

それで、こちらの意図も伝わったのだろう。

「期待に添えるように、頑張るとしようか！」

「「「おう！」」」

そうして彼らの本格的な戦いが始まる。

エリアンテが頼りにするだけあり、その動きは瞠目（どうもく）するべきものだった。

先頭に立って敵の前に姿を晒すのは、やはりリーダーの堅海老だ。鑑定ではロビンと出ている。

ロビンは身に纏う赤い甲殻の防御力と、流麗な体術の捌（さば）き技術を用いて、死霊象人と真正面からやり合っていた。

「でやあああああああ！」

死霊象人は武器を持たないが、体術と鼻、牙を使い、接近戦も十分にこなせるらしい。かなり鋭い攻撃を繰り出している。

だが、ロビンはそれらの直撃を受けず、逆に攻撃を返していた。

死霊象人の拳を掻い潜（くぐ）って懐に入ると、目の前の膝にワンツーを叩き込み、降ってくる鼻を避（よ）けながら後ろに飛ぶ。牙が追撃してくるが、甲殻で受け流し、そのままサイドに回り込んで再び膝に蹴りだ。

派手さはないが、非常に堅実な立ち回りであった。

無論、仲間たちも見ているだけなわけがなく、しっかりと働いている。大型の敵と戦う際の役割分担が決まっているようだ。

飛蝗のホッブスは、先程前の戦闘で見たように、足を肥大化させて跳び回っていた。正面はロビンに任せ、敵の背後や左右をこまめに移動しながら、蹴りで牽制を放っている。

肥大化した足は重そうに見えるが、さすがは飛蝗。そのジャンプ力は一回で死霊象人の頭を飛び越えるほどだ。

地面を蹴って跳ぶ際に非常に大きな音が鳴っているが、それもわざとだろう。敵の意識を背後にも割かせ、注意力を奪う役割も担っているのだ。

「遅いね！　それじゃあ僕は捕まらないよ！」

「逃げルナ！　小蠅（こばえ）ガァア！」

「残念！　蠅じゃなくて飛蝗さ！」

「ヌガァァァァァ！」

死霊象人もかなり嫌がっているようだが、ホッブスを捕らえることはできない。

無論、ホッブスの動きが良いということもあるが、仲間の援護も素晴らしいのだ。

「……隙あり」

そう呟いて死霊象人の背に槍を突き立てるのは、蜉蝣のエフィである。

トリッキーな動きと槍捌きが目立っていた彼女だが、もう一つ得意なことがあったらしい。今の攻撃を仕掛けるまで、全くその動きを感知できていなかった。隠密系の能力にもかなり秀でているのだろう。

攻撃力はさほどではないが、真後ろから攻撃されれば対応しないわけにはいかない。

死霊象人はホッブスへの攻撃を中断し、エフィに向き直った。

「グゴオオオォォォ！」

「……単細胞」

エフィが翅を使って後方へと大きく飛びながら、死霊象人を挑発している。

憎々し気に叫びながら鼻を伸ばす死霊象人だったが、横合いから攻撃が加えられた。

「待テェェ！」

「こっちも忘れないでねー！　ドーン！」

牙蟻のアンだった。

ロビン、ホッブス、エフィに意識を割かれた死霊象人は、完全に無防備だ。そこに、気配を消したアンが襲いかかったのだ。相変わらずの斧の二刀流で、死霊象人の足に連撃を加える。

鑑定で見た感じ、隠密系の能力は持っていないようだ。多分、蜃のシンゲンが幻覚で姿を隠してんだろう。

アンの双斧(そうふ)によって死霊象人の膝が割れ、肉が千切れ飛ぶ。そこは、さきほどロビンが攻撃していた場所だ。

連係を取りつつ、同じ場所を攻撃し続けていたらしい。

すぐに再生が始まるが、終わるまでは動けないだろう。畳みかけるチャンスである。

だが、彼らは攻撃をせずに、一ヶ所に固まって防御態勢を取った。シンゲンがその巨体を盾にして、仲間たちを背後に庇ったのだ。

直後、死霊象人の全身から大量の風が放出された。

「ブロオオオォォォォォォォォ！」

畳みかけられることを阻止するため、大技で周囲を薙ぎ払ったのだろう。

攻撃の動作の前にそれを察知して、守りの態勢に入ったのが凄い。蟲人の血を引いているだけあり、直感や感覚に優れているのかね？　実際、全員が直感スキル持ちだ。

ウルムットのエルザなども、直感のおかげで鑑定されているかどうかなどを判断できていた。それくらい、直感を鍛えると役に立つのである。

あ、もしかして俺が鑑定したのもバレてる？　あとで謝った方がいいか？

(師匠？)

『な、なんでもない。それよりも、気づいたか？』

(ん。再生したら、魔力減った)

『攻撃よりも、再生の方が苦手らしい』

魔力打ち消しや攻撃では、死霊象人の魔力が減ったかどうかは分からなかった。隠蔽されていて、感知できていないのかと思っていたが……。

再生を行った直後、死霊象人の内包する魔力が僅かに減少したのだ。

どうやら、攻撃では碌に魔力を消耗していなかっただけであるらしい。魔力打ち消しでも減らなかったのは何故か分からないが、こいつを倒すには延々と攻撃をして、再生を使わせ続けるのが最適解なのかもしれなかった。

「どする？」

『うーむ』

魔術は打ち消されてしまう以上、ダメージを与えるには接近戦しかない。

だが、アレと？

俺たちの目の前では、死霊象人が超加速からの突進攻撃を、蟲レンジャーたちへと仕掛けるところであった。

その凄まじい威力により、シンゲンとロビンが跳ね飛ばされるのが見える。

かなりのダメージを受けているだろう。シンゲンなんてきっちり背中の貝部分で受けたように見えたが、生命力が半減していた。

やはり、死霊象人相手に近接戦闘は危険だ。

できれば止めたいが、フランはすでにやる気であった。

「いく」

ダメだとは言えないな。その目を見れば、フランが覚悟を決めているのが分かった。短い間とはいえ、蟲レンジャーを共闘した仲間だと認識しているのだ。

彼らばかりを危険にさらすなど、フランが許せるわけなかった。

『分かったよ！　防御は任せておけ！』

「ん！　はぁぁぁ！」

俺の言葉に頷き返したフランは、タイミングを見計らって一気に突っ込んだ。

背後から攻撃を仕掛けて注意を引くことで、蟲レンジャーたちへの追撃を邪魔する。

自身の背中を僅かなりとも切り裂いた黒猫族の少女に対して、死霊象人が憎々し気な目を向けた。生者への嫉妬と憎悪に濁った、凶悪な瞳だ。

「死ィィネエエエエ！」

「遅い」

『いや、風に気を付けろ！』

足元にいるフランに対し、爪先蹴りを放ってくる死霊象人。それを躱したフランがカウンターを放とうとしたが、この隙はわざとであった。

前に出ようとしたフランに対し、風が槍となって吹き降ろしたのだ。

威力もさることながら、このタイミングでダメージを受ければ無防備を晒すことになっていただろう。

死霊のくせに、かなり知恵が回るようだった。

風の槍、鼻の薙ぎ払いという連撃を躱したフランは、俺を死霊象人の足に叩き込んだ。空気抜刀術によって加速した俺が、象人の膝を襲う。

だが、俺の刃が象人に届くことはなかった。

「オオォォオ！」

『風かっ！』

（硬い！）

幾重にも渦巻く風が強固壁となり、俺を押し止めていた。

フランがギリギリと力を籠めるが、押し切ることはできない。

フランの攻撃を危険視して、防御を集中させたのだろう。初撃の時は、風の壁が薄かったからな。

『退けっ！』

「！」

再び長い鼻がフランを襲ってきた。横っ飛びしたフランが今までいた場所に、真上から繰り出された鼻が突き刺さる。地面に大きな穴が開くほどの威力だ。しかも、それで終わらない。

なんと、鼻が鞭のようにしなり、不規則な軌道でフランを追ってきたのだ。

いくら長くて柔らかいといっても、器用過ぎるだろ！

まるで凶悪なアナコンダのように、フランに襲いかかってくる象人の鼻。

だが、フランはその攻撃を危なげなく回避できていた。

（アマンダの鞭に比べたら、全然遅い）

『なるほどな！』

アレッサでの模擬戦が役に立ったらしい。そりゃあ、アマンダの鞭を回避することに比べれば、この程度の攻撃はなんてことないだろう。

引き戻される鼻に斬撃を加えるフランだったが、硬い筋肉に阻まれ、碌にダメージが通らなかった。

「むぅ」

フランが不満気に唸っている。

覚醒すらしていない今の自分では、攻撃力が不足していると理解しているんだろう。

だが、直ぐに気を取り直して、その場から後方へと跳んだ。

『エイワースのやつ、スゲー魔力だっ！』

「ん！」

ここまで気配を消して隠れていたエイワースが、膨大な魔力を立ち上らせているのを察知したのである。

戦いをこっちに任せて観察でもしているのかと思ったが、準備に時間のかかるスキルか魔術を用意していたらしい。

フランが離れたことを確認し――いや、離れた時にちょうど準備が整ったのかな？　あの爺が、こっちに気を遣うとも思えん。貴重な黒天虎のサンプルだから、少しは気にするか？

ともかく、フランが離れたタイミングで、エイワースが練り上げた魔力を一気に解放した。

「ブリザード！　ジャイアンツベイン！」

なんと、氷雪魔術と死毒魔術を同時に放っている。

フランでさえ、同じ系統の魔術を同時詠唱するのが限界なのに、上位の違う属性の魔術を同時に行使する？

やはり、侮れないやつだった。

しかも、ただ同時に放っただけではない。

ブリザードは、相手の周囲に激烈な吹雪を発生させ、凍てつかせると同時に氷の刃で切り刻む凶悪な術だ。そしてジャイアンツベインは、巨人さえ殺す猛毒の霧を生み出し、敵に纏わりつかせる術である。

同時に発動した二つの術は干渉し合い、猛毒の吹雪となって死霊象人を襲っていた。

二つの術が互いの効果を強化し合っているのだ。

吹雪によってより激しく毒が打ち付け、毒によって爛れた皮膚はより凍り付きやすくなる。

しかも、魔術が打ち消されていないのは、どうしてだ？

フランの視線に気づいたのか、エイワースがニヤリと笑った。大きな魔術を同時に行使したせいか、かなり疲れているようだ。

この爺さんが多少なりとも弱っている姿、初めて見たかもしれない。

「貴様が、極大魔術で剣刺さりを倒していたのを参考にしたのだ。やはり、ある一定以上の魔力の籠った術であれば、完全には打ち消されんようだ。くくく、範囲もちょうどよく収まったな」

俺たちがカンナカムイで疑似狂信剣を倒したことを参考にして、魔力を過剰に込めた術を放ったらしい。

本来なら広範囲を攻撃するはずのブリザードだが、打ち消し効果によって弱められ、死霊象人の周囲だけを攻撃するにとどまっている。これも、エイワースの計算の内だったようだ。

「一か八かではあったが、成功したか。まあ、失敗しても、蟲どもが巻き込まれる程度だっただろうがな」

計算というか、博打だった！　やっぱ油断できん！

「オオオォォォォォオ！」

「ちっ。竜すらしばらくは動けなくなる複合魔術だぞ？　それが足止めにもならんとはな……」

ただ、死霊象人の強さはエイワースの予測をさらに超えていたらしい。

竜縛りという異名を持つはずのエイワースが、唸っていた。そう、エイワースは竜転のディアスや、竜狩りのフェルムス、竜墜のガムドと並び、竜縛りと呼ばれている。竜を縛るほどの、魔術の使い手というわけだ。

そのエイワースの魔術が、大した効果を挙げることができていなかった。

遂には、死霊象人が全身から放出した風によって、複合魔術が消し飛ばされてしまう。体がところどころ氷に包まれると同時にドス黒く変色しているが、直ぐに再生が始まっていた。

「くくく、面白い！」

薬も魔術もいまいちとなると、かなりのピンチのはずなんだがな……。

他にも奥の手があるのだろうか？

巻き込まれないように、この爺さんにも注意を払っておこう。

エイワースの魔術が思ったほど通用しなかったのを見て、フランも魔術での攻撃は完全に諦めたらしい。

俺を握る手に、力が入る。

(師匠。上からしかける)

『分かった』

上からというのは、天空から降下攻撃という意味だ。自身が消耗していても、落下のエネルギーを利用することが可能なのである。ある意味、俺たちの十八番(おはこ)と言ってもよかった。

俺は転移で一気に上空へと移動する。

フランの狙いを悟ったのか、体勢を立て直した蟲レンジャーたちが死霊象人に対して攻撃をかけているのが見えた。地面に注意を引きつけようとしてくれているらしい。

一瞬、リーダーのロビンと目が合う。

ニカッと笑うその姿は、イケメン好青年だ。腕や顔の半分が赤い甲殻に覆われているのにあんなに格好よく見えるだなんて！　イケメンめ！

「ふぅぅぅ……」

その間にも、フランは力を溜めていく。

正直、今の俺たちに一撃必殺の攻撃は無理だ。

フランは閃華迅雷どころか、覚醒を使うことすらままならない。

俺はアシュトナー戦の影響で、耐久値が戻っておらず、魔力も半減状態だ。

いつものような、相手の全てを切り裂くような斬撃、繰り出すことは無理である。

だが、それでも、俺たちはやらねばならない。

「みんなを守る」

『ああ』

ガルスを、冒険者たちを、守る。フランがそう決意しているのだ。俺も、全霊を懸けてその気持ちに応えねばならない。

何せ、俺はフランの剣だからな。

「む？」

『青い光だな』

俺とフランを繋ぐ、青い光。

どうやら消耗や破損は関係ないらしい。

俺とフランの戦意が高まり、一致したことで発動したのだろう。

「……いこう」

『ああ！』

フランが空中跳躍を使って空を蹴る。さらに、様々なスキル、魔術を使って加速していく。

全ての力を一点に集中させるため、今日は斬撃ではなく刺突の体勢だ。

俺を右脇に当て、グッと力を入れるような体勢のまま、フランはさらに速度を増していった。すでに、肉眼ではまともに捉えられない速さである。

青い光を棚引かせたフランは、天から突き下ろされた一本の槍となり、直上から死霊象人へと突貫した。

「てやぁぁぁぁぁぁ！」

「ブラァァァァ！」

これもしっかり見ていやがったか！

死霊象人は蟲レンジャーたちに対応しながらも、纏う風を頭上に集中させていた。

轟々（ごうごう）と唸る風の渦によって、俺がガッシリと受け止められてしまう。

ただ壁を作っただけでは、きっと貫通できていたはずだ。しかし、死霊象人は風を使い、俺の刀身を挟み込むように受け止めていた。

風による、真剣白刃取りのような状態だ。

まさかアンデッドにここまで精密で、繊細な真似ができるとは思ってもいなかった。

「ぐぬぬぅ……！」

フランが歯ぎしりが聞こえるほどに力を込めるが、切っ先はそれ以上進まない。

だが、これも想定の内だ。最初の攻撃で上手く行けばよかったんだが、受け止められた時のこともしっかり考えてある。

できれば、この方法は使いたくなかったんだが……。

『フラン！　いいな？』

「ん！」

『いくぞぉぉぉっ！』

俺は、一瞬で形を変える。

それは、鍔も装飾もない、細い螺旋の形状だ。ドリルっぽいと言えるだろう。

そんな俺は、魔力放出を使って凄まじい勢いで回転を始めていた。

俺の体勢を安定させるために柄を握り続けているフランの手は、少しずつ血をにじませ、途中からはズタズタに裂け始めてしまう。超回転しているドリルを素手で持っているのだから、当然だ。

延々と手の平を抉られるフランを、どれほどの激痛が襲っていることか……。

だが、俺は止めようとは言わない。

死霊象人にダメージを与えるには、無理や無茶が必要なのだ。

「あああああああああああ！」

『どりゃあああああああ！』

そして、俺が全ての力を爆発させた。ファナティクスが使っていた魔力放出による加速と、念動による加速を同時に使用したのだ。

強烈な爆音が響き、俺は風の壁を貫通する。同時に、フランが凄まじい勢いで吹き飛んでいくのが見える。俺の魔力放出を、もろに受けてしまったのだ。

　俺が回転しているせいで、放出された魔力も螺旋状に回転している。そのせいで、フランは凄まじい勢いで錐もみしながら家屋の向こうへと姿を消した。

　心配だが、俺は止まらない。

『だあああぁぁぁぁっ！』

　あの程度で、フランが大怪我をするわけがない。それよりも、フランのためにもここで決める！

　俺は青い光を纏ったまま、超高速で象人の右肩へと突き刺さった。

『くそ！　軌道を変えられたか！』

　俺の前進を押さえ込めきれないと理解した死霊象人が、咄嗟に受け流しの要領で俺の軌道を変化させたのだ。本来は頭部目がけていたのだが、僅かに狙いが逸れていた。

『まあ、いい！　ここでも十分だ！　中からこんがり焼けちまえ！』

　俺は体内で火炎魔術を発動する。いくら頑丈でも、体内で大爆発が起きれば、無事ではいられないと考えたのだ。

　だが、魔術は不発であった。いや、発動したが、打ち消された。

　どこかに埋まっている疑似狂信剣の力で、体内まで守られているようだ。

『なら、直接疑似狂信剣を捜してやる！』

　どこにあるのかは分からんが、全身を俺の刀身で掻き回せば、いつかヒットするだろう。

「ヌオォォォ！　オノレェェ！」

　俺が鋭い針のように形を変え、体内を侵食し始めたのが分かったらしい。

死霊象人が、自身の肉体を魔力で強化するのが分かった。

肉と魔力の圧力が凄まじく増し、まるで鋼鉄を割りながら進んでいるかのような状態だ。それでも、俺はゆっくりと死霊象人の体内へと、針を伸ばしていった。

死霊象人が憎々し気に呻きながら、俺の柄へと手を伸ばす。だが、ちょっとやそっとじゃ抜けねぇぞ！

「グヌアァァァ！」

しかも、その行動を他のやつらが邪魔をしている。

「みんな、一斉に畳みかけるぞ！」

「了解！」

死霊象人からの圧力が弱まった蟲レンジャーが、その隙を逃さずに一気に攻勢をかけていた。

今までのような連係ではなく、それぞれが乾坤一擲の大技を繰り出している。

「はぁぁぁ！　重撃拳！」

堅海老が放ったのは、腰をどっしりと落としての正拳突きだ。格闘系の武技なのだろう。普通と違うのは、拳が硬い甲殻に覆われていることだろう。

普通の人間の拳法家が放つよりも、数段上の威力がありそうだった。

実際、一発で死霊象人の右腿が抉れ飛び、体勢を崩すことに成功している。

「グゴオオォォォォ！」

「……影閃」

「ヌガ⁉」

エフィは相変わらずの隠密能力である。

彼女の奥の手は、影魔術かスキルによる影転移からの、急所への一撃であるらしい。

突如死霊象人の背後に出現したエフィが、魔力を先端に集中させた槍で心臓を貫いていた。

アンデッドである死霊象人には致命傷とならないが、対人であれば一番恐ろしいのはこの少女かもしれない。

牙蟻のアンの攻撃は、非常に分かりやすい。

「うりゃりゃりゃりゃぁぁ～！」

両手に持った斧に全魔力を込め、力尽きるまで連続攻撃。そんなコンセプトなんだろう。

エフィに気を取られている死霊象人に近づくと、その足に目にも留まらぬ速さで双斧を振るった。

足をズタズタにされた死霊象人の鼻で吹き飛ばされるまでの一呼吸で、一〇発近くは入ったのではなかろうか？

しかも、吹き飛ばされながらも毒液を吐きかけ、目つぶしのオマケまで付けている。血を吐きながら、凄い根性だ。

次に仕掛けたのは。蜃のシンゲンだった。

「どりゃあああああああ！」

魔術師兼タンクという不思議な立ち位置の大男だが、素手格闘も下手ではないらしい。

魔力を込めた拳で、正面から象人と殴り合っていた。

死霊象人は両足を攻撃され、再生が追い付いていない。そのせいで攻撃は手打ちとなり、シンゲンを突き放すことができていなかった。

僅かな間、重量級の打撃戦が展開される。

正直、シンゲンの攻撃の威力はさほどでもなく、死霊象人へのダメージは少ないだろう。だが、その存在感は無視できるものではない。

どうやら、この後に控える仲間の攻撃を確実に入れるため、囮となるのが主な目的であるようだった。

最後は飛蝗のホップスである。その攻撃は、単純明快だ。

「食らいなよ！　ブラストキックッ！」

速度を重視した、重い蹴りである。

一度大きく距離を取り、一直線にダッシュ。そのままの勢いで跳び蹴りという、シンプルなものだった。

小細工がないからこそ、その威力は凄まじい。

ていうか、飛蝗が跳び蹴りって……。

ホップスの放ったラ○ダーキックは、風の壁を見事に突き破り、その胸板を蹴り砕いていた。

「グガァァア！」

死霊象人がたたらを踏み、そのまま後ろへと倒れ込む。

巨体が地面に叩きつけられ、大きな衝撃音が鳴り響いていた。

戦い始めてから初めて、物理攻撃で大ダメージが入っただろう。

「侵略者ドモメェエ！　許サヌ！　ブオオオオオオオオオオォォォォォォ！」

死霊象人は風を使って即座に起き上がりながら、怨嗟の声を上げる。

その叫びに呼応するかのように、全身に纏う風が荒れ狂っていた。まるで竜巻のように、凄まじい勢いの風が周囲を破壊する。

これでは近づくこともできないだろう。下手に巻き込まれれば、ズタズタに切り裂かれて命を失うことになりそうだ。

だが、本当の脅威はこの後にやってきた。

「ウオォオォォ！　紫風怒濤ォォォォ！」

し、紫風怒濤だとっ！

獣人国で聞いた、紫風象の固有スキルの名前だ！

「ルウゥオオォオォォォッ！」

死霊象人が叫ぶと、その周囲を紫色の風が覆った。

そう、風が紫色をしているのだ。煙や光によって、風の流れが見えているのとも違う。まさに、風に色が付いているとしか言いようがない光景だ。

不可視というアドバンテージが失われてしまっているが、そこに込められた魔力は先程までが大人しかったと思えるほど強大だった。

死霊象人が、その手を大きく横に振る。

すると、紫の風が波となって、左右に吹き寄せた。

「ぐあああ！」

「きゃぁぁ！」

紫の颶風は途轍もない風圧を以て、半蟲人たちを吹き飛ばす。彼らが全く踏ん張れないほどの威力だった。

さらに紫の風を球状に圧縮し、それを四方へと打ち出していく。

一発一発が家屋を消滅させるほどの威力があった。

『マズい！　こいつ、やめろ！』

まだフランが戻ってこないということは、動けないか、意識を失っているのだろう。

そこにこの紫風の弾丸を受けたら？

危険である。

「グウゥゥ！　負ケンゾォォォォ！」

『アンデッドのくせに、根性出しやがって！』

「我ハ盾！　国ヲ！　民ヲ！　仲間ヲ守ラネバナラヌノダァ！」

死んでなお国のために尽くそうっていう、その心意気は尊敬するがな！

俺にだって、負けられない理由があるんだよっ！

『俺が、フランを守るんだっ！』

「ガァァァ！」

俺は全魔力を込めて、形態変形を発動し続けた。

植物が土の中に根を伸ばすように、刀身が細く分かれ、段々と死霊象人の体内に伸びていく。

だが、死霊象人も死に物狂いである。

肩口から飛び出す俺の鍔の周辺に、紫の風が集まり始めたのだ。

攻撃されるのかと思ったが、そうではなかった。紫の風が物理的な力を持ち、俺のことを引っ張り始めたのだ。その力は想像以上で、油断するとあっという間に引っこ抜かれてしまいそうだった。

『ぐぬぬぬ！』

「グオオォォオォ！」

ヤバイ、力比べじゃ負けてしまいそうだ！

さすがフランの黒雷に並ぶ、十始族の固有スキルだな！

ほんの少し、俺の鍔が浮く。これ以上は、魔力も続かないかもしれない。

だが、ここで負けるわけにはいかないのだ！

それに、こちらに不利なことばかりではなかった。死霊象人の魔力が、少しずつ減り始めているのだ。

フランの閃華迅雷や、獣王の金炎絶火もそうだが、十始族の固有スキルは肉体的、魔力的に凄まじい負荷がかかる。

死霊象人の紫風怒濤も、その例に漏れないようだった。

そうだよな。消耗なく使えるなら、最初から使っているはずだ。

紫風怒濤を使うということは、それだけ追いつめられているということなのだろう。

そこに、さらなる援護があった。

「いくぞおおぉぉ！」

ロビンたちである。あれだけ激しい攻撃にさらされたのに、まだ戦意を失っていなかったのだ。

再び集結した彼らが、不思議な陣形を取っていた。

シンゲンがクラウチングスタートのような体勢で先頭に立ち、その背後で四人が構える。

そのまま一斉に駆け出した四人が、シンゲンの背中を蹴り、次々と宙へと舞う。シンゲンが凄いのは、仲間が跳ぶ瞬間に合わせて体を軽く跳ね上げることで、ジャンプの手伝いをしているところだろう。

余程息が合っていなくては失敗するはずだ。

そして、先に跳んだエフィ、アンが空中で回し蹴りのような動作を行う。

その時にはロビンたちが追い付いており、エフィたちの蹴り足が男性コンビの足の裏を直撃していた。

女性陣の脛に男性陣が乗って、跳ね上げられたような形である。

さらに跳んだロビンとホッブスの高度は、上空一〇〇メートル近いだろう。

俺たちのような空中跳躍や、風魔術を持たずにここまで跳び上がることができるのは、本当に一握りの強者だけである。そう考えれば、連係でこれだけの跳躍を可能にするには、凄まじい修練が必要であると思われた。

しかも、これで終わりではない。

「行くぞ、ホッブス！」

「せいぜい死なないでよロビン！」

ロビンが体育座りのような体勢で膝を抱き、自身の体をギュッと丸めた。

対するホッブスは足を大きく振り上げ、まるでサッカー漫画のシュート体勢のようである。

「「はああああああぁぁぁ！　城門崩しぃぃぃ！」」

二人の声がユニゾンで響き渡ったかと思うと、ホッブスが本当にその足をロビンに叩きつけていた。

なんと、その凄まじい脚力を以て、ロビンを大地目がけて蹴り下ろしたのだ。

『ほ、本当にシュートしたぁぁぁ！』

魔力の煌めきを纏ったロビンは、本当に漫画に出てくる必殺シュートのボールのようだった。

超高速で天空から飛来するロビンは、途轍もない威力を秘めているはずだ。あんな役割、ロビンも無事では済まないだろう。

城門崩しという名前からして、本来は城攻めの際の奥の手なのだと思われた。

「ブオオオオロロオオォォ！」

紫の風がロビン目がけて吹き付ける。しかし、ロビンの勢いを殺すことはできなかった。

ただ、死霊象人もただのアンデッドではない。威力を弱めることができないと悟ると、即座に回避へと行動を切り替えたのだ。

突進攻撃の要領で、紫の風を放出する。一瞬で死霊象人の巨体が真横にズレていた。

これは外れる！

俺さえもそう思ったが、ロビンたちの攻撃は終わりではなかった。

なんと、ロビンが急激にコースを変えたのだ。逃げる死霊象人を追尾して、カクンと曲がったのである。どうやら、ロビンがこの状態で魔力放出を行い、自身のコースを変えたらしい。

そして、死霊象人の作り出した紫の風の壁を突き破り、ロビンはほぼ真横からその頭部を直撃していた。

鈍い音が響き、死霊象人の頭部が粉砕される。首から上が、完全に消失していた。

「ぐぁ……！」

案の定、ロビンもただでは済まない。

全身の甲殻は砕け散り、右手は千切れ飛んでいる。全身骨折状態だろう。

ただ、あの攻撃を繰り出しておいて、この状態で済んでいることが幸運である。スキルや、修練によってダメージを軽減したからこその、生還だろう。

俺はほんのわずかに魔力を割き、ヒールを飛ばした。今の状況で完全回復はしてやれんが、せめて死なないくらいにはしてやりたい。

それにしても、フランが上空から攻撃をしかけようとした時に、即座にこちらの意図を見抜いてくれた理由が分かった。この攻撃を奥の手としているからこそ、フランがやろうとしてることを見抜き、援護できたのだろう。

ただ、感心ばかりもしていられない。

なんと、砕け散った頭部が、再生を始めていた。首の断面が盛り上がり、肉と骨が凄まじい速度で生えていく。

ロビンの捨て身の攻撃を以てしても、死霊象人を倒しきることはできていなかったのである。

俺を掴んで引き剥がそうとする紫の風が、未だに健在であった。

それに、胴体の中心で、魔力が渦巻いているのが分かる。感じただけで気色悪くなるような、嫌な気配の魔力だ。これで分かった。

やはりこの死霊象人にも疑似狂信剣が埋め込まれていたのだ。しかも、魔石のようなものと連結されていた。

これが、魔力打ち消しを使っても本体の魔力が減らない理由だったのだろう。魔力タンクを別に積み、疑似狂信剣の能力はその魔力を消費して行使されていたのだ。

だが、死霊象人本体の魔力を使い切ったことで、魔石や疑似狂信剣の魔力を使わねばならなくなった。それ故、死霊象人に疑似狂信剣の持つ気持ちの悪い魔力が流れ込んでいるのだ。

倒せはしなかったが、おかげで弱点の場所は分かった。

こいつの場合、背中というよりも胴体の中心部に疑似狂信剣が入っているらしい。

俺は一気に決着をつけるために、形態変形にさらに魔力をつぎ込んだ。

だが、死霊象人も俺の動きに気づいたらしい。満身創痍でありながら、紫の風に込める力がさらに増していた。

『離せ！　このやろ！』

「ヌガアア！」

俺は、さらに魔力を振り絞る。自身の内から、一片に至るまで、全ての力を振り絞るんだ！

『グ、ガァ……！』

鈍い痛みが走った。以前経験した痛みに、よく似ている。

もしかして、また限界を超えてしまったのか？

アリステアに修復してもらった部分が、また破損し始めている……？

『くっ……そぉぉぉ！』

知ったことかよ！

フランのためだったら、この程度の痛み！

むしろ、痛いくらいでこいつを倒せるんなら、安いもんだ！

『もっとだ！　もっと力を！』

『……て……え』

『でりゃあぁぁぁ！』

『……てを……らえ』

『あ？』

何か聞こえたか？

誰かが近くで喋ったかのような？　死霊象人とも違った声が……。

いやいや、そんなわけがない。察知にも何も引っかかっていないのだ。

もしや、痛みに続いて幻聴まで？

でも、もう少しなんだ！　こいつの腹の中にある疑似狂信剣まで、もうちょっとなんだ！

頼む！　俺にもっと力をくれぇ！

俺がさらに気合を入れると、自身の力が僅かに増した気がした。形態変形がさらに進む。

その時だった。

（……しょう！）

『また幻聴か……？』

（師匠！）

『フラン？　無事だったか！』

（ん。今、助けるから！）

フランの声が聞こえた。今度は幻聴ではない。もしかして、さっきまでの声も、フランだったのか？

　俺が集中していて、聞こえていなかっただけかもしれない。

　最近では無意識に念話をフランと繋いでいるが、ここまで集中したのは久しぶりだからな。念話が自然と甘くなってしまっていたせいで、フランの声が聞き取れなくなっていたらしい。

「てやあああぁぁぁ！」

　フランが勇ましい声を上げながら、死霊象人へと突っ込んでくる。

　障壁も張らず、無防備な姿で。

『フ、フラン！　無茶するな！』

（だいじょぶ！）

　いやいや！　全然大丈夫じゃないから！

　フランを守りたいが、今の俺ではどうしようもない。一瞬、転移してフランの下に戻るかとも思ったが、それでは千載一遇のチャンスを逃すことになるだろう。

　死霊象人がフランを視界にとらえたらしく、息を軽く吸い込んだ。鼻の先端が、フランを向く。

　一瞬のためが入り、風の砲弾が放たれていた。しかも、今回は紫の風を圧縮したものだ。威力は先程とが段違いであろう。

　障壁も結界も身に纏わないフランがアレをその身に食らったら――。

「むだ！」

『なに？』

「ブモ？」

俺だけではなく、死霊象人もやったと思ったのだろう。

フランの前に出現して砲弾を防いだ氷の壁を見て、面食らった様子をしていた。

なるほど、フランの自信の源はこれか！　エイワースがどこかからフランを支援しているようだ。

この都市で信用しちゃいけないグランプリ堂々第一位の人間だが、フランはあの爺さんに命を預けることにしたらしい。

確かに、能力だけで見れば信頼可能なんだが……。

中身がなぁ～。

ただ、こうなっては仕方ない。ここはエイワースを信じるとしよう。

『神様仏様エイワース様っ！　どうかフランをお守りください！』

今の俺の祈りは、過去一番真摯であろう。

その祈りが通じたのか分からないが、フランは数度にわたる死霊象人の攻撃全てを防ぎ、無傷でその目の前へと到達していた。だが、そこに紫の風が襲い掛かる。

点ではなく、広範囲を薙ぎ払う面の攻撃だ。

「師匠！　紐！」

フランが俺に向かって手を伸ばしながら、叫ぶ。俺はその声に反応し、ほぼ無意識に飾り紐を伸ばして、未だに深い傷を残したままのフランの手に絡みつけていた。

その飾り紐をしっかりと掴んだフランは、紫の風に飛ばされながらも空いている左手を口に運んだ。

その手には、黒く小さい何かが握られている。

あれはなんだ？

俺が鑑定する間もなく、フランはその黒い何かを口に放り込み、一気に噛み砕いた。黒い丸薬のようなものを左手の内に忍ばせていたようだ。

そして、フランがその身に黒き雷を宿す。

「覚醒！　閃華迅雷！」

『な、なにぃ⁉　フランは、侯爵戦の消耗で……！』

「はぁぁぁ！」

「ブラアァァァ！」

フランが俺を通じて流し込んだ黒雷が、死霊象人の体内を焼いた。

疑似狂信剣のせいで威力は大分下がるが、黒雷による直接攻撃だ。かなりのダメージを死霊象人に与えている。

『これは……！　チャンス！』

フランに聞きたいことが色々あるが、今は攻撃することが最重要だ。

俺は死霊象人からの拘束が緩んだことを確認すると、一気に疑似狂信剣目がけて、形態変形で突き進んだ。

今までの苦戦が嘘であったかのように、俺の切っ先が象人の体内を切り裂いて進む。

俺の刃が、確かに固いナニかを切り裂いた。

『もらったぁぁぁ！』

「ルアアアアアアアアアアアアアアアアアアァァァァァ――」

魔力を吸収する共食いの発動。そして、死霊象人は凄まじい断末魔の叫びを上げ、その場で崩れ落ちるのであった。

『勝った……』

さすが十始族。

アンデッドであっても、強かった。

（師匠！　だいじょぶ？）

『ああ……。なんとかな』

フランが死霊象人へと駆け寄り、死体に還（かえ）ったその肉塊から俺を引き抜こうと力を込める。

「ふぬぬ……！」

形態変形を解けば、抜けるのはさほど難しくはない。俺を取り戻したフランは、水で俺の全身を洗いながらゴシゴシと擦（こす）っている。

（師匠、さっきなんか黒かった）

『黒かったたって、俺がか？』

（ん。私が声かける前。なんか、師匠の魔力に、黒いモヤモヤみたいなのが混じってた）

『えーっと、黒いモヤモヤ？』

どういうことだ？　俺の魔力に何か異常があったってことだろうか？

あの時は無我夢中だったから、いまいち自分でも分かってないんだが……。

（心配。師匠、だいじょぶ？）

『いやいや、俺よりもフランの方が心配だ！　そっちこそ大丈夫なのか！』

今はもう覚醒を解いているが、さっきまで閃華迅雷を使っていたのだ！

絶対に無理をしているはずだ。

（安心して。あれは、エイワースの薬のおかげだから）

『全然安心できん！　どういうことだ！』

エイワースの奥の手の一つに、生命力を一時的に増幅させ、最高時の力を取り戻すような働きをする薬があるらしい。フランはそれを使ったという。

『ふ、副作用とか大丈夫なのか？』

（へいき）

『ほ、本当にか？』

（ん。あとで、ちょっと眠くなるだけ。いつもよりも長く眠るだけだって）

『やっぱ平気じゃない！　長く眠るって！　どれくらいだ！』

（えーっと、たくさん？）

あー、全然分かってなかった！

俺が口をきいてもいいなら、エイワースのやつを問い詰めるのに！

俺が頭を掻き毟りたい衝動を抑えていると、当のクソ爺がやってきやがった。

「何とか勝利したか」

「ん」

「最後の攻撃は貴様がやったのか？　剣を操る能力とは、珍しい」

エイワースが俺を見つめながらブツブツと呟く。

確かに、外から見たらフランが俺を操っているように見えるだろうな。勝手に動く魔剣なんて、いくらエイワースでも簡単に想像できないだろうし。

「それにしても、どういうことだ？　これでランクがCだと……？　ギルドの目はそこまで節穴なのか……？」

今度は、フランの不自然過ぎる強さに気づいたか。どう考えてもランク詐欺だし、気になる人間はいるだろう。

「いや、子供であるからか？　因みに、貴様はどこのギルド所属だ？」

「所属？」

「放浪しているのか？　では、クリムトかアマンダという名を知っているか？　もしくはアレッサに関係があるのか？」

まさか、この爺さんの口からその名前が出てくるとは思わなかった。

エイワースとアマンダなんて、絶対に合うわけがないのだ。下手したら、殺し合いをしたことがあると言われても驚かない。

「両方知ってる。冒険者になったのはアレッサ」

「それでか」

エイワースが、何故か納得している。

「どういうこと？」

「アマンダもクリムトも、子供を戦場に出すことに対して否定的だからな。しかもこの国では非常に力を持っている。やつらの影が見え隠れするなら、貴様のランクを無理に上げようという輩も多くはあるまい」

あえてフランのランクを上げないように手を回しているわけではないのだろう。だがアレッサで登録し、アマンダと仲がいいという情報がある子供であれば、普通のギルドマスターなら下手に利用しようとは思わないらしい。

「ランクB以上ともなると、貴族共がうるさいからな。儂もそれが煩わしくて冒険者を辞めたようなものだ」

この傍若無人を絵にかいたようなエイワースが、煩わしいと感じる程？

「貴族、そんなにうるさい？」

「うむ。やつらの情報網は馬鹿にならん。ランクBに上がったことをどこからともなく聞きつけ、やつらの使者が押し寄せる。腰が低い者、高圧的な者、様々だ。ただ、共通しているのは自らの下に付けと命令してくるということだな。どれだけ断ろうとも、やつらは諦めん」

「断っても？」

「都合の悪いことだけ聞き流せる特製の耳でもついているのだろう」

同族嫌悪なのか？　まるでエイワースみたいだと思ってしまったぞ？

しかし、エイワースは自分の傍若無人っぷりを棚に上げて、不機嫌そうに言葉を続けた。

「どこの町に行っても、国を出てさえ同じような状態だ。どの国にも貴族はいる。特に儂らは竜殺しで名を上げたからな……。やはり強者であればあるほど、勧誘は激しくなる。貴様ほどの戦歴であれば、それは激しい争奪戦になるだろうよ」

「貴族に仕える気はない」

「貴様の意思など関係ないわ。やつらは貴族だぞ？　断られることなど想定しておらんよ。そして、断れば逆恨みだ。ふん、馬鹿らしい」

そうやって日々貴族の相手をしなくてはいけないことに嫌気がさして、エイワースは冒険者を辞めたのだという。ガムドやディアスのようにギルドマスターになる道などもあったが、彼はそれを断った。

「それでは実験をする暇もなくなるからな」

それ以外だと、アマンダやフォールンドのように、ほどほどに貴族と付き合い、ほどほどに支援を受けつつ、他の貴族から盾になってもらうのが普通であるらしい。

だが、エイワースにそんなことができるとは思えない。そして、フランにも無理だろう。ぶっ飛ばして、問題になる未来が想像できてしまう。

もう少し、フランが成長するまでは、今のままでもいいかもしれなかった。というか、ぜひ今のままがいいのだ。

それにしても、クリムトってそこまで影響力があるのか？　確かに強かったが、ランクA冒険者としては、上位と言えない感じだったが……。

ギルドマスターとして、長年務めているから一目置かれているのだろうか？

フランがその疑問を口にすると、エイワースが鼻で笑う。

「ふん。高位の精霊使いを単なるステータスで見れるものか。無色透明な隠密性に優れた魔獣を、何十匹も自在に操るようなものだぞ？」

エイワースはそう言うが、精霊ってよく分からないんだよな。

クリムトたちの使役する精霊を、何度か見たことがあるだけだ。隠密性も、強さも、さほど実感できてはいなかった。

エイワースが言うには、探知に引っかかりにくい精霊を使うことで、変幻自在の戦い方が可能だという。

特にクリムトは、国内どころかこの大陸でも有数の、凄腕の精霊術師であるそうだ。

「そもそも、やつの二つ名を知っているか？　災厄だ。災厄のクリムト」

「災厄？」

『なんか、めっちゃ物騒な二つ名だな』

「敵味方関係なく、滅びと災いをもたらす破壊の権化。くくく。まあ、その二つ名も、真実ではないが……。それでもやつの実力はランクAの中でも飛びぬけておる。いや、今は引退して元ランクAだったか？　とにかく、戦い方によってはランクSとも十分にやり合えるだろう」

そ、そこまで凄い冒険者だったのか？　精霊魔術って、想像以上にヤバい物なのかもしれん。

考えてみれば、A級魔境の魔狼（まろう）の平原に、ダンジョン。そしてレイドス王国。アレッサは四方を厄介事に囲まれている。かなりの実力を持っていなければ、アレッサのギルドマスターは務まらないのかもしれなかった。

「まあ、その話はどうでもいい。それよりも、貴様だ」

そう言って、エイワースがフランを見つめる。

「その年で、この実力。くくく、凄まじいものよ。のう？　ちょっとばかり儂に解剖されんか？　一〇〇万出そう。命は保障するぞ？」

「いや」

「二〇〇！　二〇〇でどうだ？　ちょっとばかり、頭を開いて脳の魔力伝達を観察するだけだ！」

「むり」

「ど、どうしてもか？」

「ん」

そんな会話をしていると、エリアンテが駆け寄ってきた。

「フラン。ここはもう大丈夫よ。あなたには王城へと向かって欲しいのだけど、動いてもらえないかしら？」

「王城？」

「ええ、騎士団と連絡が取れないの。様子を見て、避難の手助けをしてもらえない？」

王城方面からは大きな魔力の波動が感じられる。

下手したら、最も激しい戦いが繰り広げられているかもしれなかった。

「わかった」

戦いは無理でも、逃げ遅れた人を探すくらいはできるか？

本当はもう休憩してほしいが、フランはやる気だ。多分、アドレナリンが出ているせいで、疲れを忘れているんだろう。

「儂も行くぞ！」

「ダメ。あなたにはギルドの魔術師隊に加わってもらうわ」

エイワースが間髪容れずそう叫んだが、エリアンテがそれを了承しない。

「魔術師の数が足りていないの。あなたには、魔術師たちに狂信の剣士たちへの対処方法の指導をしてもらう」

「ギルドが魔術師部隊なんぞ作らんでも、王城の宮廷魔術師がいるだろう！　いや、まてよ。今は例の時期か？」

「そうなの。アシュトナーも王都の兵力が減る時期を狙っていたのでしょうね」

「時期？　なんの時期なの？」

「魔境の間引きよ」

なんと、騎士団と魔術師団の半数が、王都の近くにある魔境へと派遣されているらしい。その魔境自体はC級だというから、そこまで危険なものではない。だが、四年に一度、蝗型（いなごがた）の魔獣が大発生してしまうのだという。その蝗を駆除するために、王都の戦力が半減してしまっていた。

アシュトナー侯爵も当然その話は知っており、反乱をその期間に合わせてきたのだろう。

「報酬として、あなたにかけられた賞金を解除するわ」

「賞金？」

「これだけの自由人よ？　賞金の一つや二つ、かけられていて当然でしょ？」

「なるほど」

俺もフランと同じタイミングでなるほどって思っちゃった。

むしろ、こいつが賞金首じゃない方が不自然だろう。

「ギルド経由の賞金に関しては、取り下げてもいい」

「ふん。特に痛痒（つうよう）も感じておらんし、そのままでも構わんぞ？　だが、そうだな……。この騒ぎが終わったら、押収した資料を儂にも寄越せ。それと、サンプルも頂くぞ？」

「……できる限りの便宜は図りましょう」

「くく。よかろう。魔術師共は儂が使ってやる」

「くれぐれも、無茶をしないでよね？」

「分かっている」

「……分かっていなさそうだから、念を押させてもらったのだけど」

エリアンテは、未だに救護の続くギルド周辺を見ながら、軽く息を吐く。

本当はエイワースなんて使いたくないのだろうが、これほどの実力者をこの状況で使わないという手はない。結局、利益で釣りつつ、釘を刺すくらいしかできないのだろう。

「くれぐれも、頼むわよ？」

「くく。わかっておるわかっておる」

これ、絶対に分かってないよね。

『まあ、エイワースとはここでお別れってことだな。うむ、全く残念じゃないぞ』

（ん。それよりも、ガルスを見に行く）

『そうだな。改めてガルスのことをギルドに託さなきゃならんしな』

負傷者の救護で戦場のようなギルドの中に入ると、いち早くフランに気付いたのはステリアだった。

「あんたのおかげで助かったよ！　ガルス師は、奥だ」

「ん。ありがと」

「礼を言うのはこっちだよ！」

ステリアが指揮を部下に任せて、フランを案内してくれた。

ベッドに寝かされたガルスは相変わらず昏睡状態だが、傷などはない。しっかり守ってくれたのだろう。それを見て、フランが改めてステリアにお願いした。

「ガルスを預かってほしい」

魔薬のせいで目を覚まさないこと、治療が必要なこと。そして、場合によっては敵が奪い返しに来る可能性があることを、フランは告げた。

ステリアが眉根を寄せて唸る。冒険者に怪我人が多く出ているこの状況で、預かってよいかどうか悩んでいるのだろう。

そこに苛立ったように声をかけたのは、フランではなかった。

「何をグズグズ考え込んでいる？　さっさと頷いておけ」

フランの後を追ってきたエイワースだ。フランは、この爺さんの好奇心を刺激する存在筆頭となってしまったらしい。全く嬉しくないな！

当然のことながら、ステリアは不快気にエイワースを睨みつける。

メッチャ迫力があるな！

ステリアおばさんVSエイワース！　大決戦感があるね！

「はぁ？　誰よあんた」

ドスの利いた声で、不機嫌さを隠そうともせずに口を開くステリア。

ここで喧嘩を始めないで欲しいんだけど！

だが、すぐにステリアの態度が豹変する。

「儂は元冒険者のエイワースという者だ」

エイワースにそう告げられたステリアの変化は劇的だった。胡散臭げな表情が一転して、まるで恋する乙女のような顔だ。いや、おばさんなんだけどさ。

「エ、エイワース様？　も、もしかして竜縛りのエイワース様ですか？」

ステリアが一段高い声で、エイワースに尋ねた。すると、エイワースは相変わらずの態度で、懐から何かを取り出す。

「そうだ。これが昔使っていたギルドカードだな」

「は、拝見いたします！」

ステリアが微かに震える手で、エイワースのギルドカードを手に取った。真剣な顔で真贋をチェックしている。そして、偽物ではないと分かったらしい。

「ほ、本物だわ！　本物のエイワース様だわ！　王都にいることは知ってたけど、本当にお会いできるだなんてっ！」

甲高い声で黄色い悲鳴を上げ、ギルドカードを凝視していた。その直後、慌ててギルドカードを返した。

「お、お会いできて光栄です！」

「うむ」

ふてぶてしいオバサンから、アイドルの追っかけにクラスチェンジだ。ステリアはキラキラした目でエイワースを見つめている。声のトーンは一段くらい高くなっているだろう。

その変貌ぶりを、他の受付嬢たちも呆然と見つめていた。

「それで、このドワーフを預かり、治療をできるのか？」

「は、はい！　勿論です！」

本当に憧れの存在なのだろう。エイワースの態度のデカさに気を悪くするどころか、頬を朱に染めて嬉し気にうなずいている。

だが、そんなに安請け合いしていいのか？

「大丈夫？　敵が来るかもしれない」

「平気だよ！　まかせときな！　これでもあたしゃ、元ランクB冒険者さ！　それに、今回の招集に応じなかった高ランク冒険者を速攻で呼び出すからね！　治療も、すぐに治癒術師と錬金術師を呼ぶよ！」

招集に応じなかった冒険者が、いうことを聞くのか？

「ふふん。あたしが何年このギルドの受付に居ると思っているんだい？　冒険者の弱みの三つや四つ握っているのさ。貴族どものために働かせようとは思わなかったが、エイワース様のためなら話は別さね！」

ステリアおばさんは、想像以上に影の権力者であったらしい。まあ、こっちは任せておいて大丈夫だろう。

それに、考えてみたら疑似狂信剣なんてとんでもない物を作れる可能性がある鍛冶師だ。国に預けるのはマズいかもしれない。主にガルスの自由的な意味で。

クランゼル国王がごく平均的な野心を持っていれば、ガルスを自由にするという選択肢はないだろう。強制的な奴隷化後に、疑似狂信剣量産に従事させられる未来しか想像できない。

その点、冒険者ギルドなら国に対しても強く言える。ただ、ダメ押しをしておこう。

フランはカウンターに戻ると、ドンと金貨を積み上げた。

しめて一〇〇万ゴルド。これを驚いているステリアの方へと、ズズッと押しやる。

「依頼、出す。ガルスの身柄の安全の確保と、治療をお願い。あと、私たち以外には、特に国とかには勝手にガルスを引き渡さないで。報酬とか経費はこれで」

「儂も連名しておこう。国に横から掻っ攫われるのは避けたいからな」

「エイワース様の依頼なら、何があっても達成します！　報酬もたっぷりだし」

冒険者がギルドに直接頼んだ依頼だ。これでガルスを奪われたらギルドの面子にもかかわる。きっと守ってくれるだろう。

「戦況は？」

「ああ、そうだね。今は――」

フランが現在の状況を尋ねると、ステリアが色々と教えてくれた。やはり貴族街が激戦区となっているらしい。

まあ、フランは全く聞いていないけど！

自分から質問しておきながら、眠気とのバトル真っ最中だ。一度目覚めたものの、もう限界なのだろう。会話の最中にコクリコクリと舟をこぎ始め、途中で完全に眠ってしまっていた。

「黒雷姫？　聞いてるのかい？」

ステリアも途中で気づいたらしい。声を上げてくるが、フランから返ってくるのは小さな寝息のみだ。

「すーすー……」

『おっとぉ！』

フランが座っていた椅子からズリ落ちてしまった。ただ、ステリアたちの手前、それを受け止めることもできない。

ゴンという鈍い音がしたが、大丈夫か？

「おやおや……仕方ないねぇ」

ステリアおばさんは怒ることもなく、優しい笑顔でフランを抱き起こしてくれた。

その目は、孫を見る老婆のようである。いい人だ。

「くくく、寝ている姿はそこらのガキどもと変わらんな」

こんな時でも実験動物を見る目なエイワースとは、大違いだね！

「ど、どうしましょう？」

そこでエイワースに聞いちゃうの？　いやいや、マズいでしょ！

「ふん。寝かせておけ。そうなっては、戦力にならんだろう」

「そうですね。分かりました」

ま、まじか？　解剖するからそこに寝かせろとか言うと思ったのに！

考えてみたら、一応その辺の法律やルールは守るんだったか？　まあ、ここでこいつと殺し合いにならずに済んでよかった。いざとなったら、俺の正体がバレる覚悟でエイワースを排除しなくてはならないかと思っていたのだ。

「では、儂は行く。貴重な観察対象だ。その小娘を殺すなよ？」

「わ、分かりました！　お任せください！　御武運を！」

「うむ」

なんだろう。おばさんと爺のロマンス？　いや、エイワースは全く興味がなさそうだけど……。

この空気、どうにかしてくれ！

しばらくすると、部屋から誰もいなくなる。戦える者は出撃したし、残った者たちも救護に走り回っているからだ。

「すーすー」

『……フランの安全を考えたら、この騒ぎの元凶をどうにかしないとならん』

アシュトナー侯爵を操っていた、神剣ファナティクス。

その大本が残っている限り、王都内での混乱は続くだろう。

フランの安全を確保するためには、騒ぎを止めなくてはならなかった。いつ神剣開放状態の剣士が襲ってくるかも分からないのだ。

正直、フランの下を離れるのは心配だ。だが、ファナティクスを放置することもできない。

アシュトナー侯爵を倒したのがフランであると相手に知られているだろうし、狙われる可能性もある。

『……うーむ。どうするべきか』

何よりも、俺の内で荒れ狂う感情が、ファナティクスを倒せと叫んでいる。

あの神剣は、存在を許してはいけない。破壊しろ！　確実に消滅させろ！　そんな幻聴が聞こえている気がするほどに、ファナティクスへの敵愾心(てきがいしん)が渦巻いているのだ。

俺が、廃棄神剣であることが関係しているのか？　多分、疑似狂信剣に対して感じる嫌悪感の根源が、この破壊衝動なのだろう。

死霊象人を倒してから、その破壊衝動が増している気がした。なんでだろうな？

だが、それでも、俺は決断を下すことができなかった。

『フランの守りを疎かにはできん！』

俺の精神を苛む、狂おしいほどの憎悪。

このまま放置したら、自分がどうなってしまうのか不安になってくる。

一度自覚してしまうと、心の中の負の感情が際限なく増していくような気さえしていた。

それでも、俺はここを動かない。

なぜなら、俺はフランの剣だ。フランの身の安全が第一なのである。

『フランを一人には……』

そんな風に悩んでいると、俺は部屋の隅に異変を感じ取っていた。

日の光が当たらない陰に、微かに魔力が渦巻く。

転移の前兆だ。それがハッキリと理解できたが、俺はそのまま見守る。

「オン……」

やはり、転移してきたのはウルシであった。それが感じ取れたため、焦らなかったんだが……。

『け、怪我してるじゃないか！』

「オフ……」

その姿を見て改めて驚いてしまった。なんと、大量の血を流していたのだ。

俺はその傷を癒しながら、何があったのか尋ねた。

『フレデリックとベルメリアはどうした？』

「オン……！」

するとウルシが情けない顔で鳴く。ベルメリアの救出は失敗したらしい。

「グルル――オン！」

ウルシが闇魔術のブレイン・トリックを使い、その時の映像を見せてくれた。精神の中に流し込まれるウルシの記憶。

『おいおい……ベルメリアが……！』

「オン」

『それで、フレデリックが足止めに残ったのか』

ファナティクスがベルメリアを操っていたのだろう。それも、凄まじい力がありそうだった。ただ体を乗っ取っただけではなさそうである。

ファナティクスの本体と思われる折れた魔剣を持っていたし、アシュトナーのように特殊な調整を施された可能性がありそうだ。

「オン！」

『これが、その時に見つけた金属片か……』

ウルシが、影の中から手のひらサイズの金属片を取り出した。

剣の切っ先だろう。

ただ、この魔力はなんだ？　強いわけじゃないんだが……。親近感とでもいおうか？　妙に引きつけられるものがあった。この剣先を見つめているだけで、気分が落ち着いてくるのだ。

疑似狂信剣やファナティクスのことを考えた時に湧き上がる、負の感情とは正反対の感情だった。

『これは――はぁぁぁ⁉』

「オ、オン？」

『すまん。思わずデカい声を出しちまった。だって、これ、ホーリー・オーダーの切っ先ってなってるぞ？』

「オン？」

『ああ、まじだ』

聖霊剣ホーリー・オーダー。それは、ファナティクスと相打ちになって滅んだ、もう一本の神剣の名前である。

詳しい能力は分からないが、最初の神級鍛冶師がファナティクスを滅ぼすために生み出した神剣だ。

なんで、その欠片がこんなところにあるんだ？　確かファナティクスは、どこかの遺跡で発掘されたって話だったよな？　激しい戦闘の末に相打ちになったわけだし、ファナティクスの発掘現場で一緒に発見されてもおかしくはないか。

『ホーリー・オーダーの能力っていうのは、いったい何なんだ……？』

鑑定をしても、ホーリー・オーダーの欠片としか表示されない。もし、ホーリー・オーダーの力を得ることができれば、ファナティクスに勝ってるかもしれないのに……。

いや、待てよ。できなくはないんじゃないか？

共食いスキルだ。この剣の欠片から、僅かでもホーリー・オーダーの力を吸収できたら？　対ファナティクス戦に役立つ力がゲットできるかもしれない。

少しでも力を回復させたいし、共食いを試してみる価値はありそうだった。

『ウルシ、この欠片は俺が貰っていいか？』

「オン！」

『よし！　それじゃあいくぞ！』

俺はホーリー・オーダーの欠片を持ち上げると、一刀両断した。

その直後、期待通りに力が流れ込んでくる。

『くぅぅぅぅぅうぅぁぁぁぁぁぁぁっ！』

「オ、オンオン！」

『だいじょうぶ、だ！』

ファナティクスのように、気持ち悪いわけじゃない。ただ、流れ込んでくる力の大きさに、圧倒されているだけである。この小さな欠片でこれほどの力。

さすがは神剣だ。悔しいが、格上と認めざるを得ない。

だが、この力は……！

『大分、魔力が回復したな！』

アシュトナー侯爵戦、死霊象人戦での消耗が、かなり補填(ほてん)できただろう。

ただ、新しいスキルなどは身に付かなかった。残念だ。能力などが上昇することもなかった。

『回復できただけでもよしとするか。妙に気分もいいしな』

これなら、ファナティクスと戦えるかもしれない。少なくとも、一方的にやられることはないと思う。

俺はファナティクスの居場所を探るため、広範囲の魔力を探ってみた。

すると、いくつか気になる魔力がある。どうやら、疑似狂信剣の魔力を今まで以上に強く感知できているようだ。

もしかして、ホーリー・オーダーの力を吸収したおかげか？

俺はできるだけ気になる——つまり、ファナティクスの物だと思われる魔力にだけ集中して、探知を行っていく。すると、王城の前にひと際大きな反応を捉えることができていた。

これで間違いないんじゃないか？

そんなことを考えていたら、部屋に人が入ってくる気配がある。ステリアだろう。妙に焦った様子の足音だが、何かあったのか？

「な、なんだい。黒雷姫の狼かい……。焦らすんじゃないよ」

「クゥン」

ウルシのせいでしたー。そりゃあ知らなければ、突然魔獣の気配が出現したって思うよな。

「まあ、今はありがたいか。怪我人や非戦闘員を、都市外へと退避させることになった。黒雷姫はあんたに任せていいね？」

「オン！」

「よしよし。いい子だよ」

「オン？」

「うん？　何があったのか知りたいのかい？　まあ、あんたはそこらの脳筋冒険者どもよりよほど頭がいいみたいだし、教えてやるかね」

ステリアがそう言って、掻い摘んで状況を説明してくれた。

竜人の少女が王城周辺で暴れており、騎士団に大きな被害が出ているそうだ。

その戦闘力は凄まじく、手が付けられないらしい。

現場にはフォールンドがいたそうだが、竜人の少女の攻撃に巻き込まれ、生死不明であるそうだ。

ランクA冒険者『百剣』のフォールンド。

無数の剣を生み出して操るその姿は、まさに強者という言葉が相応しかった。

見る度に圧倒的な力を見せつけてくれるフォールンドは、俺の中での戦いたくない相手ランキング上位に位置する。

はっきり言って、俺たちよりも格上だろう。負ける光景が想像できない。

だがそのフォールンドであっても、五分も経たずに蹴散らされたそうだ。

しかも、事態はそれで終わらない。

なんと、ランクS冒険者が突如現れ、竜人の少女と戦い始めたという。

『ランクS冒険者？　そんなやつがこの国にいたのか？』

確かジルバード大陸には、デミトリスというランクS冒険者がいたはずだ。コルベルトの師匠で、デミトリス流の開祖という天才格闘家。

だが、王都に現れたのはデミトリスではないという。

「同士討ちって言えばわかるかい？」

『同士討ち！　アースラースがここにきているのか！』

「オン？　オンオン！」

ランクA冒険者を軽々と退ける竜人の少女――間違いなくファナティクスに操られたベルメリアだろう。それと、アースラースが戦闘を繰り広げているというのは、かなりマズいんじゃないか？　周辺の被害がシャレにならないだろう。

それに、被害云々以上に、無視できない問題があった。

アースラースは戦闘をすればするほど暴走する危険がある。暴走したアースラースに敵味方なんか関係ないだろう。

だが、それは冒険者ギルドも分かっているようだった。

「知り合いかい？　だったら、同士討ちの恐ろしさも分かっているね？　最悪、王都が滅びかねないんだよ」

それ故、怪我人などをできるだけ逃がそうとしているようだった。

だが、それで助かるか？　もしアースラースが暴走したら、王都どころか周辺の被害も馬鹿にならないだろう。あの地下ダンジョンと違って、ここなら一切の制限なく力を振るえるはずだ。怪我人を抱えて逃げ切れるのか？

最善は、このまま全員で脱出し、アースラースがベルメリアを早期に倒して暴走しないことだろう。ベルメリアの命が助かれば最高だ。

最悪は、ベルメリアとの戦い中にアースラースが暴走。両者の戦いによって王都や人々に大きな被害が出る事。場合によってはフランやガルスの命も危険だ。

どうすればいい？　俺にとって一番簡単なのは、フランだけを連れてウルシとともに王都から今すぐ脱出することだろう。

しかしフランが目を覚ました時に、エリアンテやガルスたちを見捨てて自分だけが助かったと知ったら……。悲しむだろうし、荒れるだろう。フランは自分を許せないかもしれない。

『となると、ベルメリアをできるだけ早く倒し、アースラースの暴走を防ぐのが最も被害が少なく済む方法だろうな』

ファナティクスだけならいざ知らず、怪物同士の戦いにフランがいない俺がどこまで割って入れるか……。

今の俺は、攻撃の手数も威力も半減と言っていい。いつもより勝っているのは隠密性くらいだろうか？

いや、今回の場合は隠密性が重要か。どうせ正面からどうこうすることなど不可能だ。ならばこっそりと戦場に近づき、ベルメリアに効果的な一撃を叩き込んで、アースラースを援護するのが最善手である。

『王城の前だな』

相変わらず巨大な魔力が感じられる。

『ウルシ。俺はファナティクスを倒してみせる。お前は、フランを頼む』

「オン！」

『いざとなれば、フランを連れて逃げるんだぞ？　いいな？』

「オフ！」

ウルシが任せとけと言わんばかりに、一鳴きして大きく頷いた。

頼もしい従魔だ。誰に任せるよりも、安心できる。

『いってくるな？　フラン』

「すーすー」

この寝顔を絶対に守ってみせるのだ。

第四章　超越者 対 超越者

王城へと向かって飛ぶ俺は、王都内の変化を感じ取っていた。

町中にあった不愉快な魔力が、ほとんど消え去っていたのだ。

神剣開放状態で自爆するか、潜在能力覚醒状態で自滅して果てたのだろう。

残りは、王城付近から立ち上る、寒気がするほどに強大なベルメリアの魔力だけだ。

そのベルメリアの現状を確認するために王城前の広場に近寄ろうとしたんだが、無理だった。なにせ、そこはすでに地獄の様相を呈していたのだ。

というか、王城前広場ってどれくらいの広さだったっけ？

元々は石畳が整然と敷かれた、綺麗な広場があったはずなんだが……。現在ではボコボコとクレーターのできた、剥き出しの地面が延々と広がっている。

いや、一部はまるでロードローラーで整地したかのように真っ平らだった。これは獣人国で見覚えがある。間違いなくアースラースの仕業だろう。

周辺の大きな屋敷は完全に崩壊し、王城の城壁も崩れ落ちている。最早、どこからどこまでが広場だったのか分からなかった。

被害はそれだけに止まらない。強固な結界で守られていたはずの王城には巨大な穴が開き、無残な姿を晒していた。美しい尖塔は崩れ去り、白亜の壁は一部が黒く焦げている。

しかも現在進行形で破壊は続いていた。

ドゴオオオオオオォォ！

ゴオオォォォォォォオォン！

凶悪な魔力がぶつかり合い、近づく何人も拒んでいる。下手に近づけば、一瞬で消滅することだろう。

「どらあああぁぁぁ！」

アースラースが開放状態のガイアを振るう度に、破砕音が鳴り響く。

広範囲が重力に押しつぶされたかと思うと、巨大な岩の弾丸が天に向かって撃ち出される。地上には魔力と衝撃波が撒き散らされ、広場に新たな破壊痕が刻まれていった。

今も目の前で、貴族の屋敷が大岩の下敷きになったのが見える。

すでに暴走しているかと思ったが、遠目にもその兆候は確認できない。狂鬼化が発動する際にアースラースを包み込んでいた、血のように赤々しい、不吉で禍々しいオーラが見えないのだ。

周辺の被害を気にせず戦わなくてはいけないほど、相手が強いということなのだろう。

対するベルメリアは――あれは本当にベルメリアなのか？　高速移動を繰り返しているので、僅かに動きを止めた瞬間にしか姿を確認できない。かろうじて見えたその姿は、あまりにも変貌し過ぎてしまっていた。

水色の髪の毛はそのままだが、全身が髪の毛と同じ色をした堅い鱗で覆われていたのだ。腕なども肥大化して節くれ立ち、明らかに人間の範疇（はんちゅう）を逸脱している。

しかも、背には巨大な翼を有していた。竜の翼と同種の物であるのならば、魔力を放って高速飛行も可能だろう。

解けたザンバラ髪の隙間から覗く目は、完全に爬虫類の目である。操られているせいなのか、殺意や敵意がベルメリア自身からは感じられない。ただそのせいでなんの感情も読み取ることができず、より爬虫類感が強かった。

大地魔術を主体に戦うアースラースに対して、ベルメリアは多彩な術を放っている。なぜ空を飛ばないのかは分からないが、地上を駆けまわりながら魔術を連発していた。

両者ともに残像が尾を引くほどの速度で動きながら、超威力の攻撃をぶつけ合う。一撃一撃が、俺を消滅させるほどの威力があった。

流れ弾が周囲に穴を開け、衝撃波が瓦礫を撒き散らす。そんな地獄に割って入ることなどできるはずもなく、俺は遠くから激戦を見守ることしかできない。

「焼けて消えろぉぉぉ！」

ベルメリアが太陽を顕現させる。

それはまさに地に堕ちた太陽の如く、空気を焦がし、大地を蒸発させた。離れた場所にいても凄まじい熱が叩きつけてくる。

俺の横に転がる石柱の残骸が泡立ち、グズグズと溶けて崩れ始めるのが目に入った。まだ距離があるはずなのに耐久値が減っていくのを感じ、俺は慌てて距離を取る。

そこに込められた魔力は、俺が全力で放つカンナカムイさえ軽々と超えているだろう。火炎の極大魔術だろうか？　いや、今のベルメリアであれば、レベル8、9の術でもこの程度は可能かもしれない。

どちらにせよ、俺では不可能なほどの破壊魔術である。

こんな攻撃を食らったアースラースは――。

「ぬあああああああぁぁぁ！」

小型の太陽の中から、アースラースが飛び出してきた。

全身から煙を上げ、腕や顔の一部が焼け爛れているが、命は無事である。あの中からどうすれば命を失わずに脱出できるのか、想像もできんな。

アースラースは重力を操って跳びながら、疑似太陽に向き直る。直後、アースラースがガイアを横薙ぎにすると、疑似太陽が一気に収縮して、あっさりと消滅した。超重力で疑似太陽を打ち消したのだろう。

後にはクレーターとも違う、真球状の綺麗な穴が残っていた。その穴のサイズは疑似太陽の直径の数倍はある。五〇メートルは下らないはずだ。触れていた部分はおろか、周囲の大地も綺麗に蒸発させて消滅させてしまったらしい。

そんな攻撃を、一振りで消し去るとは……。

次にアースラースが反撃に出た。

疑似太陽があった場所に、今度は小さな黒い球体が生み出される。

本当に小さな、三〇センチ程の球だ。だが、すぐに異変が起きた。

周囲の瓦礫や大地が、凄まじい勢いで球体に向かって集まり始めたのだ。どうやら超重力によって周囲を引き寄せているらしい。

『やべっ！』

俺も強い力に引っ張られる。その吸引力は、想像を超えていた。

俺は再度転移を使い、その場から離れる。影響を与える範囲で言えば、ベルメリアの疑似太陽以上だ。

その間にも、様々な物が球体に引き寄せられていく。王城の壁だった瓦礫や、抉られて脆くなった大地。それらがぶつかり合い、砕け合いながら膨張を続けていった。

治まらない地響きは、この近辺だけではなく、広い範囲で大地が歪むことで引き起こされているのだろう。

『ベルメリアは……』

いた！　宙に浮かぶ超巨大な岩塊の真下。大地に四つん這いで踏ん張っている。だが、次々と岩塊に向かって引き寄せられていく瓦礫に巻き込まれ、ついには大地から体が離れてしまった。

岩塊に叩きつけられたベルメリアを即座に新たな瓦礫が覆い尽くし、そのまま内へと呑み込んでいく。超重力と、引き寄せられた岩塊の重量により、凄まじい圧力だろう。

これでアースラースの勝利かと思ったら……。

ドゴオオォォォォオン！

空中に浮かぶ小山のような岩塊が、内側から爆ぜた。弾け飛んだ大小様々な岩が周辺に落ちていく。その範囲は貴族街全域に及んでいるだろう。

小さいとはいえ、圧縮されて押し固められた岩々である。屋敷の屋根や壁は悠々と貫くだろうし、人に当たれば最低でも大怪我だ。

近場は――元々荒野状態だし、今さらという感じだな。

交互に攻撃し合っているわけではないだろうが、次にベルメリアが水魔術を繰り出した。

八つの頭を持った巨大な水の蛇が生み出され、アースラースに襲いかかる。

頭だけでも一〇メートル近い水蛇だ。その威力は、推して知るべしであろう。だが、それもガイアの一振りで吹き散らされてしまった。大量の水が、雨のように周囲に降り注ぐ。

しかし、ベルメリアの攻撃はそれで終わりではなかった。

八頭の水蛇によってアースラースの動きを制限し、そこに本命の攻撃を放ったのである。それは俺にも馴染のある術だった。

いや、あれを俺の使う物と同じだと言ってしまって良いのかは分からないが……。

『カンナカムイか……！』

ミューレリアとの戦いでも感じた敗北感。ただ、あの時はいつか追いついてみせるという希望のある敗北感だった。

だがベルメリアの放ったカンナカムイを見た俺にあるのは、今の俺では到底追いつけないという、虚無感だ。追いつくビジョンさえ思い描けない。

そもそも敗北と言って良いのかどうかさえ疑問だ。最初から勝負にさえなっていない、圧倒的な差があった。

ミューレリアの使っていた収束タイプのカンナカムイよりも、より高密度で高威力の極雷でありながら、その太さは数倍はある。

巨大な雷の柱が大地に突き刺さり、大爆発を起こした。爆風が俺のいる場所まで襲いかかってくるほどの威力である。

なるほど、極大魔術だ。これこそが、極大魔術である。

ただの一撃で軍勢を壊滅せしめる程の、人の極限を超えた魔術。これこそがカンナカムイの本来の威力に違いない。

俺もそれなりに常識外れの存在だったはずなんだが、目の前の戦いはそんな俺から見ても常識という物が通用しなかった。

普通ならば一撃必殺の攻撃を互いに繰り出し合い、それでも決着がつく様子はない。

ダメージは見て取れるが、再生能力が高すぎて即死でなければ互いの命を奪うところまでは難しいのだろう。

しかし、戦いが終わるまで静観していられない。多少の無茶をしてでも、早期に戦いを終わらせなくてはいけない理由ができてしまったのだ。

『アースラースの角、薄っすら赤く光ってるよな？』

アースラースに暴走の兆候が見えていた。

一度見たことがあるから、間違いない。

『このまま、決着がつかずにアースラースの暴走が始まったら……』

今も地獄だが、それ以上の地獄絵図が王都全体に広がるだろう。

広範囲大量破壊攻撃を所かまわずぶっ放し合う二人の怪物によって、王都が破壊され尽くす情景が浮かんでくるようだった。

『アースラースが暴走する前に、なんとか戦いを終わらせないと……』

実は、人々を王都の外に避難させれば被害は出ないかもしれないと思っていたんだが……。

絶対に暴走させるわけにはいかない。アースラースが暴走して、被害が王都内だけで済むはずがないのである。超越者同士の戦いを見た後では、俺の希望的観測など吹き飛んでいた。

『アースラースの援護をするべきか……』

だが二人の戦いを見ていて分かったが、ともに防御力、生命力が突き抜け過ぎていて、多少の攻撃ではどうすることもできない。

なんとか俺が隙を作れたとして、それでアースラースがベルメリアを倒せるかどうかは分からなかった。そもそも、俺ごときが隙を作れるかも分からないのだ。

『となると、狙うのは――ファナティクスか』

ベルメリアの持つ、異様な魔力を放つ折れた魔剣。それこそ開放状態のガイアと比べても負けないほどの存在感を放っていた。

間違いなくあれがファナティクスの本体である。

見た瞬間に、分かった。

あれは神剣だ。

鑑定などするまでもない。

自分でもよく分からない確信があった。俺の中にいるアナウンスさんが密かに囁いているのだろうか？　それとも、取り込んだホーリー・オーダーの力のおかげか？

ともかく、アレこそがこの一連の騒動の元凶だった。

『やつをどうにかすれば……』

そうやって考えていると、あることに気づく。ファナティクスが短くなっている。俺が二人の激戦を観察し始めてからのわずかな間で、ファナティクスの刀身が明らかに短くなっていた。

よく見ると、風化するかのように刀身がサラサラと崩れていくのが見える。

神剣開放の反動に違いない。反動の強力なスキルの影響を受ける事の多い俺だからこそ、そう確信することができた。

俺が手を下す必要はないか？　あの勢いで崩壊が進めば、そう遠くない内に自滅するだろう。

だが、その前にアースラースの暴走が始まる可能性も……。いや、希望的観測に懸けるのは危険すぎる。

『やはり、危険は承知で割り込むしかないか』

以前ガイアを見たことがなければ、きっと神剣同士の戦いにブルッて震える事しかできなかっただろうな。格上の神剣同士の戦いと言うのは、それほどの畏怖を俺に与えている。

『だが、それでも――』

どうにかしなければ。

『とはいえ、どうすりゃいい？』

無策であの戦いには割って入れない。

渾身の一撃でなければダメージを期待できない以上、研ぎ澄ました一撃を完璧なタイミングで入れるしかないだろう。

潜在能力解放は使えない。今の俺では耐えられないからな。

ファナティクスを倒すこと以上に、自身が無事にフランの下に戻ることが重要だ。

やはり転移から念動カタパルト？

いや、駄目だ。強敵相手では転移を察知される可能性も高い。実際、過去に戦ったランクAクラスの相手には回避されることもあった。ベルメリアも当然反応すると考えるべきだ。

ここでフランがいない弊害が出た。

俺が転移して、フランが狙いを付けて、俺たち二人で攻撃。そうやって役割を分担できるからこそ隙を最小にできていたのだ。

俺だけでは、本領が発揮できなかった。

『なら、念動で相手を捕まえるか？』

一瞬でもよいから念動で相手の動きを封じることができれば、攻撃を当てることができるかもしれない。同時に、念動を道標（みちしるべ）というかレールのように使えば、攻撃を外す可能性はさらに低くなるはずだ。

だが、それだけ念動を多用すると、念動の力を分散させることになってしまうだろう。

肝心の念動カタパルトの威力が下がってしまうのだ。

それに、拘束が弱くなれば、簡単に振りほどかれてしまうかもしれない。

『魔術を併用すれば――うん？』

悩んでいると、やや離れた場所で人の気配を感じた。

隠密スキルを使っているようだが、近くに落下した巨大な瓦礫をかわすために、一瞬だけ隠密が揺らいだのだ。場所的には、俺から二〇メートルほど離れた瓦礫の物陰である。

俺は鷹（たか）の目などの遠視系スキルを使い、その場所を覗いてみた。

高度な隠密能力で姿を消しているが、いると分かっていれば惑わされずに済む。

確かに、その場所には一人の男が身を潜めていた。

黒い髪を髷のように結い、黒衣に身を包んだ無表情系イケメンだ。

『やっぱ生きてたか！　この男が、簡単に死ぬはずがないと思ってたんだ！』

気配の主はフォールンドであった。

この男も、戦いの行く末が気になるのだろう。危険な場所であると知りつつも、戦場に残って見守っているらしい。

それにしても、気になることが一つある。以前鑑定した時に、フォールンドには隠密系のスキルがほとんどなかったはずなんだが……。

今の隠形はかなり様になっている。上位の斥候と比べても劣らないだろう。

だが、すぐにその理由が判明した。

フォールンドが右手に装備している剣だ。フォールンドが、エクストラスキルである剣神の寵愛で生み出した魔剣だろう。装備者に隠形スキルを付与する能力があるようだ。さらに左手の魔剣も同系統の隠密能力がある。

これって、よくよく考えたら凄まじいな。局面局面で最適な能力を持った魔剣を生み出すことで、どんな場面にも対応可能だろう。

しかも、フォールンドは同時に一〇〇本以上の剣を生み出せるんだぞ？　それって、いきなりスキルが一〇〇個増えるようなものだろう。

敵からしたらたまった物じゃない。まあ、俺とフランのスキル付け替えも同じようなものだろうが。

ここはフォールンドと共闘すべきか？　だが、分体創造はまだ再使用できない以上、俺の正体を明かすことになる。

『フォールンドか……』

信用できるかどうかと言われれば、信用できる相手だ。この男にになら、俺の正体を明かしてしまっても構わないとは思う。

今まで何度も出会ってきたが、悪い印象を感じたことは無い。戦闘中に関わることが多いので大抵は凄まじい威圧感を纏っており、怖いと思うことは確かにある。だが、フランや俺に対して負の感情を向けられたことは一度としてなかった。

無口だからってわけじゃないが、口も堅そうだしな。

だからこそ、フランもフォールンドに妙に懐いているのだろう。それほど会話を交わしたことは無いのだが、明らかにフランはフォールンドを気に入っていた。

そもそも今は緊急事態だ。迷っている暇はない。共闘することで互いの生存率が上がるのであれば、共闘するべきだった。

俺は意を決して、接触を試みることにした。

『フォールンド……。聞こえるか?』

(む?　何だこの声は?　誰だ?)

『あー、敵じゃない。俺は黒雷姫の師匠だ。念話で話しかけている』

(そうか。信じよう。言葉から悪意は感じない)

なんか、あっさり信じてくれたんだけど。いや、今は無駄な問答をしている暇はないし、有り難いと思っておこう。

『一つ聞きたいことがある』

（なんだ？　何でも聞いてくれ）

『ベルメリア――竜人の少女の方を倒せるような奥の手はあるか？』

これでもしフォールンドに強力な必殺技があるのであれば、協力すればいいと思ったんだが――。

（いや、あれを仕留めきるような攻撃力は、俺にはない。あれは最早、人の領域を超えている）

『そうか』

（先程戦ったのだが、何もできずに逃げる羽目になった）

『傷とかはダイジョブなのか？』

（死にかけたが、なんとかな。そちらはどうだ？　何か奥の手は？）

『あるにはあるが……。なあ、剣を撃ち出すあのスキル。アレは自分の装備品や、支配下にある剣じゃないと意味がないのか？』

（いや、そんなことはない。元々は俺のスキルで生み出した剣を操るための能力だが、効果は一定範囲内にある剣を操作するというものだからな）

つまり、剣限定の念動のようなものか。ならば、協力できるかもしれない。

フォールンドの射出能力があれば、俺は念動を全て相手の拘束に向けられるだろう。

それにしても、フォールンドってもっと無口なやつじゃなかった？　いつも一言くらいしか言葉を発しない男だったはずだ。だが、念話だと普通に会話可能である。普段も単に口下手なだけで、頭の中では色々と考えているのかもな。そう思うと少しだけ親近感がわいた。

『フォールンドの力が必要だ。力を貸してもらえるか？』

（ああ、いいだろう。何をすればいい？）

これも即決だ。頼りになるね。

あとは、俺の存在を受け入れてくれるかだな。

『まずは合流しよう。俺がそちらに行く、驚かないでくれよ？』

（？）

俺は一言断り、転移を発動する。

「むっ？」

『おっと、驚かないでくれ――と言っても無理かな？　俺が師匠。インテリジェンス・ウェポンだ』

「……そうか」

『え？　ああ……』

「うむ」

それだけ？　納得が早過ぎない？　ドヤ顔で「驚かないでくれよ」とか言った自分が恥ずかしい！

そんな冷静な目で見つめないでっ！

『も、もしかして、俺以外にインテリジェンス・ウェポンを知ってるのか？』

「いや」

『あ、そうですか……』

それにしても、念話の時と口数が違いすぎやしないか？

『あー、念話で接続している時は、心の声で会話ができるぞ。あんたはそっちの方がいいんじゃないか？』

（そうか？　ならばそれでもかまわないが）

『無口ってみんなに言われるだろう？』

（言われることも多いが、みんなというほどではない）

ああ、怖くて指摘できない人もいるのかもしれないな。まあ、協力してくれるならいいや。そして、俺は自分の作戦をフォールンドに伝えた。

やることは単純だ。

フォールンドの能力と、俺の魔術やスキルで、俺自身を加速。さらには、ディメンジョン・ゲートを使うことで、超高速の奇襲を試みる。

狙うのはベルメリアの装備するファナティクスだ。

破壊できればベストだが、狙っているのは共食いによる弱体化である。殺した相手の能力の一部を吸収するというスキルだが、ファナティクス相手ではその限りではない。というよりも、破壊することで一部を殺していると言うべきだろうか。

どうやらファナティクスの人格は、今まで吸収した人々の集合意識のようなものであるらしい。やつの言動と、斬った相手の精神や記憶を奪って自らに統合するという能力からも、それは確実だろう。そして、俺の攻撃で精神の一部を傷付けると集合意識の一部が死んで、共食いによって俺に吸収されるようなのだ。

疑似狂信剣やファナティクス本体を完全破壊できなくとも共食いが発動していることから、これは間違いないはずだ。

であれば、俺の攻撃で痛撃を与えることで、ファナティクスの能力を共食いによって弱体化させることができるかもしれなかった。

それは、アースラースの援護をすることになるはずだ。上手くいけば、ファナティクスの自滅を大幅に早められるだろう。

問題は、俺が耐えられるかどうかだ。フォールンドとの合体攻撃に俺の刀身が耐えられるかどうか、ということではない。それも心配ではあるが、共食いの衝撃に俺の精神が耐えられるかどうかが心配なのだ。

だが、こうなってはやるしかない。俺がファナティクスに確実にダメージを与えられる方法は共食いしかないのだから。

本当はアースラースに作戦を伝えて協力してもらえれば話は早いんだが、念話を届けるにはもっと近づく必要があった。だが、これ以上接近したら、ベルメリアにも気づかれる。その危険は冒せなかった。

『問題は、そもそもダメージを与えられるかだ』

そうなのだ。敵は、神剣。アースラースの超攻撃を食らっても、破壊されていない相手だ。

『ノーダメージじゃ、共食いも発動しない』

俺は最大の問題点をフォールンドに伝える。

ここまで色々と語ったくせに情けない話だが、どれだけ作戦を練ったとしても、確実にやれるとは言い切れなかった。

呆れられるかと思ったが、フォールンドはすぐに意見を出してくれる。本当にいい男だよ！　フランはやらんけどな！

（では——ならどうだ？）

『でもそれじゃぁ――』

（だが――）

『だって――』

そして、互いの意見を参考に、俺たちは乾坤一擲の作戦を立てる。

（これならば可能性はあるだろう）

『本当に、いいんだな？』

（構わない。俺一人の犠牲でやつを倒せるのであれば、望むところだ）

『……お前を犠牲にするつもりはないが、手加減もしないからな？』

（当然だ。俺のことは気にしないでいい）

正直、フォールンドの負担は大きい。だが、俺の立てた作戦そのままよりは、光明が見えるだろう。成功率は決して高くはないが……。

（この戦い、絶対に止めるぞ）

『ああ！　あと、一つ忠告だ。俺をフラン以外が装備すると、そいつが死ぬ。これはマジだ。手に持つだけなら問題ないがな』

（ほう？　了解した。気を付けるとしよう）

『……いいのか？』

（何がだ？）

『いや、持つだけでも怖くないのか？』

（装備しなければ関係ないのだろう？　何の問題がある？）

さすがランクA冒険者。凄い胆力だ。頼もしい。

(俺も一つ忠告がある)

『え？　なんだ？』

(俺は、剣神の寵愛というスキルを持っている。このスキルには魔剣を解析し、複製する能力がある。師匠の場合は一見しただけで複製は無理だと分かったが……。解析はある程度可能だろう。これは自動で行われるため、俺にもどうしようもない。場合によっては、師匠の秘密のようなものが俺に知られるかもしれん)

『なるほど』

だが、フォールンドに剣神の寵愛がある以上、それは覚悟していた。

むしろ複製されないだけでも御の字だろう。勝利の確率を少しでも高めるため、フォールンドの力を借りないという選択肢はないからな。

『あー、何か分かっても、他の人には黙っていてもらえるとありがたい』

「無論」

虚言の理を使っていないのに、フォールンドの言葉は信じられる。なんだろうね？　裏表のない男だからだろうか？

この男になら、俺の秘密を知られても構わないと思えた。ならば、あとは全力でやってやるだけだ。

『狙いはアースラースがベルメリアの動きを止めた瞬間だ』

(ああ。一撃に全てを注ごう)

『頼む』

（それはこちらのセリフだ。あの少女を止めてくれ）

『まかせろ。俺も全てを懸ける』

「うむ」

まずフォールンドは、一〇振り程の魔剣を新たに生み出した。『見えざる狙撃手の魔剣』という、狙撃能力向上スキルが付与された魔剣に始まり、念動を使えるようになる魔剣や、風を操る能力のある魔剣たちがその周囲に浮かんでいる。

剣神の寵愛スキルのおかげで、手に持たずとも生み出しただけで魔剣の能力が使用可能になるらしい。

最後にフォールンドが生み出したのは、一際強力な存在感を放つ魔剣だった。

刃渡りは短い。だが、それが見すぼらしさや、弱々しさには繋がっていなかった。むしろ、凶悪ささえ感じさせる。フォールンドが握るのは、背の部分に獣の牙のような突起が並んだ、異形のソードブレイカーだった。

自身が廃棄神剣だと知っていなければ、ライバル心を抱いたかもしれない。漆黒のソードブレイカーは、それくらいの威圧感を放っている。

『それが、奥の手か？』

（ああ、そうだ。銘は『魔狼の咢（あぎと）』。全てを喰（く）らう魔狼、フェンリルの牙を削って作られたという一級の魔剣だ）

『フェンリル……』

まじか？　そう聞くと、凄まじくその魔剣に親近感がわいた。この剣のことが気になってしょうがない。

俺の中には本当にフェンリルがいるのだろうか？　仮説でしかないが、本当に俺とフェンリルには関係があるのかもしれなかった。

（どうした？）

『ああ、いや、なんでもない』

今はどうでもいいことだからな。

（そうか？　この魔剣の能力は二つ。一つは、触れた相手の障壁を弱体化させる能力。もう一つは接触している武具の耐久値を吸収し、脆くするという能力だ。逆に、この魔剣はドンドンと強化されていく）

それは何ともえげつないな。ただでさえ強力なソードブレイカーにその二つの能力があれば、鬼に金棒だろう。

『確かにそれがあれば……』

（まさかファナティクスだとは思わなかったが、あの剣に対しても有効なはずだ。どこまでアレの耐久値を削れるかは分からないがな）

『それでも、希望が見えてきたよ』

「ならば」

『ああ。いこう』

力強く頷いたフォールンドが、俺の柄を掴んだ。

すると、目眩（めまい）を起こしたかのように彼は軽くよろめく。

『フォールンド⁉』

装備してないのになんでだ！

「く……」

『だ、大丈夫か？』

（情報量が少々多かっただけだ……。今は、攻撃に集中しよう）

『あ、ああ』

よかった。神の呪いが降りかかったわけじゃなかった。

しかし、フォールンド級の男が、呻くほどの情報量？　何が見えたのだろうか？　戦いが終わり、互いが生き残っていたら聞くとしよう。

（ふぅぅぅ……）

すぐに体勢を立て直したフォールンドは、俺を正眼に構える。

そのままフォールンドの魔力が刀身を包みこむと、俺の体がその手を離れてゆっくりと宙に浮いた。

他人に念動を使われるとこうなるのか。不思議な感じだ。

フォールンドは右手をグッと引き、掌底打ちを繰り出すような体勢を取る。俺はその手の平の延長上に浮いている状態だ。左手は逆に前に突き出され、俺を真っすぐ安定させるかのように刀身に添えられている。

俺は形態変形スキルを使い、より空気抵抗の少ない円錐状に変形した。速度と回転と重み、全ての力が切っ先に集中するように、細く鋭く。死霊象人戦での形態変形のおかげで、イメージもばっちりである。

今の俺は、鍔も柄もない、刀身だけのレイピアのような姿だった。

だが、俺の変化はそれで終わらない。というか、終わらせようとしたのに、勝手に形態変形スキルが発動してしまった。

『な、なんで……！』

刃とは逆側。元々柄だった部分が、十字架のような形状に姿を変えていた。それも、ただ銀色の四角柱をクロスさせただけの、武骨な十字架ではない。表面には、天使を意匠化したような不思議な模様が彫られていた。

こんな模様、俺は見たこともない。なんで、形態変形でこんな十字架が……。

悩んでいると、ふいに誰かが「問題ない」と言ってくれた気がした。声が聞こえたわけではない。思念や意思と呼べるほど、ハッキリとしたものでもない。

なのに、ソレが味方だと、確信できる。

それは、俺の内にあるホーリー・オーダーの魔力だった。

ファナティクスの存在を感じ取ったことで、ホーリー・オーダーの魔力が反応したのだ。

この十字架は、その現れであった。ならば、その力を貸してもらうぞ。共に、ファナティクスの野郎をぶっ倒そう。

「師匠？　どうした？」

『大丈夫。問題ない』

「そうか。ならば準備完了だ」

『おう』

なんか、俺までフォールンドに釣られて口数が少なくなっているぞ。だが、心は通じ合っている気がする。これも剣神の寵愛の能力なのかね？　剣と通じ合うとか、そんな能力が備わっていてもおかしくはなさそうだ。

次第に赤みを増すアースラースのオーラを見つめながら、俺は焦りを抑えてベルメリアを観察し続けた。

『まだ……まだだ……』

「……」

力を極限まで溜め込んだ今の状態は、凄まじい負荷がかかるのだろう。フォールンドの額の血管がはちきれんばかりに膨らみ、両腕から軋む音がする。

だが、黒衣の男は歯を食いしばって痛みに耐えていた。勝つためなら、泣き言も言わずにただ耐え続けることができる。こんなところも、フランと似ているんだな。

奥歯にひびが入る音を聞きながら、俺たちは待った。

そうやって機を窺(うかが)っていると、ついにその瞬間がやってくる。

アースラースの攻撃によって、ベルメリアが大地に叩きつけられた。即座に起き上がったが、上からかかる超重力でその場に繋ぎ止められている。

最初で最後のチャンス。

『……今だっ！』

「行くぞ師匠！」

俺が叫んだ瞬間、フォールンドの魔力が一気に高まり——爆発した。

フォールンドの掌中から、超高速で撃ち出される。

『うおおぉぉぉぉぉぉぉぉ！』

その瞬間、俺はディメンジョン・ゲートを開いていた。繋いだのは、俺の目の前とベルメリアの上空である。真上ではないのは、加速するための距離が必要だからだ。

俺は全力を振り絞り、加速する。

ファナティクスにダメージを与えるには、威力が必要だ。速く、とにかく速く。

火炎魔術、風魔術、雷鳴魔術、時空魔術に存在する自身や物体を加速させるための魔術を同時発動し、操炎、操風スキルによって少しでも効果を高める。

さらに、対象を大地に引き寄せるグラビティ・プレッシャーを自身に使用した。少しでも速度と威力を増すために。

それに、これで終わりではない。

重力超加、振動牙に加え、闇と光の属性剣を同時に使う。闇は相手の精神を攻撃することから、少しでも共食いの発動率を上げるために選択した。

光については、賭けだ。ベルメリアが基本四属性や複合属性に対して、高い耐性を有していることは見ていれば分かる。ならば、レア属性である光であればまだマシであると考えたのだ。

これだけではない。

ファナティクスの使っていた魔力放出による急加速も真似させてもらった。

他者の操る念動に押し出されつつ、瞬間的に制御力限界ギリギリのスキル多重起動で、あり得ない程の加速力を得る。

普通なら制御を失って明後日の方向に吹っ飛んでいくだろうが、念動のレール——いや、この場合はパイプとか砲身と言った方がいいかもしれない。

とにかく、念動の導きにより俺は真っすぐに突き進んだ。

魔術とスキルを同時使用したことで発生した凄まじい反動が、俺の耐久値を一気に削っていく。だが、これくらいは想定の内である。

フォールンドも命を懸けているんだ、俺も全てを懸けなくては！

『らあぁぁぁぁ！』

ベルメリアの目が俺を見ている。明らかに反応している。

しかし、迎撃はできない。

彼女の前にはフォールンドがいた。

俺を撃ち出すと同時に、俺がもう一つ開いておいたディメンジョン・ゲートを潜り、ベルメリアに襲いかかったのだ。

突如上空に出現した俺に反応できてしまったが故に、さらに裏をかいて現れたフォールンドへの対応がほんの一瞬遅れてしまう。

勿論、普通であれば隙とも言えないほどの、本当に僅かな硬直ではあるが……。フォールンドはその隙を見逃さず、ベルメリアの動きを封じることに成功していた。

フォールンドは、その手に持ったソードブレイカーの突起でファナティクスを搦め捕り、ガッチリ固定している。

勿論、フォールンドのみの力であれば簡単に振りほどかれてしまうだろう。しかし、彼女を大地に繋ぎ止めているのはアースラースの超重力だ。その戒めを一瞬で振り払うのは無理だった。

いくらベルメリアであっても、全てを捨てる覚悟で挑みかかったフォールンドをその状態で振り払うことはできない。

「ガアアァァ！」

「逃がさん！」

ベルメリアがフォールンドを振りほどこうとする。しかし、もう遅い。

『おああぁぁぁぁ！』

超高速の弾丸と化した俺が、フォールンドの腕や魔剣ごと、ファナティクスを貫いた。

フォールンドのソードブレイカー、魔狼の咢のおかげだろう。あとは、ホーリー・オーダーの力が、発揮されたようだ。さすが、対ファナティクス特化型の神剣なだけはある。

ホーリー・オーダーの魔力が俺の表面を覆い、ファナティクスの魔力を中和するような働きをしたのが分かった。

フォールンドとホーリー・オーダー。両者の力が合わさったことで、ファナティクスの防御力が大幅に削られていた。

あれだけの防御力を誇っていたファナティクスが、見事に砕け散る。

同時に、俺の一撃をもろに食らい、フォールンドが大量の血を撒き散らしながら吹き飛んだ。

それでも交差する瞬間、フォールンドは確かに微笑んでいた。

しかし、彼を気遣う余裕は、俺にはない。

『ぎいいいいいいいぃぃいいぃいいぃいい――――！』

その悲鳴は俺のモノなのか、ファナティクスのモノなのか、それとも両者の悲鳴が合わさったモノなのか。

俺の中に流れ込んでくる凄まじい魔力の奔流に、俺は知らず知らず絶叫を上げていた。

やばい！

やばいやばいやばいやばい！

『いいいいいいい――――！』

なんだこれっ！

あり得ないほどの魔力がっ！

焼ける！

熱い！

熱い熱い！　俺の中が焼けている！

焼け付いて、燃え上がって、弾けそうだ！

『ぐがあああがががあああいいいい！』

気持ち悪い！

頭の中を、体の内を、全身を、無数の蟲が這いずり回っているかのような異様な感覚。

精神が何者かにこねくり回され、形を変えられてしまうかのような恐怖。

『うあぁぁああぁぁあぁぁぁっ！』

助けて！　助けてくれ！　誰でもいい！　助けてくれぇぇ！

俺が！　俺が壊れる……！

『が、が……』

ギキィィィィン！

ふいに、何かが割れるような音がする。

なんだ？　何かが砕け――。

『？』

『うあああ――！』

俺の中の深い部分から、黒いモノが溢れ出す。

痛い熱い寒い苦しい。どれとも違う。ただただ、俺の中を黒い何かが覆い、侵食していく。

いや、これもまた俺だ。俺を構成する存在だ。

それは直感的に理解できた。

『喰らえ』

『ぐあああぁ……！』

『喰らえ』

その黒いナニかが、訴えかけてくる。

『ああああぁぁぐぅ……？』

『喰らえ喰らえっ！』

『ぐぅぅ……なんだ？　ぐあぁぁ！』

喰らえ？

『喰らえぇ！　全てを喰らえ！』

喰らうって、何をだ……？　全て……？

俺の一部でありながら俺ではないナニか。

お前は誰だ？　何なんだ？

だが、それは俺の問いかけに応えることもなく、ただ自らの欲望を訴えるだけだ。

ただ、俺はあることを思い出していた。死霊象人との戦いの最後。幻聴だと思っていたあの謎の声。

その正体は、こいつだ。あの時から、こいつが表に出かけていたのだ。

『我の声に耳を傾けよ！　我に身を委ねよ！　我にその身を差し出せ！』

脳内に直接響く声。

そのイメージは黒。

邪悪で悍ましいモノが、俺の中で声を張り上げている。

『喰らえ！　天も地も、神も魔も、人も獣も、全て喰らって糧とせよ！』

声から伝わってくるのは強烈な飢餓感だった。

喰らうというのは、そのままの意味だ。

肉を喰い、血を啜り、大地を呑み込み、天すらも噛み千切る。

この黒いモノにはそれが可能だ。

何故か、それが理解できた。

『っ！』

だからこそ、俺は強い怒りを覚えていた。

頭の中が、怒り一色に染まる。

『喰らう、だと？』

『そうだぁ！　喰らえぇぇ！』

好き勝手言いやがって！　だいたい、全てを喰らう？　人もってことは！　全てってことは！　フランもってことだろうが！

ざけんな！　たとえ俺自身だろうが、フランを害するやつは許さん！　フランを殺すなら、俺を殺してからいけ、俺よ！　ああくそっ！　訳分からん！　思考がグッチャグチャで、自分が何を言ってるのかも分からん！

『喰らえっ！』

『あああああああああああ！』

『喰らえぇぇ！』

『あああああ！　うるせぇ！　黙れぇっ！』

怒りのせいか、苦しみも気持ち悪さもどこかに行ってしまった。

『何故従わない！　我に従え！』

『黙れって言ってんだよっ！』

『……！』

あれ？　黙った？　言ってみるもんだな。

声の主が――黒い邪悪なモノが明らかに戸惑っているのが分かった。そして、急激に力を失っていく。消滅したわけでも、俺の中から出ていったわけでもないが、俺の奥に引っ込んでいくのが感じられる。

　とりあえず……どうにかなったのか？

　そう思った直後だった。

　今の訳分からない声とは違う、もっと耳障りで甲高い声が聞こえてきた。

『ケヒヒヒヒ！　俺たちを喰らったやつがどんなもんかと思ったら、面白いじゃねーか！』

『次は――』

　その正体も何故か分かってしまう。廃棄神剣同士、通じる何かがあるのかもしれない。

『ファナティクスか？』

『キヒヒヒヒヒ！　さてなぁ？　俺たちは俺たちだ！　ただ、お前がそう言うなら、そうなのかもなぁ！　にしても、とんでもねーモノを飼ってるじゃねーか！』

　ファナティクスが喋るたびにその声色が変わる。男であったり、女であったり、老人であったり、子供であったり。

　だが、ファナティクスが俺の中にいた。

　共食いが発動し、ファナティクスを食ったらしい。それに気付かないほど、苦しかったのだ。

　ただ、これほどはっきりと、共食いで吸収した相手を感じることは初めてだった。それを意識すると、途端に気持ち悪さが襲ってくる。

『うげおぉ……！』

『グハハハハ！　お前、元々人間だろう！　ご愁傷さま！』

『ど、どういうことだ……？』

『いつか絶対、お前は狂うぜ！　剣の体に人の精神！　耐えられるわけがねぇ！　いつか必ず、お前は狂う！　俺たちがそうだったようになぁぁ！』

『俺は、狂わないっ！』

『無理さ！　俺たちはお前の中で見させてもらうぜ？　お前が狂っていく様をよぉ！　そして最後に使い手を殺すところをよぉ！』

『くそ！　お前もうるさいんだよ！』

『ギャハハハ――ガッ！　なんだ……！』

俺の中でふざけたことを喚き散らしていたファナティクスだったが、突然苦し気に身悶えした。

『お、お前の中、どうなってやがる！』

怯え交じりの声を上げるファナティクス。

その精神に食らいつくのはアナウンスさんだ。アナウンスさん――つまりケルビムの残滓がファナティクスを吸収していくのが分かる。しかも、ホーリー・オーダーの力を使って。

『なんなんだよ！　なんで俺たちと同種の存在が……！　しかも、この忌々しい魔力はっ！　ホーリー・オーダー！　なんでこんなっ！　そうか！　あの欠片から力を吸収したなぁ！　こんなことになるなら、サッサと破壊して――ぎいいいぃいいぃいぃ！』

ファナティクスの苦悶の声が止まらない。本気で苦しがっているようだ。

『やめろ！　俺たちを喰うんじゃねぇ！　喰らうのは俺たちだ！　やめろ！　俺たちは消えねぇ！　絶対に消えねぇぞぉぉぉぉぉぉ――』

その絶叫を最後に、俺を襲っていた凄まじい嫌悪感が完全に消えた。綺麗さっぱりと。

『……終わったのか？』

『……』

俺の呟きに答える者はいない。もしかしたらアナウンスさんが答えてくれるのではないかと思ったが、だめだった。だが、その存在感が僅かに増したのが分かる。

どうも、ファナティクスとホーリー・オーダー、双方の力を取り込んだらしい。両者の魔力がアナウンスさんに統合され、消え去ったのが分かった。

もしかして、共食いを使っていけば、いつかアナウンスさんが復活するかもしれない。

というか、アナウンスさんの心配をする前に、自分の心配をせねば。

冷静になると、俺の状態はかなりヤバかった。

刀身は完全に砕け散っており、傍目には壊れてしまったように見えるだろう。未だにアシュトナー侯爵戦で使った神属性の影響が残っており、再生も遅い。

だが、耐久値がこれ以上下がる様子はなく、むしろほんの少しずつ回復していくのが分かった。

ギリギリ生き延びたか……。

『いや、今は俺のことよりもベルメリアだ！』

暴走は止まったのか？

慌てて周囲を確認した。

『ベルメリアは――いた！』

やや離れた場所に、ベルメリアが倒れていた。

その体は元の人間に近い姿に戻っている。遠目からでも、軽く胸が上下しているのが見えた。生きているらしい。

その身から発せられていた超魔力は消え去り、むしろ瀕死の状態だろう。ファナティクスごと右腕が爆ぜ飛び、右半身もズタズタに引き裂かれている。

ただ、血は止まっているし、再生能力が傷を治している。

ちゃんと処置を行えば、死なずに済むだろう。

そして、ベルメリアと反対側には、アースラースが倒れているようだ。

こちらはベルメリアと違って外傷はないが、魔力が弱まっていた。消耗が凄まじいのだろう。

『おい、アースラース？』

「師匠、か？」

弱々しいながらも、言葉が返ってくる。

『暴走してないな？』

「おかげさま、でな……」

どうやら、最悪の事態は回避できたらしかった。

後は、臨時の相棒は大丈夫だっただろうか？

『……フォールンド！』

やや離れた場所に、フォールンドが倒れている。消耗のせいで乱れる念動を何とか制御しながら、時おり柄を地面に擦りつつ、低空飛行でなんとかフォールンドの下にたどり着いた。

『これは……』

俺がやったのだが、酷い状態だ。

右の鎖骨部分から右肋骨辺りまでが完全に抉れ、内臓や骨が露出していた。左腕も肘から先がない。大量出血により、フォールンドの周りの地面がどす黒く染まっている。

「う……」

だが、まだ生きていた。残った左肺がわずかに動き、心音も微かに聞こえる。俺は命が失われかけているフォールンドに慌てて回復魔術を使い続けた。

ファナティクスを共食いしたことで、魔力が回復してくれていて本当に良かった。

『フォールンド！　フォールンド！』

「平気、だ……」

峠は越えたか。千切れた肩口の断面から未だに大量の血を溢れさせながらも、フォールンドは自力で身を起こした。

激痛が全身を苛んでいるはずなんだが、苦しい様子などおくびにも出さず、数本の魔剣を生み出す。

すると腕がジワジワと再生を始めた。

回復系、再生系のスキルを持った魔剣を生み出したのだろう。

フォールンドの対応力はやはり凄いな。

『無事だったか。よかった』

(久しぶりに、死んだ友人と会話したがな)

それって、あの世に行きかけたってことか？　当たり所がヤバかったら、俺がフォールンドを殺してしまっていたかもしれんな……。ベルメリアもそうだったが、かなり運が良かったらしい。

俺がフォールンドを回復させている間に、自力で立ち上がれるようになったアースラースがベルメリアの状態を確認している。するとおもむろに、未だ開放状態のガイアを構えたではないか。

『アースラース！　もう暴走してないんだ！　殺さなくても！』

「大丈夫だ。まあ、見てろ」

そう言い返してくるアースラースから、殺気は感じられない。

どうやら止めを刺そうというわけではないらしい。俺は鬼人の言葉を信じて、見守ることにした。

アースラースが、ガイアをベルメリアの上にかざす。

「大地の微笑」

アースラースがそう呟くと、ガイアから優しい魔力が溢れ出し、ベルメリアを包みこんだ。

瀕死だったベルメリアの血色がよくなり、全身の傷が癒えていく。その回復力はグレーターヒール以上だろう。ガイアには攻撃だけではなく、癒しの力もあったようだ。ただ破壊するだけの神剣ではなかったらしい。

まあ、暴走するアースラースに、強力な回復手段があるということでもあるけどね。

「……う……」

「嬢ちゃん、大丈夫か？」

「わたし……ここは……？」

ファナティクスに精神を吸収され、意識を取り戻さない可能性もあったが、どうやら最悪の事態は免れたらしい。

ファナティクスは、破損していたせいで本来の力を失っていたようだし、相手の精神を自らに統合する力はなかったのだろう。

精神を完全に自らに統合できるのであれば、操るのに魔薬なんか必要ないはずだしな。

「記憶が混乱しているようだな。大丈夫だ、今は眠っておけ」

「ぁ……すー……」

命は助かっても、精神的にも体力的にもギリギリだったのだろう。ベルメリアは気絶するように再び眠りについたのだった。

その寝顔は、苦悶の表情だ。いい夢は見られそうもなかった。

『なあ、アースラース。今の回復技には、魔薬の症状を癒す効果があるのか？』

「魔薬？　いや、あれは傷を癒すだけだが」

『じゃあ、ベルメリアはどうして目を覚ました？　魔薬の後遺症がないのか？』

ガルスは、魔薬のせいで目が覚めなかったはずだ。同じように魔薬で汚染されたベルメリアも同じ状態のはずなのに、意識が戻ったのが不思議だった。

『知り合いのドワーフが、魔薬を投与されたせいで目を覚まさないんだ』

「うーむ。多分、接種期間や量の違いじゃないか？」

『なるほど』

ガルスは長い期間、魔薬の影響下にあり続けた。ベルメリアは操るために大量の魔薬を使われたものの、投与期間が短かったことで後遺症は少ないのかもしれない。体内に蓄積した魔薬が微量だったのだろう。

「……助かったぜ二人とも」

アースラースがそう言って、俺たちに向かって頭を下げた。

その言葉は本心だろう。あのアースラースが、満身創痍だ。傷自体は塞がっているものの、魔力や生命力の消耗は未だに回復していない。それに、狂鬼化が大分進行してしまった。精神的な消耗も、俺たちの想像以上に違いない。

「ちょいと強い相手だったからな。お前らがいなけりゃどうなっていたことか」

『それはこっちのセリフだ。アースラースが居なければ、もっと被害が拡大していただろうからな。まあ、被害が少ないとは言えんが……』

かなり広範囲にわたって荒れ地になっている。貴族街の半分くらいはこの状態だろう。残りの屋敷も被害のない建物はないはずだ。

しかも、あの壮麗な、まさに国の象徴と呼ぶにふさわしかった巨城も、かなりの被害を受けていた。半壊と言ってもいいレベルの姿である。

市民街やスラム街などでも疑似狂信剣の自爆被害が出ているはずで、この王都の受けた被害は想像できないほど甚大だろう。

『それでも、ファナティクスを倒せたのはアースラースのおかげだ』

「ああ」

「まあ、お互い様ってことだな。とは言え、俺も少々暴れ過ぎちまった。この国から去った方がいいだろう」

『え？　アースラース？』

アースラースは頭をボリボリと掻きながらため息を吐くと、そのままベルメリアの傍らに屈み込んだ。

「お嬢ちゃんは俺が連れていくぞ？」

『ちょっと待ってくれ！　どういうことだ？』

ガイアを鞘に納めたアースラースが、再び眠りについたベルメリアを肩に担ぎあげる。このまま去るってことか？　しかもベルメリアを連れて？

だが、フォールンドもそれに賛成であるようだった。

「それが国のためだ」

フォールンドの呟きの意味が分からない。国のため？

「まあ、自分で言うのもなんだが、今回の戦闘でかなりの被害が出た。俺に罪がないとは言わん。だがな、国が俺を捕らえて裁こうとすれば、それは単にこの国の問題だけでは終わらないのさ」

アースラースとフォールンドが、説明してくれた。

つまり、アースラースの存在があまりにも大きすぎるのが問題であるらしい。

王都破壊の犯人としてアースラースを捕らえたとしよう。そして罪を償わせるとする。だが、それが難しい。

まず死刑は論外。死の危機に陥れば、狂鬼化が勝手に発動して再び大きな被害が出るだけだ。自殺さえできないんだからな。

奴隷化も無理だ。これもまた狂鬼化で守られてしまっている。アースラースが自分の意思で奉仕をするとして、いつ暴れ出すか分からない化け物を国内でどう使えばいいというのか？

アースラースがその気になれば、大抵のことはできてしまうだろう。だが、時限装置付きの超強力爆弾が一緒に付いてくるのだ。爆発すれば、都市が幾つか地図から消える。しかも、時限装置がいつ発動するのか誰にも分からない。これを自国の中に置いておこうという為政者がいたら、そいつは余程の愚物か、狂っているかのどちらかだろう。

ならば、敵国に送り込む？　それも不可能だ。アースラースを戦争行為に加担させることはできない。それをすれば、冒険者ギルドが敵に回る。戦争に加担しないというスタンスを取るギルドが、その象徴とも言えるランクS冒険者を戦争利用されれば、面子を守るために何が何でもその国を潰そうとするだろう。そうしなければ組織自体が舐められる。

いや、それ以前の問題だ。そもそも、アースラースを一方的に罪に問うこと自体が難しかった。

今回の事件、大本はアシュトナー侯爵のクーデターだ。多くの冒険者が命を落としており、その監督責任は国にある。そのアシュトナー侯爵の切り札を止めるために戦ったアースラースは、見方によっては国を救ったとも言える。

アースラースを罪に問えば、冒険者ギルドはその擁護に回るだろう。国がそれに反発すれば、両者の間で争いが起きる。それで損をするのは国であった。

さらに、周辺国も敏感に反応するはずだ。何せアースラースは神剣を所有している。クランゼル王国が神剣を欲していると考えてもおかしくはなかった。

賠償金代わり、もしくは死刑後に神剣を取り上げる。実行可能かどうかはともかく、それを狙っていると言われるだけで、外交上の問題となりかねなかった。

逆に、罪を全てアシュトナー侯爵らに被(かぶ)せて、アースラースを救国の英雄と持ち上げた場合はどうだ？

それもまた問題がある。ランクS冒険者を自国に取り込もうとしていると思われる可能性があるのだ。

むしろ、こちらの方が問題だった。超兵器を保有しようとしているということは、何らかの野心を持っていると見られても仕方ない。

結局、アースラースというのはどう扱おうとも手に余る、アンタッチャブルな存在なのだった。最も賢いのが関わらないという選択肢なのだろう。

あの獣王でさえ、放置しているほどなのだ。

そして、クランゼル王国とアースラース双方にとって最も無難な落としどころが、アースラースの国内からの自主退去と、国外追放措置なのだという。

同士討ちという異名を持った大量破壊犯が普通に世界を放浪できている時点で、どの国も似たような対応なのだろう。

これがアースラース以外の人間であれば、こうはならないはずだ。捕まえて奴隷化。いや、普通に考えれば処刑ルートだろう。

つまり、ベルメリアはそうなる危険性が高かった。伯爵の妾腹(しょうふく)ではあるが、大きな権力があるわけでもない。しかも最大の破壊行為の当事者だ。お咎(とが)めなしとはいかないはずだった。

正直言えば、俺はベルメリアに悪感情はない。

王都の住人からすれば違った意見が出るだろうが、俺には同情心しかなかった。巻き込まれただけだと思うし、相手は四〇年もかけて準備してきた神剣と侯爵だ。誰であっても、狙われて逃げられたとは思えない。

アースラースが彼女を連れて逃げてくれるというのであれば、それで構わなかった。

『ベルメリアを頼む』

俺が頼むと、アースラースは優し気に微笑んだ。

「これも何かの縁だろう。任せておけ。悪いようにはしないさ」

『フランに会っていってほしかったんだがな』

「それは難しいな。まあ、そのうち会えるだろうよ」

目が覚めたとき、フランは残念がるだろう。

『どこに向かうつもりなんだ？』

「俺は元々、ゼロスリードを追ってゴルディシア大陸に行くつもりだった。嬢ちゃんを匿うにもあそこは最適だし、しばらくはあの大陸で魔獣狩りでもするさ」

『ゼロスリードはゴルディシア大陸にいるのか？』

「可能性が高いってだけだがな」

ゴルディシア大陸はランクS魔獣との戦いのために優秀な戦士を募集しており、強ければ過去の経歴などは不問となるらしい。世界中の犯罪者が最後に逃げ込む場所であるそうだ。

そして、元々は友人が支配する大陸であったことから、現在でも竜人、半竜人が多く暮らしている。

ベルメリアを匿うには、最高の場所と言えるだろう。

『なるほどな』

「じゃあ、行くぜ？　のんびりしてたら、騎士やら兵士やらがやってきちまう」

『そうだな』

「師匠、フォールンド、またな」

「はい」

『またな』

本調子ではないはずなのだが、アースラースはしっかりとした足取りで去っていく。肩に担いだベルメリアが居なければ絵になるんだけどな。

門とは全然違う方角だが……。まあ、どうにかするんだろう。何せ、ランクS冒険者なのだ。

元々格上だということは分かっていたが、今回の戦いを見て改めて思い知った。ランクS冒険者というやつらは、本当の本当に化け物なのである。超越者のことを俺たちが心配するなど、烏滸(おこ)がましいにもほどがあった。

『フォールンドはどうする？』

「ギルマスの下へ」

『そうか。じゃあ一緒に行こう。というか、俺を運んでくれるとありがたい。このままだと、勝手に飛んで動く剣だからな』

「ああ、わかった」

ようやく傷は塞がったものの、未だにフラフラとしているフォールンドは俺を背負い、重力魔法で均(なら)された王城前を歩き出した。

Side　アリステア

緊急事態だった。

「この気配は……神剣っ！」

なんと、この大陸において、神剣の力が開放されたのだ。神級鍛冶師の能力により、アタシは神剣の気配を探ることができる。

開放されているのであれば、なおさらだ。しかも驚くべきことに、神剣の気配が二つもあった。

一つは分かる。アースラースの大地剣ガイアだろう。しかし、もう一本に関しては全く心当たりがなかった。

アタシが触れたことのない神剣が現れたということなのだろう。

ただ、違和感もある。ガイアと戦っていると思われる神剣の気配に、明らかな歪みがあるのだ。

もしかしたらすでに損傷を負っているか、何らかの理由で真の力を発揮しきれていない可能性があった。

「いや、そんなことは見れば分かる！」

ともかく行かないと。それがアタシの使命でもあり、人生の目的でもあるのだから。

多分、クランゼル王国で間違いないだろう。

だが、行動を開始したアタシに水を差す者がいた。

「アーちゃん？　いったいどこに行こうっていうの？」

金髪に白い肌。細身に、尖(とが)った耳。エルフの特徴を備えた、トロそうな女だ。

「ウィーナレーン……！　いつの間に！」

しかし、その柔和な外見と話し口調に騙(だま)されてはいけない。この女は、アタシがこの世で最も敵(かな)わない相手の一人なのだ。

「ここは私のお家よ？　そこでコソコソと怪しい動きをしていれば、気付くに決まっているでしょう？」

「気配を消すための道具をわざわざ使ってたのに！」

「あら？　でも、全然隠れられてなかったわよ？　失敗作だったんじゃないかしら？」

「これだからハイエルフは！　神級鍛冶師謹製の道具を失敗作って……！」

そう、この女はただのエルフではない。この世界でも数人しかいないと言われる最強種族、ハイエルフの一人なのだ。さらにそのハイエルフの中でも、特に有名な一人でもあった。

正確な人数が分からないハイエルフ。彼らが表に出ずに活動している中で、積極的に人間と関わる者が少数ながら存在していた。

その少数のハイエルフの一人が、このウィーナレーンである。他に、歴史研究者のウィロー・マグナス。放浪の植物学者ウィガン・ウィガンの二人の名が知られている。

因みに、三人とも名前の最初にウィが付いているのは偶然だった。エルフの中では、時おりウィから始まる名前が流行る時期があり、三人ともその時に生まれただけだそうだ。まあ、エルフの時おりが何百年単位の話か分からんが。

後者二人が家名持ちなのは、貴族であったことがあるからである。過去形なのは、両者を貴族に叙した国がすでに滅んでいるからだった。

そもそも、ハイエルフに国やら貴族位の権威やらが通用するわけもなく、取り込もうとして失敗したのだろう。ウィガン・ウィガンなど家名をどうするか問われて、面倒だからウィガンでいいと答えたという逸話があるほどだった。

まあ、国があっさりと滅んだことからも、ハイエルフたちが国家運営に興味がなかったことがうかがえる。

多少なりともその力を利用できていれば、破滅を回避することは容易だったはずだからな。

様々な逸話とともに、その名前が知られた三人のハイエルフではあるが、ウィロー・マグナスとウィガン・ウィガンは研究のために世界を放浪しており、時おり研究成果をギルドなどに提出するだけだ。

それに対し、世界で唯一居場所が特定されているハイエルフがウィーナレーンであった。

ウィーナレーンの肩書で有名なものは二つ。

一つは七賢者。これは、ランクS冒険者と並ぶほどの実力者と言われる七人を総称して付けられた名前だ。まあ、七賢者の中に、自らその名を名乗った者は一人もいないが。そもそも、魔術師が二人しか含まれていなかった。

これは、冒険者ギルドの台頭に危機感を募らせたそれ以外の組織や国が、冒険者ギルドを牽制するために勝手に提唱しているだけだからな。中には戦場に出たことさえない人物まで含まれる。あくまでも、凄まじい実力者だろうと思われている七人ということだ。しかも賢者と名付けたのも、荒々しいイメージの冒険者に対抗して、穏やかで知的に聞こえるという下らない理由である。

ただアタシが見たところ、この七賢者というのは馬鹿にできなかった。

まず、神剣所有者が三人。始神剣アルファの所有者である神剣騎士。役職名しか明かされていないが、存在することは間違いない。

それと相対する、狂神剣ベルセルクの所有者、月下美人。こちらは個人名ではなく、神剣運用のための特殊組織の名前であるらしい。

さらに、魔王剣・ディアボロスの所有者であるフィリアースの国王。ただし、これは間違いだ。あのディアボロスの主が、気軽に人前に出られるわけがない。王族であれば悪魔への指揮権があるので、それを利用して本来の所有者を隠匿しているのだろう。王でさえ、神剣所有者の影武者扱いということだ。アタシは、死亡したと言われている王族の誰かが実は生きており、神剣の主となっていると睨んでいる。

残りの四人中、三人が強国の王である。

魔族の国の王。蟲人の国の王。ドワーフの国の王の三人だ。

この三人に関しては、アタシも実力が分からない。国の力が強大過ぎて攻められることもなく、そもそも大規模な戦争をほとんど経験していないのだ。戦場に出ていないという訳はないだろうが、アタシはその姿を見たことはなかった。

噂なら聞いたことがあるが、どこまで本当かは分からない。ただまあ、種族的に考えて弱くはないだろう。

そして最後の一人が、ハイエルフのウィーナレーンである。こいつの実力はアタシがよく分かっている。大昔、ダンジョンでの素材集めに付き合ってもらったこともあるからな。ただ、ウィーナレーンの場合、七賢者よりももう一つの肩書の方が遥かに有名だろう。

その肩書が『魔術学院長』である。

ベリオス王国の中でも、自治が認められた特別地域に存在する、世界中から魔術の才能を持った子供たちが集まる魔術学院。その院長がウィーナレーンであった。

まあ、世界最高の大海魔術師と言われるハイエルフが長を務めているのだ。そりゃあ人気が出る。

世界中に魔術学院、魔術学校と呼ばれる施設はあるが、単に「魔術学院」と言えば、ウィーナレーンが院長を務める魔術学院のことを示すほどであった。

「まだお仕事がたくさん残っているでしょう？」

「う、うむ」

「私、悲しいわ。アーちゃんが約束を破るような子になっちゃうなんて」

「ぐぅ……」

現在アタシは魔術学院の一角に間借りしている。長であるウィーナレーンがアタシの素性を知っているため、ひっそりと居心地よく滞在ができる場所だった。

肩書は、臨時鍛冶講師だ。まあ、ひよっ子たちに軽く指導するだけの簡単な仕事だな。

そして、仮の身分と衣食住の世話をしてもらう代金代わりに、アタシは魔術学院の魔法武具や魔道具のメンテナンスを引き受けている。むしろ役得と言ってもいいくらいだがな。この学院では日夜面白い魔道具が生み出されており、アタシ自身もそれらを見て刺激を受けることができるのだ。

「だ、だがな……。さすがに神剣の気配を放ってはおけん」

「うーん。そうねぇ。神剣は危ないわよね」

「そうだ」

「でも、武具の修理が終わらないと、上級クラスの授業がね～」

「それはそうなんだが……」

若い頃も今も散々世話になっている相手であるせいで、あまり強くは出られない。ブチギレた時の恐ろしさも分かっているのだ。

一見ユルフワな女だが、それは表向きの姿だ。別に、裏で悪事を働いているという訳じゃない。ただ、教師としての仮面ていうのかね？　それを常に被っている。本当のウィーナレーンは図太くて強引な女なのだ。

「それに、例のゴーレムの修理と整備、まだ終わってないわよね？　あれがないと、模擬戦の授業がかなり遅れるのよね」

「そ、そこをなんとか！　なくても何とかなるだろう？　ウィーナレーンが直接相手をすればいいじゃないか」

「仕方ないわねぇ。分かったわ。じゃあ、今回は貸しってことで」

「恩に着る！」

「ただし、一つ宿題ね」

「し、宿題？」

おいおい、どんな無理難題を押し付ける気だ？

「ええ。前から模擬戦の講師に、獣王さんかアースラースさんを紹介してほしいってお願いしていたでしょう？」

「いや、さすがにそれは……」

ランクS冒険者相手に模擬戦？　いったいどんな敵を想定しているんだよ。邪神と戦う人材でも育成する気か？　だが、アタシが無理だと伝えると、意外にもウィーナレーンはあっさりと引き下がった。

「分かってます。だから、妥協するわ」

「妥協？」

「ええ。その二人レベルじゃなくても、ある程度強い人を探してきてくれないかしら？　冒険者だったら、最低でもランクB以上。しかも、ある分野ではランクAに匹敵するようなレベルで」

「はぁ？　いやいや、無茶言うな！」

ある分野がランクA相当って、もはやランクA予備軍みたいなもんだぞ？

ランクB冒険者の中でも、最上位ってことだ。

「あなたならどうにかできるでしょう？」

「できん！」

「じゃあ、獣王かアースラースをお願いね？」

「……わかったよ」

やはり、この女には逆らえん。

「善処しよう」

「約束よ？　私はここからほとんど離れないから、全然そういった伝手がないのよね」

まあ、いざとなったら獣王の伝手を頼ることになるだろう。最悪、ギルドに何か魔道具を売り払って、代わりに冒険者を紹介してもらってもいい。

「高ランクの冒険者を長時間拘束するのは無理だぞ？」

「分かってるわ。一週間くらいでいいから」

「いつまでに連れてくればいい？」

「そうねぇ。できれば急いでほしいから……。五年以内に頼めるかしら？」

ハイエルフの時間感覚がぶっ飛んでいて助かった。面倒ではあるが、それなら何とかなるだろう。

それよりも今は神剣だ！

クランゼル王国へと急がねば！

第五章　黒猫聖女爆誕

アースラースを見送った後、俺はフォールンドに背負われながら移動していた。

『なあ、アースラースなんだが、事前に国とかが依頼を出していたってことにしちゃダメなのか？　そうすれば、国も事前にクーデターを予期して、対策してましたって言えるんじゃないか？　威信とやらも少しは守られる』

獣人国でのフランが実際にそうだった。しかし、フォールンドは首を横に振る。

（アースラース殿でなければ問題ないかもしれん。だが、かの御仁となると話が変わる）

『神剣を持っているから？』

（というよりは、大量破壊に特化しているからだろう。アースラース殿の場合、残る逸話のほとんどが大量破壊と大量虐殺の話だ。無論、戦場での話がほとんどだし、古い逸話の中には英雄譚として語り継がれている話も多いが……）

一人で国を亡ぼせるアースラースを優遇すること自体が、そもそも野心ありと言われてしまう。平時であればそこまで気にしなかったかもしれない。他国には外交で言い訳をして、アースラースを遇するという選択肢もあっただろう。

だが、王都、バルボラと、立て続けに大都市が被害を受けたクランゼル王国は、国力も国威も大きく打撃を受けている。その中で他国に反感を買うような真似は危険だった。特に野心を持った大国、レイドス王国が北に居る以上、諸外国との関係は重要になるはずだ。

（無論、国の判断は違う可能性もある。あくまでも、アースラース殿が自分でそう判断したというだけだが……。出頭した場合は国に迷惑がかかる可能性がある。だが黙って立ち去れば、特に何も起きない。後者の方が無難な選択だろう）

『そんなものなのか……』

（ああ、残念ではあるがな）

俺が考えることなんて、アースラースやフォールンドが思いつかないはずもないか。それに何十年もこんなことを繰り返してきたのだ。アースラース自身がどうすればいいのか、一番分かっているのだろう。

そもそも俺の感覚だと、国を滅ぼしかねないテロリスト相手に戦い、それを食い止めたアースラースにそこまでの罪があるとは思えないんだよな。

（いや、不可抗力とは言え王のいる王城を攻撃し、貴族街に大きな被害を与えたのだぞ？　罪に問われない訳がない）

俺はアースラースに好意を持っているから、ちょっと判断がアースラース寄りになっているかもしれん。

ちょっと冷静になって、日本に置き換えてみよう。

ある日突然テロリストに操られた、自衛隊の兵器が効かないスーパーロボットが現れて、東京で破壊活動を始める。ビームやミサイルをぶっ放し、放置していたら日本が危ない！　そこに現れるのが、同型のスーパーロボット二号だ。同じように超兵器を駆使して、テロリストのロボットを倒すスーパーロボット二号。だが、都庁周辺は灰燼（かいじん）と化し、何百人もの人々の命が失われたのだった……。

うん、やばいね。もし二号のパイロットが正義の味方面して現れたら、石を投げる人間は多いだろう。ネットも大炎上し、擁護派よりも排斥派の方が圧倒的に多いはずだ。

いや、そもそも現代日本の感覚は通じないか。法治国家じゃなくて貴族制の国なのだ。やはり、騒ぎを避けて立ち去るのがいいかもしれないな。

まあ、アースラースはもう去ってしまったんだし、これ以上は考えても意味ないか……。

『はあ、気分を変えて、共食いの成果でも確認しよう』

そして、俺は自分のステータスを確認して思わず驚きの声を上げていた。

『うえっ？』

「む？」

『いや、すまん。なんでもない』

「ああ」

俺の能力は、想像以上の凄まじい成長を遂げていた。なんと、保有魔力が５０００も増えていたのだ。これだけで元の魔力から五割増しである。耐久値も３０００以上増加していた。

壊れかけとはいえ、神剣を食ったのだ。このくらいは当然なのかもしれない。しかも共食いによって得たのは能力値だけではなかった。

俺のスキルに、魔力供給というスキルが追加されていたのだ。

これは、自らの使用者に対して魔力を分け与えることができるスキルであるらしい。今までもフランは俺の魔力を引き出して使えていたが、このスキルを得たことでロスが減り、効率が大幅にアップするだろう。

地味だが、非常に有用なスキルであった。

そうやって能力を確認していると、すぐに避難する人々の列が見えてくる。殿(しんがり)で民衆を誘導しているのはベイルリーズ伯爵だ。エリアンテやコルベルトの姿も見える。

フランの気配はすでに都市の外だな。

(師匠、伯爵に報告をしたい。構わないか?)

『ベイルリーズ伯爵と知り合いか?』

(ああ。あの人は、冒険者に肝要だからな。指揮下で戦ったこともある)

『そうか。なら、俺も報告をしておいた方がいいと思う。ベルメリアのこともあるし』

このまま何も知らせないままだと、民の避難が無駄に進んでしまうだろう。都市内に危険が無くなったかは分からないが、侯爵とファナティクスを仕留めたことは伝えておくべきだ。

それに、娘がどうなったかの報告もしておきたいしね。

ということでフォールンドが、必死の形相で指揮をとっている伯爵たちに近づいていった。

それに真っ先に気付いたのはエリアンテだ。不安げな表情でフォールンドに声をかけてくる。ベイルリーズ伯爵もすぐに近寄ってきた。

「フォールンド！　無事だったのね！」

「ああ」

「それで、どうなったのかしら……？　戦闘の音が聞こえなくなったけど……」

「終わった」

「アースラース殿が勝ったということか？」

「ああ」

あ、やべー。フォールンドの口下手さでは、まともな報告ができん！　俺は念話である程度指示を出すことにした。フランで慣れているので、この辺は任せておけ。

俺の指示に従って、フォールンドが言葉を紡いでいく。

「アースラースが勝った。アシュトナー侯爵も倒れた。配下の剣士たちは自爆して果てた」

『おい、もっと言い方があるだろ。業務報告か！』

(仕方ないだろう。これ以上流暢には喋れん)

いきなり長台詞は難しかったか！　しかし、ここは頑張ってもらわねば。

「アースラース殿と戦っていた娘は、どうなった？」

「アースラースが倒した」

「！　そ、そうか……」

「アースラースは？」

「厄介事を避けるためにすでに去った」

伯爵に本当のことを打ち明けるにしても、この場では人の耳が多すぎる。娘の死を聞いてショックな伯爵には申し訳ないが、もう少しの間耐えてくれ。すまん。

「フォールンド？」

「フォールンドさん？」

沈痛な表情の伯爵に対し、エリアンテとコルベルトが困惑の表情でフォールンドを見ている。やはり、いつもは無口なフォールンドが長く喋る姿は異様に映るらしい。

それでもフォールンドが頑張り、なんとか俺たちの知る情報を伯爵たちに伝えることができた。その情報を基に、伯爵たちは市内の状況確認や、今後避難誘導をどうするかを話し合い始める。

後始末は、彼らに任せればいいだろう。

『じゃあ、フォールンド。フランのところに向かってくれ』

「ああ」

フォールンドが身を翻すと、エリアンテが慌てて引き留めてくる。

「ちょっと待って！　どこいくの？　できればこのまま手伝ってもらいたいんだけど？」

「いや」

フォールンドが首を振りながら、背中の俺に軽く手を添えた。エリアンテも俺に見覚えがあるのだろう。軽く目を見張っている。

「剣をフランに」

「その剣は……」

「なんでここに？」

エリアンテやコルベルトが、俺を見て目を見張る。

考えてみりゃ、俺がここにいるのは不自然だったな！

形態変形で姿を変えればよかったのかもしれないが、今の消耗しきった俺には無理だ。

どうすればいい？　あ！　フォールンドが剣神の寵愛で生み出したことにすれば――。

だが、フォールンドに言い訳をしてもらう前に、コルベルトたちは何故か遠くを見るような目をしてうなずいていた。

「そうか。カレー師匠……あんたは、フランを守ろうと……」

「ぐす……。師弟愛が、奇跡を起こしたのね」

え？　なんか、勘違いされてるっぽい！

声を大にして違うと言いたいが、俺の正体を明かすわけにもいかない。そして、唯一俺のことを知っているフォールンドは、相変わらずの無口さんだ。

「……」

フォールンドに、言い訳なんて無理だよね～。

「では、いく」

「ええ。その剣、フランに届けてあげて」

「カレー師匠……！　くっ！」

コルベルト、さっきも同じ感じで泣いてなかった。いや、俺のために泣いてくれて有り難いんだけどね？　でも、俺は死んでないから！　化けて出て、戦ったりしてないから！

だが、訂正させる前に、フォールンドはその場から歩き出してしまう。後で、フランに訂正してもらおう。

道中、俺は気になっていたことをフォールンドに質問してみた。

『なあ、剣神の寵愛で解析できた俺の情報って、どんなもんだった？』

俺が失ってしまった前世の記憶。それを思い出すきっかけになるかもしれないのだ。

すると、フォールンドが難しい顔で聞き返してくる。

（普段であれば製作者やその剣の能力を知ることができるんだが、今回は不可思議な光景が見えただ

けだった)

『不可思議な光景?』

(……男性が何者かに導かれ、禍々しいオーラを発する剣の中に封じられる場面だ。剣は師匠に似ている気がしたが、細部が少々違っていたな)

『そ、その剣て、どんな剣だった?』

(刃などは師匠とソックリだったが、柄の意匠が違っていた。狼ではなく、四面の女性の形だったと思う)

間違いない。それは神剣ケルビムだ。

禍々しいオーラというのはよく分からないが、神に廃棄を命じられるような危険な神剣だし、それに関係しているのかもしれない。

そして、その中に男性が封じられる場面ってことは……。

『お、男の方はどんな姿をしていた?』

(ふむ……)

『どうした?』

(黒髪黒目という以外に、特徴のない地味な男だった。むしろ、あれだけ地味であるということが特徴かもしれない)

『あ、そうっすか……』

心が痛い……。だが、確実に俺だろうな。

『多分、それは俺だと思う』

(師匠は、元々人だったのか?)

『ああ、そうだ。人間の魂が、剣の中に封じられているんだ。まあ、誰にこうされたのかはいまいちわからんが』

しかし、フォールンドに詳しく話を聞けば、神級鍛冶師エルメラ以外に、俺の誕生に関わった相手が分かるかもしれない。

『どんな様子だった? できるだけ詳しく知りたい』

(覚えていないのか?)

『ああ、全く。だから知りたいんだ』

(そうか。だが、俺も全てを見たわけじゃない。靄(もや)のかかった、幻のような物を覗いた感じだからな)

『それでもいい』

(ならば。まず見えたのは、三柱の存在だ)

『三柱? 三人じゃなくて?』

柱と数えるのは、神様やそれに準ずる存在だったはず。

随分と大仰な言葉だ。

(そもそも、不思議な光景が見えるのは、解析した剣に神やその眷属が関わっていた場合に起こる現象なのだ。解析が上手くいかずに、その剣が生み出された時の情景が僅かに浮かぶらしい)

『俺に触れたとき、その現象が起きたってことか』

普通なら変な映像が浮かぶことなどなく、その剣のデータなどが脳内に浮かぶだけであるという。

（今回は、乱れた映像が脳裏に浮かび、神かその眷属と思われる三者が師匠と会話をしていた）

『内容は分かるか？』

（すまないな。ただ、師匠は笑顔だったぞ）

どうやらその映像に音声はなかったらしい。それでも大きな手掛かりには違いない。

フォールンドに覚えている限りを説明してもらった。

場所は不明。天も地も白く不思議な靄に包まれた、謎の空間だったそうだ。

登場人物たちは、まるで空に浮いているかのようだったという。登場人物は三人いたが、影になっていて顔も不明。しかし、女性に見えたそうだ。女神なのか、女性型の神の眷属なのか……。

俺がそのうちの一人に連れてこられ、何やら話をした後、剣の中に封じ込められる。フォールンドには、笑顔を浮かべた俺が、自分の意思で承諾したように見えたそうだ。

（そのとき、不思議なことが起きた。女神の一人が手をかざすと、まるで師匠の中から抜き出されたかのように、不思議な映像が宙に浮かび上がったんだ）

『それはどんな？』

（その映像に師匠はいなかったんだが……。驚くほど高い、四角い塔のような建物が整然と並ぶ場所を見上げているんだ。多分、その視線の主は地面に寝ているのだと思う。だが、大怪我を負っているようだった。視線を動かしたとき、血まみれの体や手が見えたからな）

それってもしかして、俺が死んだときの記憶なんじゃないか？　実はその辺が曖昧なのだ。

車に轢かれたことは覚えているが、その後は気付いたら剣になっていたし……。

（あとは美しいドレスを着た女性とベッドの上で見つめ合っているシーンや、若い女性と手を組んで

歩いているシーンなども見えた)

　いや、俺の記憶じゃないかも。全く記憶にない。

(それから、不思議な四角い板の中で裸の女性と男性が艶めかしく――)

『ちょ、ちょっと待った!』

　それは何というか、アレだ。あれなのである。いや、しかしこれは重要な手がかり。恥ずかしいなどという理由で切り上げるのは……。

『済まない。続けてくれ』

「うむ」

　他にもいくつかフォールンドが見えた光景を説明してくれる。

　どうも、食事や映画に感動した記憶や、女性にフラれた等の哀しい記憶。あとは、色っぽくセクシャルな感じの――まあ、ぶっちゃけて言ってしまえばエロに関する記憶であるらしい。

　どれも全く記憶がない。いや、フォールンドが見た映像を信じるならば、神様が記憶を取り上げたのか? だから記憶がない?

　フォールンドにも、詳しいことはわからないそうだ。剣に封じられる俺が笑顔だったことから考えると、俺自身が納得していたようだ……。

　死に際の記憶というのであればまだ何らかの意味がありそうだが、他の記憶まで取り上げる意味が分からない。

(後はそうだな……。紋章が見えた)

『紋章?』

（ああ、神にはそれぞれを表すシンボルがある。三柱の女性たちはそのシンボルを象った紋章を身に着けていた）

フォールンドが見たところ、混沌の女神、銀月の女神、冥界の女神の三柱のシンボルであったという。

『つまり、俺を生み出したのは、その三女神か、その眷属ってことか？』

（多分な）

うーむ、その女神たちのことを詳しく調べてみるか？　名前だけは聞いたことがあるけど、それ以上のことは知らないのだ。

（だが、師匠は凄い剣なのだな）

『なんでだ？　いや、自分で言うのもなんだが、廃棄神剣だし、凄い剣ではあると思うけどさ』

（神剣であっても、一柱の力が与えられるだけだ。それが、三柱の意が絡んでいるなどとんでもないことだぞ？　いったい、どのような目的で生み出されたのだろうな？）

『それは俺も知りたいよ』

心の底から思う。

俺は誰だ？　そして、何なんだ？

作られた目的も、どこの誰に作られたのかも分からない。

それは、とてつもなく恐ろしく、怖いことに思えた。

伯爵やエリアンテと別れて一〇分後。

俺の誘導によって、フォールンドはフランたちの下にたどり着いていた。王都の外壁のすぐ外。冒険者ギルドの非戦闘員たちが集まっている場所だ。

地面に敷いた毛布の上に、フランとガルスが寝かされており、その傍らではエイワースがどこから持ってきた椅子に腰かけている。その手には破壊された疑似狂信剣があった。さっそく観察しているようだ。

しかも、それだけではない。

エイワースの手には、何やら書類の束が握られていた。その書類と疑似狂信剣を見比べているようだ。

軽く覗いたら、疑似狂信剣の絵が描いてあるのが見える。もしかして研究資料のような物をどこかから持ち出してきたのか？　後で見せてもらいたいな。

（ここでいいか？）

『ああ、助かったよ』

フォールンドが俺をフランの横に置いてくれる。

『フラン。フラン』

「……スースー」

ダメか。あどけない顔のまま寝息を立てている。鑑定したところ体に問題はないし、疲労が回復すれば自然と目覚めるだろう。

その横では、フォールンドがエイワースに事態のあらましを説明している。

「ふむ？　百剣か？　終わったのかね？」

「ああ」

「そうか。で、どうなった？　同士討ちが勝ったのか？」

「ああ」

さすが年の功。質問にイエスかノーで答えさせて、何があったのか正確に情報をゲットしていく。ステリアも話を聞いてはいるものの、さすがにエイワースとフォールンドの会話に口を挟む度胸はないらしかった。

まあ、エイワースの相手はフォールンドに任せておこう。

『ウルシ、ご苦労だったな』

（オン！）

フランの影で休んでいるウルシにも労い（ねぎら）の言葉をかけておく。すると、ウルシが情けない声を出した。
（クゥン）
『どうした？　もしかしてどこか怪我をしているのか？』

グー。

うむ、腹が減っているだけか。だが、考えてみればずっと食事をしていない。ウルシが空腹を訴えるのも仕方がなかった。

落ちている物を勝手に拾い食いしたり、火事場泥棒をしなかったのは偉いぞ。

『はぁ、仕方ない。ウルシ、俺を周りの目から隠せ』

「オン！」

フランの影から飛び出てきたウルシが、サッと暗黒魔術でブラインドを作る。その間に俺は、激辛カレーを取り出してウルシの前に置いてやった。

フランの護衛をやり切ったのだ。ご褒美は必要だろう。

『あまりこぼすなよ』

「オンオン！」

「なんだ？　いったいどこから出した？　いや、暗黒魔術であれば影の中に……」

エイワースが首を傾げているが、さすがに俺を疑うような真似はしないらしい。フォールンドには俺が何かをしたとバレるだろうが、今さらだろう。

「オフオフ！」

ウルシが口の周りを真っ赤にして超大盛激辛カレーを貪っていると、隣に寝ているフランが身じろぎする。

最初にスンスンと鼻が動き、次いで耳がピクピク動く。

そして、目が薄っすらと開いた。

「む……カレーのにおい……」

「オン！」

「ウルシ……カレー……ずるい……」

目を覚ましたんだけど……。冒険者ギルドでもカレーの名前を聞いて覚醒したし、カレーのパワー凄くない？　いや、フランの食い意地が凄いのか？

「ば、馬鹿な……。儂の秘薬を飲んだのだぞ？　数日は眠り続けるはずだ……」

エイワースが驚いている。数日って……！

やはり、フランのカレーへの愛は、奇跡を起こすレベルであったらしい。

「師匠……カレー……」

『フラン！　他に人がいるから！』

（ん。カレー）

『はいはい分かってるって。ほれ』

「ん……」

フランが取り出した風を装って、超大盛カレーを出してやる。トンカツからあげトッピングだ。寝起きだとか関係ない。フランならこのくらいは本当に朝飯前である。

フランは寝ぼけ眼（まなこ）のまま、ゆっくりとスプーンを動かし始めた。

「もぐもぐ」

「オフオフ」

「な、なんだそれは？」

寝起き直後にスパイシーな香りのする謎の料理をかき込み始めたフランを、エイワースがメッチャ見ている。

興味津々な顔だ。好奇心モンスターのエイワースが、カレーに興味を示さないはずがなかった。

それに、激戦の後だ。腹も減っているだろう。

そんな状態でカレーの放つ魅惑の香りを嗅いでしまったら、無視することなどできようはずもないのだ。

「の、のう？　それは美味いのか？」

「ん。超美味い」

「ほほう？」

エイワースの強烈な視線からカレーを隠すように、フランが軽く背を向ける。独り占めする気満々だ。

『フラン、エイワースにも一杯分けてやったらどうだ？』

（む）

『そう嫌そうな顔をするなよ。今回はエイワースにかなり世話になったんだ』

「……わかった」

それでも不承不承であったが、フランは小盛のカレーをエイワースの前に置いた。ここで大盛を振る舞わないあたり、エイワースへの評価がどうなっているか知れるな。

「やる」

「うむ、良い心がけだ！　ふむふむ？」

エイワースは受け取ったカレーを興味深そうに観察し、軽く匂いを嗅いだ後に早速食べ始めた。

「ほうほう！　これは面白い！　だが美味いぞ！」

ガツガツとかき込み始めるエイワースだったが、その舌は俺の想像以上に鋭敏だったらしい。いや、薬を扱っている以上、当然なのか？

「使っている香辛料は八……いや九種類か？　それと、豚系魔獣の骨を煮出したスープに、野菜が四種類だろう」

完全に材料を言い当てられた！　下手したら再現されてしまうんじゃないか？

「安心しろ。レシピを広めたりはせん。ただ、自分で食す分くらいは作って構わんだろう？」

エイワースもカレーの虜となったらしい。この爺さんが料理をする姿は想像できんがな。

カレーを布教できて、フランも満足げである。

そんなエイワースを羨ましそうに見ているのがフォールンドだ。こうなっては、彼にだけ出さないわけにもいかない。

「ん」

「ああ」

こちらには大盛で渡してやったな。やはりフランもフォールンドには好意的であるようだ。

フォールンドは深く一礼すると、カレーを食べ始めた。気に入ったようで、凄まじい速度でカレーが消えていく。

そうやって皆でカレーを食べている中、俺はフランが眠ってからの経緯を語ってやった。

(……むぅ)

『どうした？』

(最後に、役立たずだった)

『あれはしかたない。それに、ベルメリアとの戦いには、どちらにせよ割っては入れなかったさ』

(でも、フォールンドは師匠と一緒に戦った)

拗ねた様子で口をとがらせるフラン。

『あれは……フォールンドの特殊能力があればこそだ。それに、あいつも死にかけた。本当に賭けだったんだ』

（……師匠）

『なんだ？』

（フォールンドは強かった？）

『あ、ああ』

（そう……）

これってもしかして、嫉妬してるのか？　俺がフォールンドを褒めるから？

フランの中で色々な感情が渦巻いているのは確かだろう。

強敵との戦いを逃した残念さ。その戦いで役に立てなかった無念さ。しかし、それ以上に俺とフォールンドが協力して戦ったことに対して嫉妬しているようだった。

あとは、妙に不安げだ。

（私は弱い……。最後まで戦えなかった。フォールンドと違って……）

どうやら、自分とフォールンドを比べられることを不安に思っているようだ。その気持ちは分かる。

俺だって、フランに他の神剣と自分が比べられたらと思うと怖い。

『フォールンドは念動みたいな能力も持ってたし、信頼もできるやつだった。それは確かだ』

（ん……）

『でも、やっぱり俺にはフランが一番だよ。何度、フランがいればって思ったか分からない。俺はフランがいなきゃこんなに弱いのかって思い知ったよ』

（師匠は弱くない！）

『確かに、俺は普通の剣よりは強いかもしれん。だが、フランがいればもっと強くなれるんだ。俺を一番分かってくれていて、俺の力を一番に引き出してくれるのはフランだからな』

これは慰めでも何でもない。本当に何度も思ったことだ。

『俺は、お前に相応しい剣になるため、もっともっと強くなるぞ』

黒猫族全体の呪いを解いて誰もが進化できるようにし、黒猫族の地位を向上させることがフランの目標だ。つまり、いずれ脅威度Sクラスの邪人と戦い、倒さなくてはならない。

それは、ついさっき目の当たりにした、超越者以上の敵を倒すということだった。

今のままでは単なる夢想である。しかし、フランが諦めることは無いだろう。それに、フランはこれからも成長をし続けて、いつかあの領域に到達するだろうという確信もある。

そんなフランの剣として相応しく居続けるためには、今以上に強くならねば。

今回、ファナティクスを共食いしたことで魔力などを大幅に強化できた。ならば次はスキルとその習熟だろう。

『フラン、俺たちは強くなった。でも、上には上がいて、今のままじゃ勝てない相手も多い。俺も、お前も』

(ん)

フランが頷く。フランも痛いほどに理解できているのだ。

『だから、強くなろう』

(わかった！　じゃあ、修行？)

『そうだ。俺は魔石値を。フランは経験値を。今以上にゲットするために、修行をしよう。幸い、良い場所がある』

（どこ？）

『俺にとっての始まりの場所。魔狼の平原だ。どうせ一度行ってみなくちゃならなかったんだ。だったら、そこで修行もしよう』

（ん！　もっともっと、強くなる。次こそ、最後まで師匠と一緒に戦う！）

まあ、それも王都の騒ぎが落ち着いたらだけどな。

そうして会話をしつつ、フランがカレーを食べ終わる頃。エイワースとフォールンドの話も一段落していた。

「つまり同士討ちが伯爵の娘を倒し、面倒を避けてすでに去ったと」

「ああ」

「そうか……。まあ、被害は貴族共に集中しておるし、あのレベルの化け物どもが争ったにしては被害が少ない方ではないか？」

エイワースが事も無げに言い放つ。

あ、あれでか？　貴族街の何割かが更地になって、王城にデカい穴が開いたんだぞ？

だが、それはフォールンドも同様の意見であるらしい。エイワースの言葉にうなずいている。

「すごい被害が出た」

「ふん。下手をすれば、王都含めて、周辺に被害が出ているところだぞ？　それが都市内の一部が被害を受ける程度で済んだのだ、むしろ想定よりも被害が少ないと言えるだろう」

最悪を考えてみれば、それよりは大分マシなんだろう。

だが、それでも被害が甚大であることは確かだった。怪我人も出ているだろうし、財産を失った人も多いはずである。

周りで誰が聞いているかも分からないのに、大声でこういう言葉を言い放っちゃうのがエイワースだよな。

「はぁ。王都はどうなっちまうんだろうねぇ」

ステリアの表情も暗い。

「それに、侯爵が反乱となれば、混乱も大きいだろうし……。怪我人や死人も相当出ているんだよ」

ステリアの言葉を聞いたフランが、スクッと立ち上がる。

(師匠、行こう)

『どこにだ?』

まさか今すぐ修行に行こうというわけじゃないよな？　目が覚めたとはいえ、まだ完全回復ではないんだ。できればもう少し休んでいてもらいたい。

(怪我した人を助ける)

最終決戦の最中に寝ていたことを、やはり気にしているようだ。それに、少し寝たことで魔力もちょっとは回復しているのだろう。やる気に満ちた顔である。

『うーむ……』

だが、救助活動というのはかなりの重労働だろう。魔力も体力も必要だ。とても病み上がりの仕事ではない。

だが、フランが自分の意思で人を助けたいと言っているんだ。これは止められなかった。

『……わかったよ。じゃあ、エリアンテのところに行こう』

怪我人が集められている場所があれば、そこに行けばいい。まだ発見されていない怪我人の救助も急がなくてはならないが、そちらはギルドや騎士団も頑張るだろう。

ただ、問題が一つ。

『ガルスをどうするか……』

(ウルシに乗せていく)

『いや、さすがにそれは無理だ』

意識を失っているガルスは、長い監禁生活と魔薬の投与によってかなり衰弱している。

連れ回すことは厳しいだろう。ここまでは避難ということで無理をさせたが、これ以上の無理はさせられない。

「む……」

「どうしたんだい?」

「怪我人を助けに行きたい。でも、ガルスを連れてはいけない」

「ガルス師の体はかなりボロボロだからねぇ。それに、今後の立場もどうなることか……」

ガルスを見ていたステリアが、悩まし気にため息をつく。実際、ガルスはどの程度の罪に問われるんだろうか? 魔薬と神剣の力で操られていたとはいえ、彼が製作に関わったと思われる疑似狂信剣で、大きな被害も出ている。

情状酌量となるのかどうか? それとも重罪と断じられるのか? 法律や政治的判断も関係してくるだろうし、全然分からんな。

「どうなろうともあんたからの依頼はまだ有効だし、それがなくったって今のガルス師を無下には扱わないよ。冒険者ギルドがしっかりと守るから、安心しな」

「そうだ」

フォールンドも一緒にうなずいている。エイワースもだ。

「これだけの混乱が起きておる最中に、そやつを罰するような無駄な真似はせんと思うがな？　それよりも恩に着せて、国のために働かせた方がマシだろう」

なるほど、それも一理あるのか？

「それに儂の雇い主たちも、そやつを守るために儂を派遣したんだ。任せておくがいい。そもそも、魔薬の治療をできる者など儂をおいて他にはおらん。ここに置いていけ」

『フラン、エイワースは信用できないが、フォールンドとステリアは信用できる。ガルスのことはギルドに任せよう』

「……わかった」

フランも納得したらしい。エイワースを睨みつつ、僅かに頷く。

「ステリア、お願い」

「ああ。そっちも皆をよろしく頼むよ」

その後、俺たちはエリアンテの下に向かい、怪我人の収容されている場所を教えてもらった。

どうやら何ヶ所かに分かれているらしい。向かった怪我人の救護所は、まさに野戦病院の様相を呈していた。

薬師や魔術師、錬金術師が走り回り、必死に怪我人を癒している。誰もが疲れ切った顔をしているが、魔力回復ポーションを飲んで頑張っているようだ。

(師匠、行こう！)

『ああ、とは言え、まずは責任者に話を通さないと』

(わかった)

いきなり子供が現れて回復魔術を使い始めても、混乱させるだけだろう。

まずは、入り口付近で受付を行っている女性に話しかけることにした。回復魔術が使えると告げると、快く責任者の下に案内してくれる。

この場で皆に指示を出しているのは、なんと宮廷医師の一人であった。彼らは医術と回復魔術、錬金術師に通じる医のスペシャリストであるらしい。王の命令で、医師長以外は民の救護に回っているそうだ。

忙しくしている宮廷医師の男性に、案内してくれた女性が声をかける。

「あのー」

「む、何か問題ですか？」

「いえ、こちらの少女が手伝いを申し出てくださいまして」

「ほう？　冒険者のようだが、回復魔術を使えるのですか？」

「ん」

フランが頷くと、男性が目を輝かせる。

「それはありがたい！　今は一人でも多くの癒し手が必要ですからね！　どの程度の術が使えるのです？」

「グレーターヒールまでは行ける」

「なに？　治癒魔術の使い手ということですか？　ほ、本当に？」

「ん」

「おお！　素晴らしい！」

プライドが高そうな男だったので邪険にされるかとも思ったが、あっさりと受け入れられた。今はプライドやら縄張りやらを気にしている場合じゃないと分かっているのだろう。

「まずは緊急度の高い患者から見てやってもらえますか？　マナポーションはできるだけ用意するので！」

「わかった」

そうして、俺たちは王都の内外にある救護所を飛び回り、患者を癒して回った。

今までの俺たちであれば魔力が足らなくなっていただろうが、ファナティクスを共食いしたおかげで俺の魔力量が大幅に増えているうえ、全快に近い。そのおかげで、フランは各地の宮廷医師たちが驚く勢いで患者たちを癒していった。

後半にはかなり心配されてしまったほどだ。どうもマナポーションをがぶ飲みして、無理をしていると思われたらしい。

道中で瓦礫の山から救い出した人を含めれば、五〇〇人以上は癒しただろう。

癒された人の中にはそのまま救護所に残って手伝いをしている人も多く、再びフランが戻ってくると手を合わせて拝む者までいた。

どうやら、身を削って献身的に人々を癒す黒猫族の少女として認識されてしまったらしい。とは言え、個別に対応している暇もなく、軽く手を振る程度しかできなかったが。

後半になるとさすがに疲労の色が見えてくるが、フランのやる気はマックスのままだ。皆を救い、感謝されることが嬉しいらしい。

『少し休憩しなくて平気か？』

「平気！」


夜半となり、ようやくフランはギルドに戻ってきていた。

フランはもう少し頑張るつもりだったんだが、宮廷医師から休むように懇願されたのだ。

緊急の患者は取りあえず癒し終わり、フラン以外の人たちだけでも救護所が回るようになっている。

確かにもうフランが無理をしなくてはいけない時間は過ぎただろう。

『たくさん助かってよかったな』

「ん！」

「おい！　お前！」

ギルドに入ろうとしたフランの前に、三人の男が立ちはだかっていた。

ガタイのわりには気配の消し方もなっていない雑魚がいるなーと思っていたんだが、フランに用事があったらしい。

「お前が黒猫族の癒し手だな！」

「？」

真ん中にいた小太りの男が、尊大な態度で話しかけてきた。

「回復魔術を使い、平民どもを癒しているのだろう？」

「ん」

「喜べ。貴様を我が男爵家に家臣として迎え入れてやろう！　その力、今後は我がためだけに使うがいい！」

勧誘か。いや、勧誘か？　こいつの態度で「家臣になります！」って言うやつはいないと思うが。

まあ、少なくとも善良な貴族って感じではなさそうだ。

「今は平民を無料で治療させられているそうではないか！　我が下に来れば、今後はそのようなことはないぞ！　貴族や商人相手に商売をすればいいからな」

「どういうこと？」

「我が指示した相手だけに癒しの力を使えばよいということだ！　強力な癒しの魔術の恩恵に与りたい者は多い。いくらでも値を釣り上げられよう。我が家の伝手を使えば、商売相手には事欠かんぞ。ああ、心配するな貴様にも十分な見返りは約束してやる」

「じゃあ、お金を払えない人は？」

「貧乏人など知ったことか。治療代も払えぬ者が多少死んだところで税収にも影響はあるまい！」

あー、スゲー馬鹿。何が馬鹿って、フランを金で釣ろうとしたところだ。きちんと情報収集していれば、フランが患者さんからのお礼を自ら断っていることも分かっただろうに。

もっと言えば、勧誘なのか命令なのか分からない尊大な態度の時点で、典型的な馬鹿貴族だと分かるが。後ろにいる護衛たちまでもが、貴族の言動に呆れた顔をしているのが分かる。

だが、さすがは馬鹿貴族。フランや周囲の呆れ顔に気づいていないようだ。

「貴様も今日のような無駄な働きをしたくはあるまい？」

「……」

フランは静かに怒っている。多少上から目線で勧誘されるくらいなら、無視して行っただろう。疲れているし、話をしていて楽しい相手でもない。

だが、弱者を切り捨てるような発言をしたこいつに、フランは激怒していた。

（……殺す）

『まて！　まてまて！　気持ちは分かるが殺すのはマズい！』

（みんなを助けたのが無駄って言ってる。みんな、凄い喜んでた。これで、自分も他の人を助けられるって……。それを！）

あー、けっこうヤバいな。フランの怒りがそれなりに大きい。自分が大事にしている色々な物を、汚された気がしているんだろう。このままだとマジで斬りかねない。

鈍い貴族は気づいていないが、護衛たちは顔を真っ青にしている。

雑魚でも、今のフランの殺気は感じ取れるんだろう。貴族が斬られたら護衛たちの責任問題だ。どちらにせよ、彼らに明るい未来は訪れない。

俺としても、フランがこの貴族を斬るのを止めたかった。後々厄介なことになるのは目に見えているからだ。

仕方ない、ここは俺の念動で――。

「おい」

「む？　コルベルト？」

「そこのお貴族さん。その少女は現在ベイルリーズ伯爵に雇われている。勧誘するにしても、伯爵を通してもらわなくちゃ困るな？」

そういえば、まだ契約解消ということにはなっていないな。形式上、確かにフランは伯爵家に雇われている形になっているだろう。

こんな事態になってしまって、侯爵家のガサ入れどころじゃなくなってしまったが。

「なに？　ベイルリーズだと……？」

「そうだ」

「は、はは。どうせ此度の責を取らされるに決まっておるわ！」

「じゃあ、無理にでもその少女を勧誘しますかね？　伯爵家を無視して？」

「う……」

男爵とその護衛が目に見えて狼狽（ろうばい）した。どう見ても無能な男爵と、今後どうなるか分からないものの、この国の武門の一角を担っていた伯爵家。勝負にならないだろう。

男爵が護衛二人をチラ見すると、男たちは青い顔で首をブンブンと横に振った。

この程度のやつらにコルベルトの実力を見抜けるとは思えないし、多分最初からコルベルトのことを知っていたのだろう。

「く……。もういい！　獣人など、そもそも我が家に相応しくなかったのだ！」

結局、男爵はすごすごと逃げ帰り、この場でフランに斬られずに済んだのだった。

「ちょうどいいタイミングだったな」

「……ん」

「どうした？　不満そうだな？」

「あいつ逃がした」

「おいおい、フランは大分名前を売ったんだ。これからあんなやつがいくらでも湧いて出てくるぞ。そいつら全部叩きのめすつもりか？」

「叩きのめす違う。斬る」

「馬鹿！　そんなことしてたら、あっと言う間に指名手配だぞ！　ああいうのは無視しとけ」

そうそう。もっと言ってやって。馬鹿って言ったことは不問にしてやるから！

「おっと、俺も用事があるんだ。伯爵から伝言だ。今回のことは色々と済まなかった。契約はこの時点で完了したことにする。ただ、他の貴族からの勧誘を断る際に、ベイルリーズ家の名を出しても構わない。だそうだ」

それは有り難い。王都にいる間の虫除けにはなりそうだ。まあ、ベイルリーズ伯爵家が取り潰しになったりしたら効果を無くしてしまうだろうが。

「じゃあ、いくぜ？　俺みたいなもんでもできる仕事がまだまだ残っているからな」

「ん」

「……カレー師匠は、残念だったな」

「？」

あ、そういえばまだ誤解を解いていなかった。コルベルトは俺がベルメリアと戦い、死んだと思っているはずだ。

「惜しい人を亡くした……」

『フラン、コルベルトは俺が死んだって勘違いしてるんだ。誤解を解いてくれ』

「師匠は死んでないよ」

フランがそう言うと、コルベルトが一瞬疑問符を浮かべ、そしてすぐに何かを悟った顔で頷く。

「ああ、そうだな」

「ん」

「遺志を受け継ぐ者がいる限り、その人は死なねーよな」

あ、全然誤解解けてないや。

だが、フランに再度訂正してもらう前に、コルベルトは去って行ってしまった。

「……コルベルト変な顔してた」

『次会ったときこそ、ちゃんと伝えような』

「ん」

コルベルトを見送り、改めてギルドへと入ろうとした、その時であった。

「ぬ」

フランが体を引いて、扉の前から一歩横にずれる。その直後、凄まじい勢いで何かが扉から飛び出してきた。

そのまま地面をゴロゴロと転がり、道の真ん中で止まる。

「うぅ……」

何かというか、人でした。冒険者だな。しかも結構強い。ランクCくらいの実力はあるのではなかろうか？　鑑定してみるが、意識を失っているだけだ。死にはしないだろう。

「ギャ、ギャレス！　大丈夫か！」

　吹き飛んできた冒険者、ギャレスの後を追って、今度は小太りの男が走り出てくる。今の冒険者の仲間かな。いったい冒険者ギルドの中で何が起きている？

「む、殺気？」

　フランが鋭い表情で、身構えた。ギルドの中から、フランが警戒するほどの強烈な殺気が放たれていたのだ。

『もしかして侯爵の残党の襲撃か？』

「ん。いく！」

『気を付けろ！』

　フランが慎重にギルドの扉を開けると――。

「この緊急事態に何かと思えば下らない話で時間無駄にさせてくれたわねぇ！　劇場も破壊されて、ただでさえ絶望してるのに！　殺されないだけ有り難いと思いなさい！」

　殺気の主はエリアンテだった。紫色の髪を振り乱し、鬼の形相でギルドの入り口を睨んでいた。

「どうしたの？」

「あら、フラン？　ごめんなさいね。ちょっと馬鹿どもと間違えちゃったわ」

「今、外に出てったやつら？」

「そうよ。ほんとうに無駄な時間を過ごしたわ！」

　かなり怒っているな。目が据わっている。

「何があった？」

「あいつらはね――」

まだ怒りが収まらないのか、エリアンテは今の男たちの所業を早口でまくしたてる。

何とか聞き取った情報を纏めると、小太りの男の方の名前はデスラ。王都のすぐ近くにある宿場町のギルドマスターであるらしい。冒険者や支援物資を携えて、自ら乗り込んできたそうだ。そこまでなら仕事熱心なギルドマスターで済む話なのだが……。

あのギルドマスターは、常々王都のギルドマスターの座を狙っているらしい。また、女であるエリアンテがその重要な場所を任されていることも気に入らないそうだ。

結果、会えば嫌味を言ってくるのだが、今日に限ってはそれで終わらなかった。デスラは今回の騒ぎの責任はエリアンテにもあると糾弾し、その座を自ら降りるように圧力をかけてきたのだ。

しかも「やはり女ではだめだ」とか「女がマスターでは他の冒険者が可哀想だ」とか、散々言いまくったそうだ。挙句の果てにランクC冒険者を使って脅しまでかけてきたらしい。

「エリアンテに脅し？」

しかもランクCで？　いや、フランみたいなランクCもいるけどさ……。あの男はどう見てもランク相応だった。あれでエリアンテに脅し？

「傭兵上がりの女なんて、大したことないって思ってたらしいわよ？　まあ、思い知らせてやったけどねっ！」

それが今の男たちか。

「ギルマス、どうしますか？」

配下の男がエリアンテに処遇を尋ねる。エリアンテの怒りの深さを目の当たりにしたせいか、ギルド内の冒険者全員が借りてきた猫のように大人しかった。自分たちにとばっちりが来ないように、息を潜めている。

だが、ようやくすっきりしたのか、エリアンテは手を軽くヒラヒラ振って男たちを解散させた。

「この緊急事態にアホなこと言って事態を混乱させようとしたボケなんか放っておけばいいわよ。大物ぶってるけど他の支部のギルマスにも嫌われてるし、報告すりゃどうせ罷免だし」

「ふーん」

その辺の事情は興味がないフランは、エリアンテの言葉を受け流す。今のフランの興味は、エリアンテの髪の毛に向いていた。

「その髪の毛、なんで色が変わるの？」

そう、エリアンテの髪の毛は普段は青いんだが、戦闘中には紫色に変化するらしい。今も紫色だ。

「ああ、これ？　戦闘色ってやつらしいわ。蟲人にはたまにいるらしいけど、私も少しだけ受け継いでるの。好戦的な気分になると変色するのよ」

蟲人や半蟲人全員がそうなるわけではなく、一部の種族だけであるらしい。しかも半蟲人は個体差が大きく、同じ種類の蟲の力を受け継いでも、能力や姿が大きく違うそうだ。

「戦闘形態に変身する場合もあれば、全く姿を変えないやつもいる」

「広場にいた傭兵みたいに？」

「そうよ」

堅海老のロビンと飛蝗のホッブスは、通常は人間に近い姿で、能力を発揮する場合には変身するタイプであるらしい。蜉蝣のエフィと蚕のシンゲンは普段から蟲としての特徴が強いが、それ以上は変身しない。そして牙蟻のアンは人間に近い姿で、変身もしないそうだ。

「エリアンテの友達？」

「……まあ、旧友ってとこかしら」

実は俺、少しだけ話を聞いちゃってるんだよね。全滅した傭兵団の生き残りであるらしい。これは、あまりそのことについて触れない方がいいだろう。

『フラン、とりあえず俺の死亡説を否定しておいてくれ』

「エリアンテ、師匠は――」

「ギルマス！　鷹が届いた！」

フランの言葉を遮るように、ギルドの二階から降りてきた男が叫んだ。その手には一枚の手紙を握っている。興奮しているのか、ちょっとクシャッてなってるよ。

他の場所から、伝書鷹によって運ばれてきたようだ。

「どこから？」

「北の国境線です。送り主は――アレッサのギルドマスター！」

「！　もしかしてレイドス？」

「はい！　レイドス王国の威力偵察と思われる部隊が国境を越えようとし、アレッサの騎士団が迎撃に出たと」

まじか！　タイミングが良すぎないか？　もしかしてファナティクスはレイドス王国ともつながっていたのだろうか？

「それで！　どうなったの！」

「は、はい。騎士団にランクB冒険者のジャン・ドゥービーが同行し、レイドス王国軍を殲滅したそうです！」

その瞬間、ギルドの中は、冒険者たちの発した感嘆の声で満たされた。

そして、すぐに喝采が起きる。嘘だと思っている冒険者は一人もいないらしい。

いくら騎士団と連携しているとはいえ、一人でレイドス王国の部隊を殲滅するなど、とてもランクB冒険者の戦果とは思えないんだがな。

「ふぅ。さすが皆殺ね！」

そういえばジャンには物騒な二つ名があるんだった。

「ジャン凄い」

「やつは対軍隊戦では特例でランクA扱いが認められている男よ？　その後に控えていたはずの本隊ですら単騎で葬ることができるのに、威力偵察部隊程度は敵じゃないでしょうね」

どうやらあの含み笑いの怪しい死霊術師に、クランゼル王国が救われたらしい。

実際、戦場ではジャンの死霊魔術は相当強いだろうからな。今回も、死霊の軍勢が猛威を振るったらしい。

「私はこの報告を王に届けるわ！　あなたたちも各所に伝えなさい！　今は明るい話が必要よ！」

エリアンテが部下たちに指示を出すと、自分もギルドを飛び出していってしまった。

『うーん。また、勘違いを訂正できなかったな……』

Side　ベルメリア

「……ぁ」

体が、動かない？

ここは、どこ？

「ベルメリア。目を覚ましたか？」

フレデリック？

「ぅ……ぁ……」

ダメ、声も出ない。指すらまともに動かせない。

私は、どうしてしまったの？

「アースラース殿。ベルメリアが気づいたようです」

「お？　そうか。よかったな」

この鬼人は……！　敵！　こいつは！

「ぐ……！」

私の体は、どうしてしまったの？

それに、この鬼人の男性は？

一瞬、敵だと思ったけど、なんで私はそう思ったの？　初対面のはずなのに。

いえ、初対面、なのかしら……？

どこかで、出会って……？

「ベルメリア、すまなかった。守ってやれなくて」

「？」

「俺は、護衛失格だ！」

何を言っているの？　私の手を握って涙を流すフレデリックを、鬼人が宥めてくれた。

「まてフレデリック。あれだけのスキルを無理矢理使っていたんだ。反動が凄まじいはずだ。記憶もまともに残っているか分からん」

「そ、そうでしたね。つい……」

「嬢ちゃん、ちょいと失礼するぜ」

鬼人の男性が、私の額に手を置いた。

その冷たい手の平が、心地いい。ああ、私、熱があったみたい。

それに、フレデリックがアースラースと呼んだわよね？

あの、アースラース？　確かに鬼人だけど……。

「峠は越えたが、しばらくは安静が必要そうだな」

「そうですか……。ベルメリア、無理はせずにしばらく休むもう」

「……ぅ」

本当に私はどうしてしまったのかしら？　頷くことさえできない。

確か、お父様と喧嘩をして……。そうだ。そのあと、襲撃があったのだ！

剣の刺さった剣士にさらわれて……。

そのあと、どうしたのかしら？

確か、折れた剣を握らされて――。

「！」

痛い！　頭が、割れる！

「おい！　嬢ちゃん！　どうした！」

「ベルメリア！」

ああああああああああああ！　そうだ！　私は！　私はファナティクスに！　そして、王都を！　私が！　この手で！

「ぁぁ……！」

「ヤバい！　記憶が変に戻ったのかもしれん！　嬢ちゃん！　嬢ちゃんは悪くないんだ！　自分を責めるな！」

「ベルメリア！　今は何も考えるな！」

私が大勢殺した！

お父様の部下も！　冒険者も！　関係ない人も！

「やばい！　神竜化しかけてる！　暴走しちまうぞ！」

「ど、どうすればいいのですか！」

「ちっ！　フレデリック、嬢ちゃんを眠らせろ！　大人しくさせるんだ！」

「ベルメリア！　すまん！」

なんてことをしたの！　私！　私！

私は……――。

「寝たか？」

「いえ、鎮静系の薬を使っただけです。今の興奮状態で、睡眠系は効かないでしょうから」

「これは、しばらくは王都のことは思い出させないようにするしかないな」

「申し訳ありません」

「なに、成り行きだ。気にするな。いざという時、俺じゃなきゃ抑えられんしな」

「まさか、神竜化のスキルが、残るとは……」

誰かが、何か喋ってる……。

なんか、凄く怖いことがあった気がするけど、何があったんだろう？

思い出したくないくらい、怖いことが……。

でも、この声はとても心地いい。この人たちの声を聴いていたら、不安が消えて……。

とても、眠い……。寝ても、いいよね……？

ごめんなさい。あれ？　どうして、私謝ってるの？

ああ、もう無理。おやすみなさい……――。

第六章　クランゼル王

あの激戦から二日経った。

未だに落ち着いたとは言えない王都であったが、もう侯爵の手の者は残っていないらしい。少なくとも、組織だって抵抗する者はいなかった。

だが、争い事がないわけではない。住む場所、日々の食事、医薬品。全てが不足しているのだ。これで揉め事が起きないわけがなかった。

特に深刻なのが、居住スペースである。

家を失った人々のためにテントが仮設で立てられたのだが、その数が足りなくなってしまったのだ。大きな原因の一つは、貴族が少人数で一つのテントを占有することだった。本来なら二〇人近くが入れる大テントに、貴族一人にお供が二、三人。そんな状態の場所がいくつも存在したのだ。

俺としては貴族なんぞ一つにまとめて押し込んでおけと思ったんだが、そうもいかないらしい。

まあ、平民と貴族を同じ場所に押し込んだら、むしろ平民にとって拷問だという話は理解できる。毛布だけもらって、道端で寝た方がマシだろう。

だが、貴族同士でも爵位によって差を付けなければ、面子の問題に関わるそうだ。そして貴族というのは冒険者以上に面子にこだわる生き物らしい。伯爵と男爵を同じ待遇というのは許されなかった。緊急時であるからこそ、そこを蔑ろにはできないそうだ。

結局、平民たちの多くは早々に知人の家などを頼ってテントから出ていってくれたのでなんとかなったが……。馬鹿な貴族の中にはせっかく譲ってもらったテントにケチを付けて、こんな場所に泊まれるかと言い出すやつも出る始末だ。

権力を笠に着て平民から家を徴発しようとする貴族もいて、小競り合いも起きていた。平民と貴族の溝は深まる一方である。

また、強烈な砂塵も、民を悩ませる要因の一つだった。元貴族街の荒れ地から風で舞い上げられ、飛んでくるらしい。

フランが砂塵を防ぐための風の結界を避難所などに張ると、大変喜ばれた。ああ、自分たちのところにも張れと命令してきた貴族の言葉は無視したよ？　丁寧に頼んできた貴族のテントには、ちゃんと張ってあげたけどね。

物資不足については各地から支援が送られてくるはずなので、多少は緩和されるだろう。すでに近隣の町などからの食料支援や警備兵の増員が届いているようだ。今後は国中から物資や人手が送られてくることだろう。

王都内では冒険者や兵士が瓦礫の撤去などに駆り出され、騎士たちも治安維持に努めている。

王族も無事だったらしく、住宅街にある貴族の別邸で執務を行っているそうだ。よく漫画などで「王には臣下を守る責任がある！」とか言って落城寸前の王城に残ったりする王様がいるけど、あれは獣王並みの強者でない限りは愚策だよな。

どう考えても、逃げ延びて、その後の復興指揮を迅速にとってくれた方が国や民のためだ。

「待たせたな」

「平気」

「ああ」

俺たちは現在、ベイルリーズ伯爵の下を訪れていた。とは言え、伯爵邸は消滅している。彼は騎士団の詰め所の一角に居を構えていた。

罷免されたりすると思っていたんだが、緊急時故に未だ沙汰が下されてはいないらしい。そこにフランとフォールンドが呼ばれていたのだ。

「それで、何の用?」

「ああ、とりあえず今回の顚末を教えておこうと思ってな。お主らには本当に世話になった」

ベルメリアが実は生きていて、アースラースが連れていったという話はすでに伯爵に伝えている。

彼の嘆きは大きかったが、死んでいるよりはましだと理解しているらしい。追ったりはしないということだった。

ただ、半邪竜人であるフレデリックだけは、その話を聞いた直後には姿を消してしまっていた。ファナティクスにやられた傷が深かったはずなんだが、いつの間にかいなくなっていたらしい。彼の忠誠は伯爵よりも、ベルメリアに向けられていたのだろう。

「まずはどこから話したものか……。ガルス殿だが、今回の一件でのお咎めは無しとなったぞ? しばらくは護衛兼監視が付くがな」

「本当?」

「ああ。操られていた彼に、罪はないという形で落ち着いた。まあ、これだけの混乱が起きている最中に、彼を罰するような無駄な真似はできんからな」

「どういうこと?」

「国王陛下は、良くも悪くも国家の利益を優先する方だ。国力と国威、双方に傷を負った今、これ以上のダメージは絶対に看過できんだろう」

まあ、北にはレイドス王国があるわけだし、今回のことで国内の貴族が絶対的に裏切らない保証も無くなった。この状態で、さらに国力が低下することは避けたいだろうな。

だが、それがガルスに関係するか？

「最も神級鍛冶師に近いと言われ、今回は実際に神剣に触れた鍛冶師だぞ？　罪を不問とし、国のために働かせた方がメリットがある。それに、冒険者ギルドとの兼ね合いもある」

「？」

フランは首を傾げているが、フォールンドはその言葉でピンと来たらしい。

「恩か」

「その通りだ。国内の冒険者の中にはガルス殿に恩を感じている者が非常に多い。罪に問えば、面白く思わない冒険者も多いだろう」

俺たちがガルスに出会ったアレッサでもそうだったが、彼はクランゼル王国内を巡りながら、冒険者たちに自分の作品を格安で販売していた。見どころがあると思えば、下級ランクの冒険者相手でも良い装備を揃えてやっていたそうだ。俺たちも覚えがある。

クランゼル王国内では、駆け出しのときにガルスの世話になったという冒険者も多く、恩を感じている冒険者も相当数いるらしい。

「この国は冒険者が非常に多い。元々はレイドスの失策で流出した冒険者を取り込むことに成功したからだが、その後は冒険者を優遇する政策で定住化に成功している」

「へー」

「フラン、分かっていないな？　冒険者がこれだけ多い国は稀なのだぞ？　そもそも、現役ランクAが五人に、元ランクAが一〇人以上も居る国など、他にはそうない。まあ、減ってはしまったが……」

俺たちはクランゼル王国や、国王自身が冒険者である獣人国しか知らないが、ここまで冒険者が優遇される国は中々少ないらしい。

特に冒険者にかかる税金が安く、非常に暮らしやすいそうだ。

「そんなクランゼル王国だからこそ、騎士や兵士のレベルが低いという問題点もあるがな。まあ、それはいい」

なるほどね。冒険者が多いと、騎士たちが魔獣を狩る機会が少ないのだろう。そのせいで、騎士たちのレベルが上がり辛いのか。

元々騎士たちは人間相手の仕事がメインなのだろうが、この国ではより明確に棲み分けができてしまっているらしい。

「ともかく、元々冒険者の力が強いこの国で、今後はさらにその力を借りる必要がある。必然、冒険者の重要性が増すだろう」

そんな中、冒険者の機嫌を損ねることは絶対にできないということだった。今までのガルスの行いが、彼を救ったということだろう。

また、ベイルリーズ伯爵自身も、あまり大きな処罰はされないらしい。騎士団長職は解かれるものの、伯爵家には多少の金銭の支払いと労働力の供出が科せられる程度であるそうだ。

「私自身は領地召し上げ、並びに蟄居くらいは覚悟していたのだがな……」

反乱を未然に防ぐことができず、王都内での大量破壊を許したのだ。しかも娘が実行犯である。騎士団長として何らかの責任は取るべきだと考えているのだろう。本来はそうなってもおかしくはなかったはずだ。

しかし、王の決断は違っていた。細かい罪や職務怠慢に問うことでより大きな混乱を招くよりは、全ての罪をアシュトナー侯爵やファナティクスに被せることで早々に事態を沈静化させ、その後の復興に尽力させる方が建設的であると考えたらしい。

人手が足りない現状で、無駄なことに労力を割く愚を避けたのだろう。この辺が王政だよね。ある程度は王の匙加減でどうにでもなる。

だったら、ベルメリアも許されるのでは？　そう思ったが、そう簡単な話ではなかった。

「娘が直接与えた被害が大きすぎる。しかも王城を破壊したのだぞ？　いくら操られていたとはいえ、さすがに不問とはならん。かなりの人数に目撃されているしな」

確かに、自爆した剣士たちとベルメリアでは、被害の桁が違いすぎるか。金額的にも人的にも、ベルメリアは暴れ過ぎた。

彼女の罪を不問としては、示しがつかないということだった。

「最終的にはアシュトナー元侯爵や、それに与する者たちの領地は一時的に直轄地とされ、再分配されることになる」

そうやって、今回損害を被った貴族たちの補填とするのだろう。

「それでだ、実は二人に王からの召喚状が届いている。本日、執務を執り行っている屋敷に来るよう

に と仰せだ」

　は？　王？　王様ってことか？

「なんで？」

「はぁ。お前は自分の影響力を分かっていないのか？」

　元々フォールンドは英雄として名高かったが、人々を癒して回ったことでフランの名声も高まっているらしい。しかも、フランがウルムットの武闘大会で入賞した黒雷姫であるという話は、すぐに広まってしまった。

　そのせいで、今や王都内でもフォールンドに並ぶ知名度を誇っているそうだ。

　俺たちはここ二日間は民衆のいない場所で瓦礫の撤去などを行っていたせいで、全く知らなかった。町に出ても、転移や空中跳躍で高速移動していたしな。人々から声援を掛けられる機会が、ほぼなかったのだ。

「しかもフォールンドにはお前の師匠が助力していたそうではないか？」

　なんと、フランの師匠――つまり俺が命を捨てて王都のために働いたという話も広まっているらしい。確実にエリアンテとコルベルトの仕業だろう。忙しすぎて誤解を解く暇がなかったんだが、まさかこんな事態になるとは。

「陛下が、王都を救った英雄たちを労いたいとおっしゃってな。まあ、ここで英雄との良好な関係を民にアピールしたいのだろう」

　やっぱり政治が絡んでいるのか。めんどくせー！

　フランも同じように考えたらしく、それが表情に出てしまったようだ。ベイルリーズ伯爵が苦笑いしている。

「ああ、大丈夫だ。陛下も冒険者相手に完璧な礼節など求めていない。むしろ、英雄たるお前たち二人を怒らせるような事態になれば、冒険者ギルドも黙っていないだろう。それも分かっているはずだし、少し会話をする程度だ」

どちらにせよ、王からの招きを断ることなどできはしないだろう。事前に情報を聞いていれば逃げることもできたかもしれんが、呼んでいると面と向かって教えられて、逃げたらまずい。

面倒ではあるが、ここは承諾するしかなかった。

それから数時間後。フランとフォールンドはとある屋敷の中にいた。

さほど広くはないものの、品のある調度品でまとめられた、清潔感のある屋敷だ。

その廊下を、先導されながら歩くフランとフォールンド。屋敷内には、妙な緊張感が漂っている。

ここは、現在、王が避難している屋敷であった。

この屋敷から方々に指示を出し、政務を執り行っているらしい。

有事扱いということで、正装などでなくても構わないと言われており、二人の格好はいつも通りである。

ただし武器を携帯することは許されないので、俺は腕輪に変形していた。これなら取り上げられることは無いだろう。

時間的にはディナーには少し早く、ティータイムには少し遅い、そんな時間である。

本当に簡単な会話をするだけで済みそうなのは、ありがたかった。

反乱があった直後ということで、屋敷内には大量の騎士が配置されている。圧力さえ覚える緊張感のだろう。

の正体は、彼らが発する威圧感だった。防衛に向かない屋敷を守護するため、かなり気を張っている

客扱いのフランたちにも、警戒をにじませた態度で接していた。

とはいえ、フランたちも彼らの重責は承知している。不機嫌になったりはしない。それどころか、これから王様に会おうとしているとは思えないほど、いつも通りの様子である。

『フラン、さすがに王様には敬語だぞ？　これはマジでだ』

「ん」

『というか、余計なことは喋らないようにな？』

「ん」

あー、心配だ！　本当に大丈夫か？　だって、相手は王様だよ？　キングだよ？

『本当だな？　無駄なことは話すなよ？　何が不敬扱いになるか分からんからな？』

「わかってる」

フォールンドは慣れているらしいが、フランは初めての経験だ。いざとなると不安だった。

いや、獣王には会ったことあるんだけど、あれって王様の括(くく)りに入れちゃいけない気がする。少なくとも普通の王様じゃないはずだ。

『フォールンド、最悪フォローしてくれ！　たのむ！』

(任せておけ。それにこの国の王は愚物の類ではない。狙って無礼を働かなければ、問題はない)

『だけどさー』

だって、フランだぞ？　貴族相手に初対面でタメ口利いちゃう娘だぞ？　どれだけ心配しても心配

し足りなかった。

『最悪、国外脱出も視野に入れねば……』

「だいじょぶ。任せて」

「心配過剰」

君ら、どうしてそんなに落ち着いていられるんだ……。

しかし俺がどれだけ心配しようとも、謁見の時間はやってくる。

フランたちを先導していた侍従の男性が、大きな扉の前で立ち止まったのだ。本来であれば、来客用の食堂として使用する部屋だろう。大きさ的に謁見の間に近いここを、臨時の謁見室として改装しているようだった。

「この先に王がお待ちである。粗相のないように」

「ん」

「は」

「……まあよい」

侍従の爺さんが「こいつら大丈夫か」っていう顔をしたな。同感だよ！

『フラン、練習した通りだぞ？』

(ん)

そして、扉が内から開かれると、やはり簡易的な謁見室となっていた。

王が屋敷を接収した後に改装したのだろうか？　扉からは、どこかからか持ってきた赤い絨毯(じゅうたん)が真っすぐに延び、その先には玉座まで置いてある。

獣人国で見た玉座に比べると地味に見えるが、十分に玉座と呼べる大きさと豪華さだ。

その玉座に、ちょっと場違いなくらい豪華な衣服を着込んだ、壮年の男性が座っていた。偉い聖職者が着ているような、分厚くて動きづらそうな赤いローブ。足元もキンキラキンなサンダルだ。そして、頭部には小さい王冠が載せられている。日常使い用の簡素なタイプなのだろうが、まじで頭に冠を載せてるんだな。ちょっと感動してしまったぞ。

年齢は五〇歳くらいかな？　ちょっと生え際は後退しているが、体はそれなりに鍛えられている。まあ、戦士レベルとまではいかないが。少なくとも節制はしているようだ。酒池肉林の暴君ではなさそうである。

俺の中でこの世界の王族は強者のイメージなんだが、どうもこの王様は違うらしい。まあ、比べるのがランクS冒険者の獣王とか、神剣を所持しているフィリアースの王族だからな……。

左右には騎士たちと貴族風の男たちが数人並んでいる。

貴族の半数はフランたちを見下したり、苦々しく思っているのが分かった。しかし残り半数は明らかにフランとフォールンドを歓迎してくれていた。

しかも、貴族たちの中でもより豪華な服を着た位の高そうな貴族ほど、その傾向が強いようだ。笑みを浮かべている者も多い。冒険者の重要性を分かっている者たちなんだろう。

さすがに護衛の騎士たちは無表情だけど。その騎士の中で最も王様に近い位置に、メチャクチャ強い男がいた。

肌が雪のように白い、銀髪の美丈夫だ。身長は一八〇センチ程度だが、威圧感のせいで大きく見える。しかも発する魔力が途轍もなかった。

SPなどは厳つい外見を見せることで襲撃者を威圧するっていう話を聞いたことがあるが、これもまさに威嚇の類なのだろう。最初から強さを示すことで、馬鹿な真似はするなよと無言で警告しているのだ。

逆にこの威圧を感じ取れない程度の相手であれば、警戒に値しないのだろう。

『にしても、隙が無いな……』

多分ランクAクラスだろう。

王族の前なので、鑑定できないのが残念である。

さすが王様の護衛だ。一分の隙も無く、いつでも王を庇いつつ、フランたちを攻撃できる位置にいる。

「両者、前へ出よ」

侍従の言葉に、フォールンドと並んでフランは前に進み、一礼して跪いた。よし、事前の練習通りに動けているな。

特にフランの所作の優雅さには、貴族たちも驚いている。

まさか冒険者の小娘が、これだけ貴族の作法に則った綺麗なお辞儀を見せるとは思わなかったのだろう。目を見張っているのが分かる。

うんうん。アルサンド子爵からいただいた宮廷作法スキルが役立っているぞ。

そして、フォールンドが口上を述べる。

「御尊顔、拝謁でき、恐悦至極」

フランは無言で首肯するだけだ。侍従にも、それでいいと言われている。どうなることかと思ったが、なんとかなりそうか？

「面を上げよ」

「はい」

「はい」

王様の言葉で、フランたちが顔を上げる。

ここまでは完璧だ。

「この度の働きまことに大儀であった」

「はい」

「はい」

そこからも、予想外の事態などは何も起こらなかった。

王様が堅い言葉をかけ、フォールンドとフランが頷く。それが繰り返され、謁見は淡々と進んでいった。最後に再度お褒めの言葉を頂いて、それで終わりだ。

無駄な会話すらほぼない。あっさりとし過ぎていて、拍子抜けなほどだ。

『クランゼル王国に取り込むような話に持っていくかと思っていたら、全然何もなかったな』

（ん）

『爵位や勲章くらいは提示してくるかと思ったんだが……』

実はエリアンテとも話し合っていたのだ。謁見の場で爵位を与えるという話になってそれを下手に断ったら、いろいろと面倒な事態になることは明白である。そこで、もし爵位をという話になった場合は、獣人国でもらった黄金獣牙勲章を提示する予定であった。

それはこの謁見に限った話ではない。

先日、コルベルトに追い返された男爵を皮切りに、様々な貴族が群がってきたのである。猫耳聖女とか言われ始めているフランを取り込むことが目的であるらしい。

護衛を引き連れて勧誘しに来る前に、復興の手伝いをしろよって思ったが、どうやら重要な仕事を割り振られていない雑魚貴族たちであるようだった。

まぁ、勧誘のときの頭悪そうな態度を見れば、重用されないのは分かるけど。

ただ、その数があまりにも多く、伯爵の名前を出しても引かない者がいたため、エリアンテにどうすればいいか相談したのだ。その結論が、勲章を使うというものであった。

あれは俺たちの想像以上に効力のある勲章だったらしい。エリアンテに見せたら、文字通り飛び上がって驚いていたのである。

他国の勲章であるためクランゼル王国内で強い影響力があるわけではないが、やはり見せられた側はフランが獣人国の紐付きであると考える可能性が高いそうだ。

獣人であるフランが獣人国に属していても全くおかしくはないし、獣人国とクランゼル王国は友好国である。フランに対して無理やり爵位を与えるような、横暴な真似には出ないだろうというのがエリアンテの考えだった。

やっぱり紐付き扱いになってしまうか……。獣人国はフランにとって住みやすい国だし、他国で無理やり爵位を与えられるよりはずっとましだけどさ。むしろ、こういう事態を想定して、獣王はフランに勲章を与えたのかもしれない。

まあ、心配し過ぎだったようだ。謁見は何事も起きずに、静かに終了していた。

なんか、心配のし過ぎで俺痩せてない？　刀身が細くなったり？　ともかく、何事もなくてよかったぜ。

だが、フランとフォールンドが謁見を終えてすぐのことであった。

「お二人とも」

侍従の男性が、屋敷の出口へと案内する途中で立ち止まる。

なんか嫌な予感がするんだけど……。そして、その口から絶対に聞きたくなかった言葉が発せられるのだった。

「別室にて王がお待ちです。こちらへどうぞ」

有無を言わせず、侍従が背を向けて歩き出す。フランとフォールンドが付いてこないなどとは思ってもいないのだろう。いや、ついて行くけどね。

『フラン、まだ敬語のままだからな』

「ん？　わかった」

もしかして分かってなかったか？　よかった！　一応声かけておいて！

そのまま少し遠回りで屋敷内を歩くこと数分。

通された部屋には、いてほしくないあのお方がいた。

「こちらへどうぞ」

「はっ」

「ん」

侍従に言われた通りに、フランとフォールンドが用意されていた椅子に腰かける。

これまた柔らかそうなソファだ。きっと、これ一つで屋敷一つくらいの価値があるのだろう。

フランとフォールンドが連れていかれたのは、応接室のような部屋だった。謁見に使った広間よりもかなり狭く、こぢんまりとした部屋である。

だが、俺の緊張は先程の比ではなかった。

何せ、王様との距離が近い。一応、王の座っているソファと、フランたちの座る椅子は多少離すように置かれているものの、その距離は三メートルもないだろう。

「楽にしてよい。これは非公式の面会である」

なんて王様に言われて、本当に楽にするやつなんて――。

「ん」

ここにいた！　うちの子でした！

いや、まだ肩の力を抜いて、少し体勢を崩しただけだ！　まだ挽回できるはず！

『フラン！　本当に楽にするな！』

(？)

『あー、とにかく、ここはもう少しだけ背筋をシャンとしとけ！』

(わかった)

ふー、危なかったぜ。

ほら！　うちの子、もうしっかりと背筋ピーンですから！　そんな顔で睨まないでよ銀髪の騎士さん！　あんたみたいに強い人にそんな風に睨まれたら、うちのフランがワクワクしちゃうでしょーが！　超強いうえに位も高そうなあんたに絡んだら、洒落(しゃれ)にならんのですよ！

俺がテンパってる間に、王様が再び口を開いた。

「ウィソーラ・ブレド・クランゼルである」

間違いなく、謁見の間で顔を合わせた王その人だ。ただ、それにしては不用心過ぎないか？

気配を探っても、この部屋の中には王と騎士二人、侍従しかいない。普通、隠し扉とかがあって、護衛が控えているイメージだったんだが……。

フランも首を傾げていたのだが、それを王様に見咎められてしまったらしい。

「娘よ、どうした？」

「……護衛がいないのはどうして、ですか？」

「そのことか。我が騎士が、不要と申してな。お主らがやる気になれば、他の騎士など足手まといであると」

そう言いつつ王がフランを見つめる。

「余の目にはそれほど強くは映らんが……」

確証はないんだが、王様自身が鑑定系のスキルを持っているようだな。そして、鑑定偽装の効果で普通の冒険者にしか見えないらしい。

だが、横に控える銀髪の騎士は誤魔化しきれてはいないだろう。

「私と互角以上です」

「ルガがそう言うのであれば、間違いないのだろうな。紹介しておこうか。親衛総隊長にして、王の騎士。ルガ・ムフルだ」

「よろしく頼む」

銀髪イケメン騎士ルガ・ムフルが、フランたちから視線を外さず、軽く会釈した。やはり隙が無い。

「我が国でも有数の強者同士だ。互いに顔を知っておいて損はあるまい？」

王様は「我が国」という部分に妙に力を入れた。やっぱりフランとフォールンドをクランゼル王国に取り込みたいのだろう。

獣王とは大分違った王様だ。

獣王は覇王というか、威風を纏った王者という感じだった。しかし、目の前にいる男性から威圧感などは放たれていない。政治家タイプとでも言えばいいのかね？

だからといって、王としての貫禄（かんろく）のようなものが無いわけではない。上下関係をハッキリさせたわけじゃないのに、自然とクランゼル王がこの場で最も格上であると感じられた。王としての存在感があるっていうか、生まれながらの上位者とでも言えばいいだろうか。

暗愚でないのは良いことだが、油断できそうもないな。

「さて、本題に入るぞ。時間もないゆえな」

そう言って王様が侍従に何やら視線で指示を出す。すると、侍従が小さい箱を二つ持ってきた。三〇センチくらいかな？

フランとフォールンド、両者の前に箱が置かれる。

箱の中には、宝石をあしらった勲章のような物が入っていた。

「その方らを一級特爵に叙す。受け取るがよい」

うわー、ズバッときたね。遠回しに断るとか、そういった手が使えなくなってしまった。狙ってやっているのか？　それとも素か？　表情からは全然読み取れない。

（師匠？）

『あー、ちょっと待てよ。フォールンド、どうする？』

俺はこっそりとフォールンドに相談してみた。こういう時、内緒話が可能な念話は非常に便利だ。

（……ふむ。フランは爵位を受け取りたくないのだな？）

『当たり前だ』

（分かった。任せておけ）

フォールンドは軽く頷く。おお、頼もしい！

「ありがたいお話ですが……」

フォールンドは王様の目をしっかりと見つめ、首を横に振った。

「断ると？」

「以前と、同じです。彼女も」

「ん。お断りです」

ちょっとまったフラン！　言葉が！　宮廷作法スキルのおかげで動きは問題ないんだが、どうしても言葉がね！

俺は慌てて、言い直させた。

「すみません。私は冒険者を続けたい、のです」

「余が与えると言っているのだぞ？」

王様が不快気に眉をひそめる。ルガ・ムフルも発する威圧感を増した。やる気なのか？

この状況、気が弱いやつとか、権力におもねるやつだったら間違いなく頷いてしまうだろう。それほどのプレッシャーが部屋の中に満ちている。うう、無いはずの胃が痛い。

「……生憎」

「もうしわけありません」

短く謝って頭を下げるフォールンドと一緒に、フランもペコリと頭を下げる。

この二人にとって、この程度の重圧がそよ風みたいなものなのは分かるが……。

「……」

ち、沈黙が重い！

クランゼル王は相変わらず不機嫌そうな顔でフランとフォールンドを見ている。

「……ふん。お前の言った通りか、ルガ」

軽く鼻を鳴らすと、つまらなそうな顔でソファに身を沈める王。

「はっ。彼らは冒険者ですので」

「下級貴族どもがいない場所で正解だったな。騒ぎ立てる姿が目に浮かぶわ」

うん？　どうも王様とルガは、フランたちが断ることを予想していたようだな。

「自分の領地がどれだけ冒険者の恩恵に与っているか、分かっていない者が多すぎる。いや、近頃は大領の貴族でさえ、冒険者への配慮ができぬ者が増えてきた……」

どうも、冒険者を快く思っていない貴族がフランたちに敵意を向けないように、あえてこういった場所で爵位を渡そうとしたらしい。もしかして、不機嫌な態度は演技か？　だが、彼らは今も不快気な表情を崩しはしない。

「百剣のフォールンドに関しては、過去にも何度か断っている故、此度もそうなるだろうとは思っておった。だが、黒雷姫フランよ？　そなたは何故断る？　爵位であるぞ？　しかも一級特爵なれば、領地のない伯爵のようなもの。そなたらは領地の運営などが面倒というのであろう？　特爵は貴族年金は付随するが、領地の運営はせずともよい。最大限に配慮しておるとは思うがな？」

つまり、冒険者用の爵位なのだろう。貴族年金を払う代わりに、有事の戦力として国に縛りつける。冒険者ではなくなるのだから、戦争に使ってもいい。そのかわり、冒険者は国の後ろ盾と、名誉を得る。

「お主らは何が不満だというのだ？」

しかし、王様の言葉に対するフォールンドの返答は簡潔であった。

「自由」

「……ふん。余には縁のない言葉だ。だが、金と権力に興味はないのか？　娘よ、そなたはどうなのだ？」

「……そんなもの、別にいらない、です」

「そんなもの……。これだから冒険者というやつらは……！　もうよい。下がれ」

王様を怒らせてしまったかな？　しかし、ルガが何かしようとする気配もない。やはり断られることは織り込み済みだったのだろう。それでも断られれば不満に思うってことか。

そして、退出しようとしたフランたちの背に声がかけられる。

「この部屋であったことは全て忘れよ。余も忘れる」

王様の面子をつぶしたことは不問にしてくれるってことだろう。怒りの気配は収まる様子はないが、敵対する気はないらしい。

『ふぅ。なんとかなったのか？　正直、この国から逃げる覚悟もしてたんだが』

（先日も言ったが、王は国家の利益を優先させる人間だ。俺たちと敵対する愚は犯さんよ。無論、面子を潰されたことに対して報復をする方が利益になると判断すれば、躊躇なく攻撃を命じていただろうがな）

それはそれでどうなんだ？　情に訴えることができないということだからな。獣王とはまた違った意味で、怖い相手だった。

『まあ、なんとかなったんなら、それでいいや』

王様との謁見をなんとか切り抜けた俺たちは、冒険者ギルドにやってきていた。

実はエリアンテに呼び出されていたのである。

冒険者ギルドは凄まじい人口密集率だ。満員電車とまではいかなくとも、休み時間の小学校の運動場くらいの密度はある。

実は、近隣の町から応援にやってきた冒険者たちにより、一時的に町の冒険者の数が倍増しているのだ。しかも寝泊まりする場所が足りていないということで、ギルドのフロアの隅で寝起きしている者たちも多いらしい。

そんな応援冒険者たちにより、ギルドが大賑わいしているのである。

王都の冒険者の間ではすでに有名なフランだったが、それ以外の町から来た冒険者の中には、フランに絡んでくるやつらもいる。

そもそも、王都での瓦礫撤去に派遣されてくる冒険者は、そのほとんどが下位ランクの者たちだ。中には特殊技能や魔術の腕を見込まれてという冒険者もいるが、八割くらいは肉体労働要員の駆け出したちである。

つまり、フランの実力を見抜けない者たちばかりであった。

王都に来てみればそこは想像以上に過酷だ。多分、王都というだけで憧れていたのだろう。しかし実際は、埃にまみれた地味な労働の繰り返しである。

少女をいびって憂さを晴らそうという、性質の悪い馬鹿が出るのも仕方がなかった。

だが、今日は特に絡まれる様子はない。昨日、一昨日と、絡んできたやつをちょっと派手目に可愛がってやったからだろうか？

ああ、労働力を減らすわけにはいかないから、ちゃんと回復魔術で繋いだよ？　そのうえで、真面目に働かないと酷い目に遭わせるって脅しておいた。きっと今頃は良い汗を流しているだろう。

その話が広まったのか、今日は新人が絡んでくる気配は一切なかった。

むしろ恐れの表情を向けられている。

「ステリア」

「ああ、勝手に入っとくれ！」

「わかった」

高位冒険者のレーンをなくして、臨時に下位冒険者レーンを増やしているらしく、今日はステリアも忙しそうにしている。

確かに案内している余裕はなさそうだ。

それにしても、ステリアのところにも行列ができているな。冒険者のイメージ的に、美女のところに列ができて、ステリアのところは閑散という光景もあり得る気がするんだが……。

「あんたたち！　こっち並びな！　うるさいね！　もぎ取られたいのかい！」

なるほど、そういうことだったか。ステリアの威圧スキルに晒された新米たちが、青い顔でステリアのレーンに移っていた。まあ、みんな頑張ってください。

そのままごった返すフロアを抜けて、エリアンテの執務室に入ったのだが……。

「終わらない……。仕事が終わらないぃ……」

『うわー』

「紙の山」

そこには悲惨な光景が広がっていた。

先日から倍増した書類の山と、その山に囲まれた執務机に向かい、幽鬼のような顔で仕事をし続けるエリアンテの図だ。

「エリアンテ？」

「あー……来たのね……。ちょっと待って」

「ん」

それから五分後。

お茶を飲んで少しだけ落ち着いたエリアンテが、フランに何やら書類を差し出していた。

「これは？」

「あなたのランクBへの昇格が決まったわ。その任命書類ね」

「ん？　ランクアップ？　なんで？」

随分と急な話だった。

ランクアップするにはまだ全然貢献度が足りていないはずだ。

「あんたね……。今回、自分がどれだけ働いたと思ってるの？　ゼフィルドたちを全滅させるような化け物倒して、何百人も癒して、瓦礫の撤去にも活躍して……。他にも細かい功績は数えきれないのよ？」

言われてみたら、フランは凄まじく働いていた。アースラースの功績が無かったことにされてしまう以上、冒険者として一番の功労者はフォールンド。次いで、フランとなるらしい。

「あんたが面倒ごとを嫌って、ランクアップに積極的じゃないのも知ってるわ。でもね、今まであんたのランクアップを阻んでた諸々の理由が、今回のことで色々と解消されちゃったのよね」

「どういうこと？」

「元々戦闘力に関しては問題なかった。ランクAクラスの実力があることは間違いなかったし。むしろ、今回の騒ぎで、その裏付けが取れたと言っていい」

侯爵戦をギルドマスターであるエリアンテに見られたからな。実力の確認としては最も確実だろう。模擬戦などではなく、実戦での実力がしっかりと証明されたわけだ。

「そして、問題の一つであった実績不足。王都でこれだけ名を売ったうえ、獣人国で勲章までもらって、不足も何もないわ」

少なくとも、ランクBとしては相応しい程度の実績は積んだってことらしい。

「あとは貴族に対する態度。これも謁見を乗り切ったことで、最低限の礼儀はあると証明されてしまった」

あー、そういうことか。

ランクBになったら貴族に会うことも増えるから、明らかに礼儀のなっていないフランでは不安だという話だったはずだ。むしろもっともな意見である。

しかし、貴族の頂点である王様相手に謁見をこなしたことで、その問題点もある程度は払拭されたというわけだ。

「知り合いの貴族に話を聞いたけど、礼儀作法も完璧だったらしいじゃない？　そこらの下級貴族よりよほど優雅だったたって驚いてたわよ」

最初の謁見の時に、両サイドに並んでいた貴族の一人なのだろう。

「王からの叙爵もきっちり断れたみたいだし？」

「ん。でも、王様怒ってた」

「あの王はそんなことで怒ったりしないわよ。いえ、冒険者に舐められるわけにはいかないだろうし、怒ったふりはするかしら……？　まあ、一筋縄じゃいかない相手だけど、感情で動く相手じゃないから問題ないわ。あんたを敵に回すような馬鹿な真似、するわけないし。そこら辺は信頼していい相手だから」

やはりあれは演技だったのか。というか、王としての威厳を示すための振る舞いだったということだろう。それでいてフランたちを必要以上に不快にさせず、むしろ顔を繋いだ。

いや、自分が不快に思っていると見せつけ、その後全てを不問にしたことで、フランたちに貸しを作ったとさえ言えるかもしれない。

王からの破格の誘いを断った冒険者に、寛大にも慈悲を示した。そういう構図である。

例えば今後、王様から何か依頼があったとしよう。そのとき、「以前、爵位の話を断っちゃったから、この依頼は受けておこうかな？」と考える可能性は高いのだ。

『うーむ、侯爵の反乱を許したせいでちょっと舐めてたが、さすが大国の王様ってことか』

相手はファナティクスだもんな。気づけって言う方が難しいのかもしれない。

「まあ、獣人国の勲章を持っている相手に無体な真似はしないわよ。今後、あの国との外交関係は最重要になる。ベイルリーズ伯爵が軽い罰で済んだのも、獣王への配慮があると言われているわ」

「そうなの？」

「彼の人と獣王陛下の関係は有名だしね。将軍職を解いたのは、獣人国への特使として派遣するためだっていう噂があるくらいだもの」

ただ忠臣である伯爵の処罰を軽くしただけではなく、それをさらに利用して獣人国との関係強化に使おうってことか。

「ランクアップにはその勲章も大きいわ。何の後ろ盾もない子供を貴族たちの前に放り出すのはギルドも気が引けていたわけだけど、実はものすごい後ろ盾があるって分かったわけだし」

実力に不足はなく、礼儀なども実は備わっており、大きな後ろ盾もある。確かに、ランクＢに上げない理由が見当たらんな。

「正直言って、これであんたをランクアップさせなかったら、ギルドの良識が疑われるのよ。というか、他のギルドのマスターたちからはあんたを絶対にランクアップさせろってせっつかれてるし。というわけでランクアップよ！」

エリアンテのセリフだけ聞けば有無を言わさない感じだが、その目は不安げに揺れている。実際、フランにはこの話を断る権利があった。

そして、フランには断る理由もある。ギルドからの覚えは悪くなるが、貴族との面倒ごとに巻き込まれないというのは大きすぎるメリットなのだ。後ろ盾があると言っても、貴族からの接触がゼロになることは無いだろうしな。

『フラン、どうする?』

(ん? ランクあげる)

『いいのか? 正直、面倒ごとも多いぞ? 馬鹿な貴族とか、馬鹿な冒険者とか』

(馬鹿ならぶっ飛ばせばいい)

『……そうか』

やりすぎないように俺がしっかりせねば。だが、フランがやる気なら俺に文句はない。ここは有り難くランクアップしておこう。

ランクアップから数日。

フランは再び冒険者ギルドに呼び出されていた。

冒険者たちはフランを見ると騒(ざわ)めくが、悪意の籠った視線は少ない。

憧憬(しょうけい)と、恐怖が多いかな?

前者は、普通に最年少ランクB冒険者となったフランに憧れている新人たち。後者は、絡んでぶっ飛ばされた者や、その光景を見ていた者たちだろう。

ともかく、雑魚に絡まれずに済むのはありがたい。やはりランクの影響は大きいようだ。

しかも、最近は貴族からの勧誘も激減した。獣王の後ろ盾を得たという噂が広まったからだ。

その噂が広まったきっかけが、会食のときの王の言葉であるらしい。あえて広めてくれたのだろう。

それでも、全く接触がないわけじゃないけどな。跳ねっ返りや、自分だけは特別だと根拠なく思い込むやつらはどこにでもいるようだ。そもそも、王都にいながらろくに仕事を任されていない宮廷貴族が、有能であるはずもないのだ。

そんなやつらは威圧してやれば二度と来ないので、そこまで煩わしくもない。仕事への差し障りもほとんどなかった。

まあ、ここ数日でフランがやらなきゃいけない仕事はほとんどなくなったけどね。

重傷患者の治療はほぼ終わり、あとは宮廷医師や魔術師に任せておける。瓦礫の撤去は応援でやってきた冒険者に任せていればいい。治安維持は騎士団が機能を回復したので彼らの仕事である。

それでも仕事を求めていたフランは、大地魔術で仮設住宅を造ろうかと伯爵に進言したんだが、断られてしまった。

城壁の外は魔獣が闊歩しており、安心して暮らせる場所ではない。平民街は住宅が密集しているうえ、そこまで広範囲の被害はなかった。そのため、仮設住宅など造るスペースがそもそもない。

貴族街に造るとしても、再建時に移動できない仮設住宅は邪魔になる。いくつもの仮設住宅を取り壊そうとすれば、非常に労力がかかるだろう。すぐに移動できるテントの方が優れているのだ。

地球の感覚で考えてしまったが、こっちでは仮設住宅という物がそもそも難しいらしい。プレハブを造る技術もないし、ちゃんとした建物を造ったら取り壊しが面倒なのだ。

俺たちが再建までこの場所に残っていれば力になれるが、そこまで長居するつもりもなかった。

結局、フランの大きな仕事は負傷者の救護と、砂塵対策の風の結界設置である。だが、それもだいたい終わってしまい、完全に手持ち無沙汰であった。

だからこそ昼間からギルドの呼び出しに応じることができたんだけどね。しかし、フランを呼んだのはエリアンテではなく、フォールンドだ。

「きた」

「ああ」

相変わらずそれで通じる二人。

そのまま歩き出したフォールンドに連れていかれた先は、やはりエリアンテの執務室ではなかった。

「ここだ」

まるで宿屋の個室のような部屋だ。他の冒険者ギルドからの仕事を請け負って、王都までやってきた冒険者を泊めるための部屋であるらしい。

時間や仕事内容、時期によっては宿を利用できないことがあるので、こういった部屋があるそうだ。

「ガルスの部屋？」

「ああ」

今はガルスが寝かされているはずである。

国が刑罰は科さないと決定したものの、その身柄は未だに冒険者ギルドが保護していた。魔薬の治療をできるエイワースが協力していたというのも大きいし、冒険者ギルドを怒らせたくないと王が判断した結果でもあるそうだ。

俺たちとしては目を覚ました後に、ガルス自身にどうするか判断してもらおうと思っている。

フォールンドが中に入ると、そこにはエイワースとエリアンテ、ガルスが待っていた。そう、ガルスがベッドから身を起こし、フランを出迎えてくれたのだ。

「ガルス、起きたの？」

「色々と迷惑をかけたみたいだな。礼を言わせてくれ。ありがとう」

顔色はまだ悪いが、口調はしっかりしている。

魔薬の後遺症は大丈夫なのだろうか？

「もう、大丈夫なの？」

「当然だ。儂が治療したのだぞ？　最高級の霊薬を惜しみなく使ったからな。ああ、代価は心配するな。ギルドやこやつ自身からすでに頂くことが決まっている。それに、色々と興味深いデータも取れたしな」

そう言ってニヤリと嗤うエイワース。照れ隠しとかじゃなくて、マジだからたちが悪い。本当に治療と並行して実験を行ったのだろう。それで治っているのだから、文句は言わんが。

「それに、国ともそれで手打ちになったからな」

「どういうこと？」

「ふん。軟弱な魔術師共を少々使えるようにしてやったのに、なぜ文句を言われねばならんのだ」

なんとこの爺、国相手にもやらかしていた。

ギルドの魔術師たちを通じて国の魔術師隊とも連携を取り、一緒に戦っていたらしいんだが……。

その魔術師たちに、ヤバイ薬を盛ったらしい。

筋力や体力が上昇して不眠不休で働けるようになる代わりに、薬の効果が切れた後は地獄の筋肉痛と不眠症が使用者を襲うという禁薬である。

「そのせいで、復興に使える魔術師が減ったのよ？　当然でしょ？」

「敵を倒しておらねば、より被害が出ておったわ」

「それが分かってるから、王もガルスの治療で不問にするって言ってきたんでしょーが」

「ふん。分かっておる」

「そんなことよりも、ガルスの今後の進退をどうするかよ。それを相談するために、フランに来てもらったんだから」

フランが保護依頼を出しているわけだし、ガルスの身柄への責任があると言ってもいいだろう。

エリアンテやエイワースは、すでに状況を全てガルスに説明しているらしい。彼自身が覚えていないことなども、全て。

ガルスは、自身の罪をしっかりと理解しているということだった。

フランが、そんなガルスに問いかける。

「ガルスはどうしたい？」

「うむ……」

ガルスは苦悩するように唸った。

操られていたとはいえ、王都を揺るがす大事件に手を貸してしまったことを悔いているのだろう。

その手が、震えるほど強く握りしめられている。

「逃げるなら力を貸す」

「盗賊ギルドも、手を貸すと言っておった」

「冒険者ギルドもよ？」

「俺もだ」

やはり、各ギルドもガルスの状況を楽観してはいないらしい。国に身柄を確保された場合、下手したら監禁状態で神剣の研究に従事させられてもおかしくはないのだ。

しかし、ガルスは頭を振って、フランたちの提案を断った。

「儂は、王都に残る。それで贖罪(しょくざい)になるわけではなかろうが、王都の再建に少しでも力になろう」

「いいの？」

「うむ」

ガルスは全てを理解している。それでも、国に身を預けることを選択したのだ。覚悟の決まった顔を見たら、その決断を覆すことは不可能だと分かった。

「そう……」

フランが残念そうに呟く。

「手を尽くしてくれたのに、すまん」

「ううん。ガルスが決めたなら、それでいい」

「大丈夫、ギルドから圧力をかけてあげるわ！」

「盗賊ギルドも、静観はせんだろうよ」

「俺もだ」

これだけのやつらがガルスの後ろ盾をしてくれるのであれば、大丈夫かな？　国に軟禁されることは無いだろう。

なにせ、ここにいる面々を敵に回したら、今度こそ国がヤバいだろうからな。

「すまん」

そんな言葉に、ガルスは深々と頭を下げていた。

しかし、こんなしんみりした雰囲気の中でも、空気を読まないのがエイワースだ。

「辛気臭い話はもう終わりじゃな？　な？」

そう言って、懐から何かを取り出す。先日も読み込んでいた、資料の束だ。

ガルスに歩み寄ると、それを見せながら質問をし始める。技術面での質問をしたいようだ。

「ここの部分についていまいちわからんのだが――」

「ああ、そこはだな――」

「ほう。つまり――」

「それはここで――」

ガルスも世話になったエイワースを邪険にはできないらしく、その質問に大人しく答える。でも、嫌々には見えんな。むしろ楽しそうだ。

全く、これだから研究馬鹿どもは！

周囲の呆れた様子には気づかず、二人は意見を交わし合う。

ただ、疑似狂信剣の話となれば他の面々、特にエリアンテはかなり気になるらしい。いつの間にか話に交ざって、ガルスに質問をぶつけるエイワースに対してさらに質問をし始める。

「――というわけだ」

「じゃあ、疑似狂信剣はもう量産できないのね？」

「そもそも、狂信剣を原料にしておったわけだからな」

俺たちとしても、色々と興味深い話が聞けた。

疑似狂信剣は、元々は侯爵家の錬金術師が開発していた、失敗作の魔道具であったらしい。使用者や周囲から魔力を吸収し、放出する能力を持った魔道具であったそうだ。試作品までは作り上げたが、出力が全く安定せず、思った通りの効果を発揮することはなかったという。

だが、その能力に目を付けたファナティクスは、魔剣として改良することを思いつく。製造過程で自身の欠片を混ぜ込み、分身を宿らせる依り代（よりしろ）として利用できないかと考えたのだ。

結果として、魔道具は疑似狂信剣として生まれ変わり、ファナティクスから分かれた精神の欠片を宿すことが可能となったのだった。

魔術に魔力をぶつけて打ち消す力は、その魔道具の能力の産物だったのだ。

背中に刺していたのは、大本になった魔道具がそもそも背中に装着するタイプの魔道具であったからだ。剣の形でないとファナティクスの分身が能力を最大限に発揮できないため、剣の形にせざるを得なかったらしい。

「つまり、狂信剣ファナティクスが消滅してしまった現在、疑似狂信剣はもう作れないということよね？」

「まあ、この話を国が信じるかどうかは分からんがな」

「これだけの資料はそうそう捏造（ねつぞう）できん。それに、しばらく経てば侯爵の領地からも様々な資料が発見されるだろう。それを見ればどれだけ愚かでも、理解するだろうよ」

国が疑似狂信剣に興味を抱くのは当然である。

何せ、神剣に通じるかもしれないのだ。しかし、また暴走が起これば、今度こそ国が傾く。

あの王様だったら、馬鹿な真似はしないだろう。

さらに、盗賊ギルドが集めた資料には家人や使用人の日記なども含まれており、ファナティクスが侯爵の手に渡った経緯や、その計画なども判明していた。

盗賊ギルド、頑張りすぎだろう。

俺が気になっていたのは二点。ハムルスたちの辻斬り（つじぎ）の理由と、なぜベルメリアが狙われたのかという点だ。

一つ目のハムルスたちが何でフランを襲ってきたのかということだが、単純に強い宿主を探していたらしい。そしてオレイカルコス製である俺を発見、執拗に付け狙った。

その過程で、やつらはベルメリアを発見してしまう。

ベルメリアは竜人の中でも特殊な血筋であり、神竜化スキルという強力なスキルを使用できる可能性があったようだ。そのため、ファナティクスはベルメリアを攫っていったのである。

「つまり、ファナティクスのある計画が実行される寸前、最強の素体が手に入ってしまったわけだ」

「計画？」

「くく。なかなかに大それているぞ？」

エイワースによると、狂信剣は四〇年前に侯爵領で発見された物であるらしい。一〇〇〇年以上前の砦跡地に新たな施設を造るために調査中、遺跡と化していた砦の地下部分から発見されたそうだ。

魔力を帯びているということで、調査隊の人間から侯爵に献上されたわけだが……。

破壊されながらも完全に死んではいなかったファナティクスによって、アシュトナー侯爵は支配されてしまったのだろう。そして、この時からファナティクスの計画が始まったのだ。

その計画は、侯爵を操って権力を握るなどといった、生易しいものではなかった。

「はぁ？　レイドス王国と組んで、フィリアース王国を占領する？」

エイワースの説明を聞いて、エリアンテも驚きの声を上げる。

「正確には神剣ディアボロスを手に入れる、だな」

「同じことでしょ？」

なんとクーデターを起こしてクランゼル国王を支配したうえで軍権を握り、レイドス王国と組んでフィリアース王国への侵攻を画策していたのだ。

神剣ディアボロスを奪い、その素材を使って自分を修復するつもりであったらしい。

ガルスを求めたのは、単に疑似狂信剣を作らせるだけではなく、自らの修復に携わらせるつもりだったのだろう。

「じゃあ、今起きているレイドス王国からの侵攻は……」

「あらかじめ計画されていたものだろう」

「……嫌な予感がするわ」

エリアンテがそう呟く。もしかして虫の知らせ的なものなのか？　半蟲人に言われると、ちょっと怖いんだけど。

「皆殺のジャンがアレッサにいるという話は、別に隠していないわ。むしろ相手を威圧するために、積極的に広めてさえいるはずよ。それなのに攻めてきたということは……」

「当然、やつへの備えはあるだろう」

それってかなり不味くないか？　いくらジャンが強いといっても、事前に対策をされていたら負ける可能性だってある。相手は軍事大国だというし、むしろ負ける可能性は高いのではなかろうか？

「ちょ、なんでそんなに冷静なのよ！」

「ふん。儂には関係のない話だ」

エイワースが気のない様子でエリアンテに言い返す。

この爺さんにとって、この国がどうなろうと知ったことではないのだろう。だが、エイワースの落ち着きはそれだけが理由ではなかった。

「それに、あの都市には災厄がいるからな」

「だからヤバいって言ってるんでしょ！　クリムトのやつが本気で戦ったら……」

エイワースは前もクリムトを災厄と呼んでいたが……。エリアンテも、レイドス王国軍よりも、クリムトを恐れているように思える。

「ねえ、どういうこと？」

エリアンテは数瞬の間悩んだようだが、直ぐに説明してくれた。

「もうランクBだし、構わないか……。クリムトの二つ名は災厄。敵も味方も関係なく滅ぼす、大量破壊特化の精霊術師」

なるほど、広範囲攻撃で敵味方諸共攻撃するから災厄ってことか。アースラースの同士討ちと似たような経緯なんだな。

「でもね、これは五〇年以上前に名付けられた、誤った異名よ。何も知らない冒険者たちが、そう呼び始めてしまったのが定着したのね。今では多くの冒険者が、その異名を真実だと思っている……。いいえ、ギルドとしてもクリムトは切り札だわ。あえて、その間違いを訂正してはこなかった」

「間違い？」

「正確には、彼は大量破壊を止めて、町を救ったのよ」

かなり昔の話だが、現在クランゼル王国領となっている北方の地に、ある小国があった。クランゼル王国とは長年敵対していた、レイドス王国の属国だ。

だが、大国に挟まれ、双方の政治事情に翻弄される小国の立場は不安定である。いつ戦場になるかも分からず、国も民も常に戦争に備えなくてはならない。

ただでさえ少ない国家予算が軍事費に圧迫される状況では国力を充実させることさえできず、常に貧乏国としてレイドス王国の支援を受け続けるしかなかった。

その状況を打破しようとしたのが、当時の国王である。彼はコストのかからない戦力として、精霊魔術に目を付けた。優秀な精霊術師を招致し、精霊魔術を発展させようとしたのだ。

しかし、精霊魔術というのは扱いが非常に難しい。才能を持つ者が少ないうえ、非常に不安定なのだ。同じ精霊術師が同じ精霊魔術を使っても、術者の体調や精神面、精霊の機嫌などにより効果が激しく上下する。しかも、精霊は人と違う精神構造を持っており、命令を正確に理解しないこともあった。

冒険者や軍での認識は、察知が難しく、威力も申し分ないが、不安定すぎる。高位の術者でなくては運用が難しい。そんな感じである。

特に重要なのが、不安定という部分だな。容易に暴走をするのだ。エルフなどは何千年も精霊魔術を研鑽（けんさん）してきた蓄積があるが、そうでない者の場合は制御すら難しいらしい。

そして、かの小国も大きな失敗をする。精霊術師数人で上位の精霊を召喚して使役しようと試みて、あっさり暴走させてしまったのだ。しかも奇跡か悪夢か、召喚されたのは大精霊であった。

精霊には、雑精霊、下級精霊、中級精霊、上級精霊、大精霊、王精霊の位階があり、大精霊ともなれば脅威度A相当の力を持っていた。

それが暴走したら？　小国などあっさり滅ぶだろう。実際その時も、五日間暴れ続けた風の大精霊によって小国は国土の半分以上を更地にされ、死者負傷者はあわせて五万人を超えたらしい。

そのときに大精霊を鎮めたのが、すでにアレッサのギルドマスターをしていたクリムトだ。

彼自身はこの実験に参加しておらず、後始末をしただけだが、外部から見ると彼が大精霊を召喚したように見えたという。

しかも、彼はそのときに大精霊と契約を交わしたのだが、その光景が召喚した精霊に命令を下しているようにも見えてしまったのが、勘違いを加速させる要因となったそうだ。

「実際は、小国の人間が全滅するのを間一髪で救ったんだけどね。わざわざ敵対国に潜入して、成功する確率の低い大精霊との契約を試みるなんて正気とは思えないわ。まあ、成功させたわけだから、やはり精霊術師としては天才なのでしょうね」

「だが、そのせいでクリムトは大きく弱体化してしまった」

「なんで？」

大精霊なんていう超凶悪な存在と契約したんなら、強くなったんじゃないか？　それこそランクS冒険者になってもおかしくなさそうだけど。

「その身の内に眠る大精霊を抑えるために、常時神経を張り詰めているのよ。使える魔力も制限されるし、生命力もごっそり持っていかれている。そのうえ、肉体も虚弱化しているらしいわ」

「元々上級精霊を複数体操って戦うスタイルだったはずだが、それも難しいという話だ」

大精霊を自らの中に封印し続ける代償に、能力が弱体化したってことか。しかも、制御力などのリソースを常にそちらに割かれているせいで、精霊の召喚なども難しいと。

以前、アレッサでクリムトを鑑定した時、確かに肉体的なステータスは低かった。魔術師だからそんなものなのかと思っていたが……。ランクAに上り詰めるような冒険者が、肉体面を疎かにしているわけがなかった。

あれは、弱体化した影響だったのだろう。

「でも戦えないわけじゃないわ。いざとなれば、大精霊を使えるから」

「くくく。全てを根こそぎ吹き飛ばす、風の大精霊をな」

何でそんなやつをアレッサのギルドマスターにしているのかと思ったが、冒険者ギルドとしてもレイドス王国は不倶戴天（ふぐたいてん）の敵であるらしい。

なにせ国内に冒険者がおらず、支配した場所に冒険者ギルドがあれば、全員処刑して財産を接収するほどなのだという。

そんな国が南下して、冒険者を優遇しているクランゼル王国が弱体化することを防ぐため、ギルドが切り札として配置しているのがクリムトなのだ。

「とはいえ、切り札は最後の最後まで取っておくもの。だからこそ、アレッサにはアマンダやジャンを置いて、クリムトができるだけ戦わずに済むようにしているのよ」

つまり、クリムトが大精霊を解放すれば、アマンダたち以上の破壊力があるってことだろう。

「クリムトが大精霊の力を使えば、周辺にも大きな被害が出る。それにクリムトもただでは済まないわ。過去に一度だけ、竜との戦闘で使用したことがあるそうだけど、その時は生死の境を彷徨（さまよ）ったそうだから。大精霊なんて、毎回制御に成功するとも限らないし」

「くくく、同士討ちとどちらが危険かな？」

仲間を巻き込むとかそういうレベルではなく、下手したら暴走して国を更地にするような被害が出る可能性があるということか。

クリムト、思った以上に凄いやつだったらしい。

エリアンテが恐れているのも、クリムトが大精霊を召喚し、万が一暴走させてしまった時のことを想像しているからだろう。

しばらくアレッサ防衛の顛末について話していたが、積もる話もあるだろうと、エリアンテたちは気を利かせて去っていった。エイワースだけはまだ話があると騒いでいたけどね。フォールンドたちが無理やり連れ出してくれた。

フランが盗聴防止用に結界を張ったのを見届けて、改めてガルスが口を開く。

エイワースとか、想像もできない方法で盗み聞きを企てそうだからな。

「改めて、助かった。鞘を見つけてくれたそうだな？」

「ん」

『あの形と名前だからな。絶対に何かあると思ったんだ』

「絶対に気付いてくれると思ってたぜ？」

だが、問題はそこじゃない。

『いや、しかしだな。俺たちが王都に来ない可能性もあっただろ？』

俺たちが約束を守るか分からない。他に用事ができるかもしれないし、冒険者なのだから旅路で命を落としている可能性だってあるだろう。

しかしガルスは軽く首を振り、フッと微笑んだ。

「大丈夫だ。お前さんたちなら、絶対に約束を守るって分かってたからな」

「当然。友達との約束は守る」

「がはは。友達か！　そうだな、友だからな！」

「ん」

そう言って笑っていたガルスだったが、すぐにその顔が真面目になる。いや、少しだけ弱気かな？　その目の中に、ちょっとだけ情けなさを感じる気がするのだ。どうしたんだ？

「それで、だな。一つ質問をしてもいいか？」

「ん？」

「その装備なんだが、元は俺の黒猫シリーズか？」

ああ、そこか！　やっぱ気になるよな。何せ、自分が作った防具が、大幅に姿を変えているのだ。

俺はこの装備を手に入れた経緯を、ガルスに説明した。

強敵との連戦で、修復機能が低下してきていたこと。激戦により、ボロボロになってしまったこと。

それを、偶然知り合った鍛冶師が改修してくれたこと。

「偶然知り合った鍛冶師……。それはもしや神級鍛冶師なのか？」

やはり気付いたか。世界最高峰の鍛冶師であるガルスの作品をさらに良い物に仕上げるわけだし、そんなことができる人間は限られるからな。

ガルスがやや弱気なのは、自分とアリステアの仕事を比べていたからだろう。

『あー……』

どうしよう。いや、ガルスの渾身の作品を、勝手に改良してしまったのだ。フランには必要なことだったとはいえ、ガルスには仁義を通して謝るべきだろう。

『そうだ。クローム大陸で知り合った神級鍛冶師のアリステアが、ガルスの作ってくれた鎧を改造した。済まない。許可もなく……』

「いや、謝ることは無いぞ！　むしろ儂は感動している！」

『うぉ。ゆ、許してくれるのか？』

「許すも何も、これほどの仕事を目の当たりにして怒る者など鍛冶師失格よ！」

ガルスは本気で言っているようだった。

フランの黒天虎装備を見て、感動しているらしい。

「ネームドアイテムを改造し、これほどの物に仕上げるなど……素晴らしい」

『神級鍛冶師だしな～』

「くっ。今回の事件がなければ、弟子入りを願い出るところを……」

『いやいや、弟子入り？』

クランゼル王国名誉鍛冶師のガルスが？　だが、考えてみれば相手は伝説の鍛冶師だ。弟子入りしてもおかしくはないのか？

今はベリオス王国にいるはずだが、アリステアの情報をどこまで教えていいのかが分からない。

『うーん。次に会ったとき、伝えておくよ』

「本当か！」

勢いよくベッドから飛び降りたガルスが、叫ぶ。病み上がりであることを忘れるほどに素早い動きで駆け寄ってきて、フランの肩を掴んだ。

「本当に、紹介してくれるか？」

『あ、ああ。ただ、承諾するかどうかは分からないぞ？』

「分かっておる。ただ知己を得られる可能性があるだけでも十分だ！」

とりあえずガルスのことを伝えるだけはしてあげよう。その後はアリステア次第だな。

『あと、アリステアは権力者に利用されたくないみたいだから……』

「一切の情報を、誰にも言わん！　安心しろ！」

ガルスなら言いふらしたりはしないだろう。

そこは安心できる。ただ、ガルスがフランを見る目が、なぜかギラギラとしていた。獲物を狙う獣を彷彿とさせる目なのだ。え？　大丈夫か？

「その装備を、もっとよく見せてはもらえないか？」

「ん」

フランじゃなくて、装備を見る目でした！　そりゃあ、当然か。

ドレスアーマーの布を掴んだり、金属部分を叩いたりしている。一瞬、匂いを嗅ごうとしたが、それはさすがに自嘲したようだ。自嘲してくれてよかった。俺も、病み上がりのガルスにお仕置きするのは気が引けるからね。

それでも、装備の細部を触り、真剣な様子でチェックしている。

「ふむふむ……。この外見は嬢ちゃんの趣味か？」

『いや、アリステアがこんな感じに仕上げた』

「なるほど……。その方は女性なのか？」

『ああ』

「そうか。外見の完成度はさすがだな。女性ならではなのかもしれん」

でも、最初にガルスから手に入れた防具は、かなりガーリーな感じだったが？　そう思ったんだが、あの装備は依頼主の希望通りに作っただけであるそうだ。

ガルスの趣味が反映されているのは、ボーイッシュな黒猫シリーズの方だったらしい。

「それに、外見の変化など、能力の変化に比べれば可愛いものだ。これほどの防具、そうそうお目にかかれんぞ」

『それほどか？』

「うむ。もとの素材を考えれば、あり得んレベルだ。ランクB以上の冒険者でも、これと同レベルの装備は中々持っておらんぞ」

さすが神級鍛冶師が改造しただけあるようだ。高性能だと思っていたが、俺の想像以上の価値があるらしかった。

「それに、師匠もかなり凄みを増したな」

『え？　そうか？』

「かなり強化されたのではないか？　儂の神眼でも、確認できる情報がかなり少ない。アレッサで出会った頃よりも格が上がっている証拠だ」

『外見は変わってないはずなんだけどな』

「内側から発せられる存在感が全く違う。儂くらいになれば、ハッキリと分かる」

ガルス爺さんは、今度は俺を観察しながら唸っている。

褒められるのは嬉しいが、なんか緊張するな。凄腕の鑑定士に値踏みされているような感覚があるのだ。

「師匠もアリステア殿が？」

『それもあるけど、色々あってな』

ちょっと、簡単には説明できないのだ。

すると、ガルスも訳有りだと察してくれたらしい。それ以上の追及はしなかった。

「そうか……。詳しくは聞くまい。だが、フランだけではなく、師匠も大きく成長しているのだな」

『なんか、照れるな』

フラン以外の人間に成長を褒められたのは初めてかもしれない。我ながらチョロイと思うが、嬉しいものは仕方がないのだ。

『あ、ありがとう』

「それは儂のセリフだ。最高クラスの名剣に、儂の作品を基に作り上げられた素晴らしい防具たち。眼福だった」

その後俺たちは、ガルスと様々な話をして過ごしたのだった。

事件から数日。

『そろそろ、アレッサに向かうか？』

「ん」

すでにフランの仕事はなく、ガルスらの進退も決まった。王都での用事はほぼ済ませたと言っていいだろう。

俺としては、休養がてらもう少しいてもいいかなーと思っていたんだが……。

「いよいよ修行」

フランさんがやる気なのだ。それに北の様子も気になる。レイドス王国の侵攻は防ぎきれたのか？　アレッサやジャンは無事なのか？　まだ続報は入ってこないのである。フランもかなり気になっているらしい。

それに加え、魔狼の平原での修行にも、フランは非常に前向きだ。というか、楽しみで仕方がないらしい。

結局、俺たちは王都を出発することにした。

まず目指すのはアレッサである。魔狼の平原に入る前に、ギルドに許可を申請しなくてはならないからだ。

別に、勝手に入ったからって罰則があるわけではないが、許可を取っておけば最悪の場合にギルドの支援が受けられるし、調査などの依頼をこなすこともできる。

特に魔狼の平原はA級魔境なので、ランクB以上の冒険者でないと中々ソロでの探索許可は下りないそうだ。

そういえば、バルボラの近くにあった水晶の檻でも似た話を聞いたことがあったな。ランクが上がったことでより上位の依頼を受けられるようになっただけではなく、魔境などの探索の制限も解除されたということらしい。

『もう報酬も受け取ったし、確かに王都にいる理由もないか』

「ん」

『とりあえずギルドに挨拶に行こう』

「わかった」

因みに、ギルドや国から報奨金や特別報酬などが入ったが、ガルスの保護依頼や、オークションで散財した分、あとは、孤児院や救護所の再建にとフランがバンバン寄付しまくった分を考えると、完全に赤字である。それでも所持金は五〇〇万ゴルドくらいはあるけどね。

それに、そのおかげでフランの評判がさらに高まった。癒しの力で人々を救っただけではなく、弱者救済のために大金を投じたと評判のフランは、今や黒猫聖女という異名で呼ばれ始めている。

フランとしては黒雷姫の方が強そうで好きであるらしいが。

王都では聖女の方が圧倒的に通りがよくなってしまった。どこに行っても聖女と呼ばれている。

今もギルドに向かう最中に、多くの人から声をかけられていた。その時に皆が「聖女様」とか「聖女さん」と呼ぶのだ。

その状態はギルドでも変わらなかった。今は王都だけだけど、そのうち周辺の町に黒猫聖女の名前が広がるかもしれない。フランとしては不本意だろうが、俺はちょっと嬉しいのだ。

そりゃあ、エリアンテが王都にいてくれって懇願してくるのも当然だろう。フランがいる限り、冒険者ギルドの評判は高いままなのである。

「ステリア」

「おや、今日はどんな用事だい？」

相変わらずのステリアが、クッキーをかじりながらダルそうに返してくれる。

ようやく王都の情勢が落ち着いてきて、前のように菓子を食いながら受付ができるようになったのだろう。

「エリアンテに話がある」

「じゃあ勝手に上がっておくれ。あんたなら問題ないから」

「ん」

もう完全に顔パスだった。ランクが上がったというよりも、王都での信頼度が上がったからだろう。ステリアが取り次ぐのが面倒になっただけという可能性も高いけどな。

『エリアンテの部屋から人の気配がある。お客さんが来ているのかもしれん』

「ん」

これは出直さないといけないかな？　とりあえず挨拶だけして、後で来るということだけは伝えておこう。

フランが部屋の扉をノックをする。

『おお、ノックをできるようになったか』

（ふふん）

俺が思わず感嘆の言葉を口にしたら、フランがドヤ顔で小っちゃい胸を張る。いや、そんな凄いことじゃないんだけどさ。俺からしたら、凄い成長を感じさせる出来事だったのだ。

だって、あのフランだよ？　フランがノックしてるんだよ？　すごくない？

「誰？　入っていいわよ」

この感じ、重要な客人というわけじゃなさそうだ。フランが執務室に入ると、そこには見覚えのある戦士たちがエリアンテと談笑していた。

事件のときに共に戦った、半蟲人の傭兵たちである。

部屋の雰囲気の明るさからも、エリアンテと彼らの仲の良さが推し量れるだろう。

「あら、丁度いいところにきたわね。今、あなたのことを話してたところよ」

「私のこと？」

「ええ。こいつらは私の古い知人で、傭兵団、触角と甲殻のメンバーよ」

「やあ、こんにちは。俺はロビン。触角と甲殻のサブリーダーをやっている」

握手を求めてきた爽やかな男は、堅海老の半蟲人だ。今は戦闘時と違って甲殻は姿を消し、半蟲人特有の黒い目や触角以外は、普通の人間と変わらなく見える。能力も、戦闘時よりも大分低下しているだろう。

「僕はホップス」

「エフィ……」

「あーしはアン！」

「シンゲンといいます」

飛蝗、蜉蝣、牙蟻、蚤の順に自己紹介をしてくれる。

少年の姿のホッブスは、クールなキザ男君といった雰囲気だ。ロビンと同じで、人に近い姿である。蜉蝣のエフィはかなり物静か――というかネクラなタイプの女性に見える。牙蟻のアンは、元気が有り余っていそうな少女だな。蜃のシンゲンは以前感じた通り、優しくて力持ちタイプだろう。

「普段は南の小国家群で活動しているんだが、今回はたまたま北で仕事があってね。運よくこの都市にいたんだ」

「運よく？」

運が悪くの間違いじゃないか？　死にかけたんだぞ？　フランも首を傾げる。

「運よくさ。そのおかげで、友の窮地に間に合ったんだからな」

「まあ、稼ぎもよかったしね」

ロビンはイメージ通りの熱血漢であるらしい。ホッブスは斜にかまえたというか、偽悪的なタイプみたいだ。

「……良い戦いだった」

「久々に本気で暴れたねー」

女性二人は、戦闘を楽しむタイプでもあるようだ。あの激しい戦いを嬉し気に語っている。ロビンとか完全に死にかけたと思うんだけど、それも得難い経験であるらしい。やばい、フランと気が合いそう。

「みんな生き残ってよかった」

そう言ってのんびりとした笑いを浮かべるのは、蜃のシンゲンくんだ。苦労してそうだけど、頑張れ！

「君のおかげで、あの戦いに勝てた。それに、エリアンテのことも随分と助けてくれたらしいね？　改めて礼を言わせてくれ」

「ちょ、ロビン！　なに保護者みたいなこと言ってんのよ！」

「自身だけではなく、友の命を救われたんだ。当然の礼儀だろう？」

「あいかわらず暑苦しいんだから！」

そう言いつつ、エリアンテの顔はまんざらでもなさそうだ。彼らの間にだけ通じる絆のようなものがあるんだろう。

「そ、それで？　何か用事なんでしょ？」

あからさまな話題転換。顔が赤いですよ？　まあ、フランはまったく気にしてないけど。

「ん。アレッサに行く」

「え？　王都を出ていくってこと？」

「ん」

「ちょ、ちょっと待って！　まだ頼みたい仕事がいっぱいあるのよ！」

エリアンテがそう言って嘆くが、フランの決意は変わらなかった。他の冒険者でもできる仕事であるし、貴族からのちょっかいも完全に無くなったわけじゃないからな。

それを理解したのだろう。エリアンテは情けない顔で、しぶしぶ頷くのであった。

「分かったわ……。それで、いつ発つの？」

「明日」

「あ、明日？　せ、せめて来週とかにならない？」

「じゃあ、明後日？」

「もっと！　もっと王都にいてもいいんじゃ――」

多分、フランが出発する前にいかに依頼をこなしてもらうか、頭の中で計算していたのだろう。しかし、縋りついて引き止めるんじゃないかというくらいショックを受けているエリアンテを諭してくれたのは、話を聞いていたロビンであった。

「エリアンテ。戦士の旅立ちを邪魔するものじゃない」

「うぅー。あんたらは私の仕事量を知らないからそう言えんのよ！」

「俺たちもしばらくはこの町に留まって、仕事を受けるつもりだ」

「ほ、本当？　本当なの？」

「ああ」

「つまり、私の仕事を手伝う？」

「ああ」

「はい聞いた！　言質とった～。もう逃がさないんだから！」

エリアンテの言動を聞いて、仲間たちが同じような苦笑いを浮かべている。

「はぁ。君は相変わらずだな」

「……ほんと」

「かわんないねー」

「そうですね」

エリアンテ……。やはり残念なやつ。見た目だけならできる女なのにな……。

エピローグ

『よお……』

『またあんたか』

睡眠を必要としないはずの俺が、まるで夢を見ているかのような感覚に包まれている。もう何度目か分からないが、だんだん慣れてきたな。

少なくとも取り乱さない程度にはこの状況を経験している。

場所は毎度おなじみ白い空間だった。そこに立っているのは、見覚えのある男性だ。銀髪のオールバックに、着流し風のローブを着込んだ、ガタイの良い男性である。

『そういえば月宴祭が近かったな』

王都でも毎年盛大な月宴祭が開かれると聞いたことがあるんだが、現在は緊急事態だ。今年は本当に簡単な儀式が行われるだけであるらしい。

この男が、月宴祭に合わせて元気になる——というか、月の配置に影響されているのは、分かっている。そろそろ、出てきてもおかしくはない時期だった。

『なあ、あんたは誰なんだ？　俺の中の謎の魂っていうのは、あんたなのか？　正体は？　もしかしてフェンリルなのか？』

『悪いな。それはまた今度だ』

『次に会ったとき、教えてくれるって言ってなかったか？』

『誰のせいだと思ってるんだ……。ともかく少々状況が変わっちまってな。お前さんに俺の情報を与えるのが危険な状況だ。下手したら記憶が……』

『どういうことだ？』

『ともかく、今は俺の話を聞け』

『……わかった』

男の真剣な声色を聞いて、何か緊急の案件なのだと理解できた。

『それにしても、メチャクチャ疲れてるな？』

男性は、以前出会ったときとは様子が違っている。あのときはもう少し覇気があるというか、気合の入った表情をしていたはずなんだが……。

今の男性は驚くほどに憔悴（しょうすい）している。

顔色が悪いし、目の下に酷いクマがあった。頬もこけたか？

『色々あるんだよ。それも含めて、お前さんに異常が起きている』

『なんだ？』

『自分でもわかっているだろうが、現在のお前さんは少々――いや、かなり危険な状態だ』

『あの、謎の声か？』

俺の中で、ひたすら喰らえと叫んでいた。天も地も、神も魔も、人も獣も、全て喰らって糧とせよ、だったかな？

ともかく、物騒なことを散々喚き散らしていたのだ。

『あれだけじゃない』

『え？　他にも何かあるか？』

『多すぎるくらいにな。ただ、この場でそれを解決する力が俺にはない』

わざわざ姿を現してそれかよ。

『ともかく、用件を告げるぞ。二〇日以内に魔狼の平原に来い』

『……祭壇に行けばいいのか？　二〇日以内に？』

『その通りだ。その期間であれば、まだ月の魔力が満ちているからな』

月の魔力ね。月宴祭の時期に力を増すってことは、やはり銀月の女神の眷属なのだろうか？　男だし、女神本人でないことはわかるんだが。

『そこで、今度こそ俺の正体を明かそう。それ以外にも色々とな』

『あ、ちょっと――』

男は言うだけ言って、姿を消してしまう。

そして、男の姿が虚空に溶けるのと同時に、俺の視界がクリアになった。白い空間が一瞬で消え去り、宿の部屋に戻っている。

というか俺は元々全く動いておらず、精神だけがあの白い空間に呼ばれている感じなのだろう。

『まったく！　毎回毎回、一方的なんだからな！』

とは言え、今度は重要な情報を聞いたぞ。

『魔狼の平原の祭壇か』

俺がこの世界で最初に目覚めた場所。やはりあそこに何か秘密があるのか。フランの修業のためだけではなく、俺自身にも魔狼の平原に行く意味ができたな。

「……師匠？」

『フラン、起こしちまったか？』

「……ん。何か、変だったから」

『実はな――』

　俺は今あったことを全て語った。すでにフランにはファナティクスを共食いしたときの、謎の声やファナティクスについても全て教えてある。

　かなり心配されたが、特に異変がないと言って宥めたんだけど……。

「早く平原に行く！」

　まあ、こうなるよね。この後、宮廷医師長という人に挨拶に行く予定になっているんだが、それも無視しそうな勢いだ。

『まてまて、まだ二〇日あるんだ。今の俺たちならアレッサまで数日で移動できるし、魔狼の平原もそこまで大きくないんだ。焦らなくてもいい』

「でも、危険なんでしょ？」

『そう言われたが、一分一秒を争う事態だったら、もっと切羽詰まった言い方をするさ。それこそ、今すぐ祭壇に来いってな』

　だから、急ぐ必要はあるが、焦る必要はないと思う。

『それに、お偉いさんへの挨拶はしておいた方がいいだろ？』

「……わかった」

　何とか理解してくれたらしい。そう思ってたんだけどね……。いや、まさかあんなに素早く、宮廷医師たちとの食事を切り上げるとは思わなかった。

一応、宮廷医師長とか、侍従みたいな偉い人もいて、フランの功績を褒めてくれていたんだが、ほぼほぼスルーだ。

多分、食事時間は三〇分くらいだったかな？　あのフランが、食事を残すとは……。急ぐ理由を聞かれて「アレッサに行かないといけない」と告げたフランだったのだが、何故か妙に納得されてしまった。

どうも冒険者ギルドの密かな依頼を受け、レイドス王国への備えの人員としてアレッサに向かうと思われたらしい。まあ、怒らせるよりは勘違いしてくれている方がマシなんで、あえて誤解は解かなかったけど。

「師匠、アレッサにいく！」

『はいはい。わかったよ』

これはもう止まらないだろう。

「ウルシ、頑張って」

「オン！」

ウルシの足なら、無理をせずとも四日もあればアレッサに到着するだろう。だが、そのまま旅立ちとはならなかった。

大手門の前でウルシの背にひらりと飛び乗ったフランの背に、声がかけられたのだ。

「フラン！　ちょっと待ちなさい！」

「エリアンテ？」

「まったく、本当にあっさり行っちゃうんだから！　門に見張りを付けておいてよかったわ！」

どうやらギルドの人間を使って、フランが旅立とうとするのを見張っていたらしい。まあ、王都から外に出るまでに、列に並んだり手続きをしたりで少し時間がかかるからね。

エリアンテ以外にも、コルベルトやガルス、ベイルリーズ伯爵の姿まである。

「何か用？」

「あのねぇ……。はあ、まあいいわ」

フランの疑問に、エリアンテが呆れた様子で嘆息した。

これは、俺もエリアンテに同意するぞ？

「最後にきっちりお礼が言いたかっただけだから。今回は本当に助かった。王都の冒険者を代表して、お礼を言わせていただきます。ありがとう」

そう言って、エリアンテが深々と頭を下げると、他の人々も次々にフランの手を握り、頭を下げていった。

すると、何故か周囲からパチパチという音が上がり始める。それは、王都に出入りする兵士や冒険者、民間人たちが手を打ち鳴らす音だ。

音は段々と数を増し、いつしか万雷の拍手へと変わっていた。

城壁や家々の中、遠くの通りからすら音が響いている。

「聖女様！　助けてくれてありがとうございました！」

「また来てね！」

「聖女さん！　ありがとう！」

これだけ多くの人に旅立ちを祝福されるのは初めてじゃないか？

フランも目を丸くしている。

自分の敵を倒して、自分のできる仕事をしただけ。直接助けた人から感謝されるならともかく、これだけ多くの感謝を受ける理由が分かっていないのだろう。

「なんで？」

「それだけ、あなたが凄いことをしたってことよ！　自覚なさい！」

『そうだぞフラン。お前は、自分が思っている以上にたくさんの人を助けたんだ』

（ん……）

フラン自身は、ファナティクスとの最終決戦の時に戦えず、眠っていたことを今も気にしている。そのせいで、自分の活躍をいまいち凄いと思えないのだ。

『フラン。手でも振ってみたらどうだ？』

「手？」

フランがそう言って軽く手を上げた瞬間、さらに大きな歓声が上がった。

皆がフランに対して、感謝の言葉を口にしている。

『これが、お前のしたことに対する皆の素直な反応だ。お前は、これだけの人たちに感謝されることをしたんだ。もっと胸を張っていいんだ』

「……ん」

「フラン、また来なさい！　いつでも歓迎するから！」

「また武具を見せに来い！」

「助かった！」

そんな祝福と声援と、惜しむ言葉を背に受けつつ、フランの指示でウルシが走り始める。素っ気ないが、照れ隠しだ。俺には分かる。口元に微かな笑みが浮かんでいるのが。

『色々あったが……。早く復興するといいな』

「ん」

『次は懐かしのアレッサか』

「楽しみ」

「オン！」

とは言え、実は半年も経ってないんだけどな。

「ウルシ、急ぐ！　全力全開！」

「オンオンオーン！」

『あああああ、無理はするなよ！』

「だいじょぶ！」

「オン！」

『だいじょーぶじゃなーいだろーぉぉぉぉ！』

特別寄稿

フラン・ザ・リッパー

原案／棚架ユウ　漫画／丸山朝ヲ

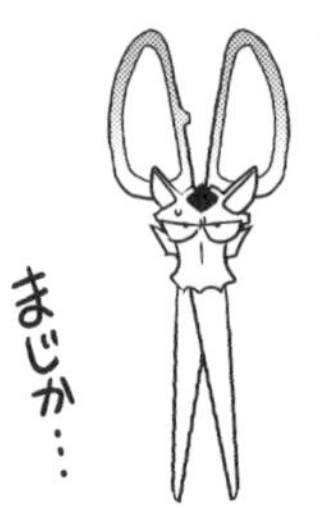
転生したらハサミでした。
まじか…

スパァ
わー
そういうわけで
ぐぉぉあ⁉
フランは特に冒険とかせずに

俺を使って「悪」を斬る…
成敗!!
いや違った…「悪人の毛」を斬って懲らしめる仕置人になっていた!
EVIL
BAD
悪

ワァイ
すげーぞフラン・ザ・リッパー!!
立派です!

スーパーすごいハサミです

フハハ
甘いぞフラン・ザ・リッパーよ!

バーーン
おれを倒せるものなら倒してみよ！
邪
なっ最初から毛が…
どうやって倒せば…
スゥ…
ガムテ…じゃなくてスライムテープ

ならばすね毛をはがすまで
ベリベリベリ
ベリッ
ぎゃあああああぁ

……
ぎゃあああああ
俺いらないじゃん…
END

今イチバン面白い!!!
マンガ
転生したら
1～10巻
超人気発売中!!!

転生したら剣でした
12巻発売&TVアニメ化
おめでとうございます!!
公式スピンオフ漫画
「転生したら剣でした～AnotherWish～」も
単行本①～③ 発売中です！
いのうえひなこ
こっち向いて

『転生したら剣でした Another Wish』は
コミックライドで大好評連載中!!

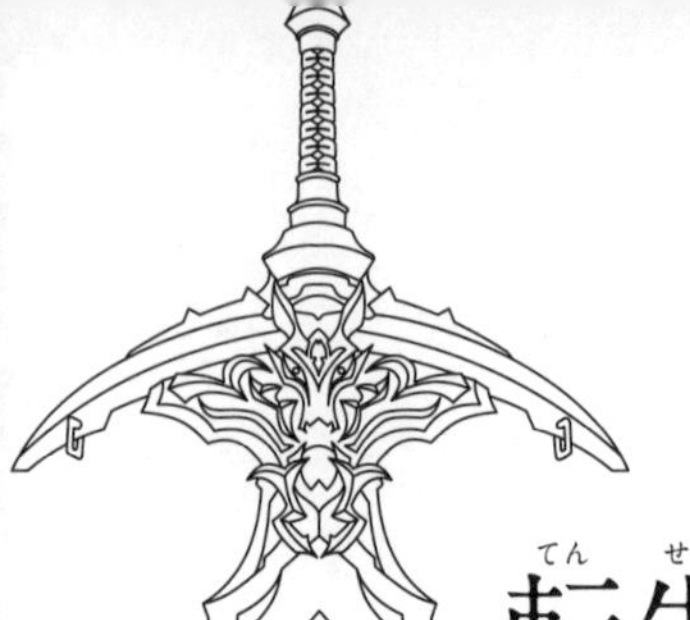

GC NOVELS

転生したら剣でした 12

2021年10月1日　初版発行

著者 棚架ユウ

イラスト るろお

発行人 子安喜美子

編集 岩永翔太

装丁 横尾清隆

印刷所 株式会社平河工業社

発行 株式会社マイクロマガジン社

〒104-0041 東京都中央区新富1-3-7 ヨドコウビル
［販売部］TEL 03-3206-1641／FAX 03-3551-1208
［編集部］TEL 03-3551-9563／FAX 03-3297-0180
https://micromagazine.co.jp/

ISBN978-4-86716-189-0 C0093

本書は小説投稿サイト「小説家になろう」(https://syosetu.com/)に掲載されていたものを、
加筆の上書籍化したものです。

ファンレター、作品のご感想をお待ちしています！

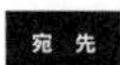

〒104-0041 東京都中央区新富1-3-7 ヨドコウビル
株式会社マイクロマガジン社 GCノベルズ編集部「棚架ユウ先生」係「るろお先生」係

右の二次元コードまたはURL(https://micromagazine.co.jp/me/)をご利用の上、本書に関するアンケートにご協力ください。

■ご協力いただいた方全員に、書き下ろし特典をプレゼント！
■スマートフォンにも対応しています（一部対応していない機種もあります）。
■サイトへのアクセス、登録・メール送信の際にかかる通信費はご負担ください。